Helga Hammer

Goldene Hochzeit

Helga
Hammer

Goldene Hochzeit

Roman

List

List ist ein Verlag
der Ullstein Buchverlage GmbH

ISBN 978-3-471-35177-2

Umschlaggestaltung: Büro Jorge Schmidt, München
Gesetzt aus der Granjon LT
bei L42 AG, Berlin
Druck und Bindearbeiten: GGP Media GmbH, Pößneck

Teil I
Goldene Hochzeit

Frühling an der Ardèche

Frankreich, 2011

Das wild tosende Wasser des Flusses zieht meinen Blick magisch an. Keine zehn Meter trennen mich von den wirbelnden Strudeln und Stromschnellen. Ich schließe die Augen, konzentriere mich auf mein Gehör, meine Ohrmuschel wird zu einer Höhle, in der Töne widerhallen: das donnernde Rauschen des Flusses, das gierige Schlecken der Wellen.

Es ist Ende März, Frühling an der Ardèche. Hinter mir liegt eine lange Reise, eine Reise in die Vergangenheit, an die ich mich noch immer klammere. In den vergangenen Monaten habe ich *meine* Geschichte zu Papier gebracht, *meine* Wahrheit. Weil ich nicht heimgesucht werden will bis in alle Ewigkeit.

Ulrich wird diese Seiten nie zu lesen bekommen. Unsere Kinder vielleicht, jedenfalls die, die uns noch geblieben sind.

Michael ist tot, Ulrich kaum noch am Leben. Er beschränkt sich darauf, die verbleibende Zeit mit einer Vielfalt an Aktivitäten zu füllen. Als ob man überhaupt irgendetwas kompensieren könnte, wenn die Waagschalen des Lebens ins Ungleichgewicht geraten sind. Ich sehe Ulrich zu, wie er strampelt, wie er versucht, durch seine emsige Arbeit einen Moment lang Ruhe zu finden. Von mir will er sich nicht helfen lassen. Ich selbst will nichts anderes als mich ausruhen: vom Leben, von der Liebe, dem Herzschmerz, der unsäglichen Trauer.

Nur meine beiden Hunde genießen unbeschwert den Frühling. Sie liegen glücklich zu meinen Füßen. Ulrich hat sie gerade gefüttert und ist wieder in seiner Werkstatt verschwunden, um sich geduldig seinem neuen Hobby zu widmen: Mosaiken aus Keramik. Die Ergebnisse sind farbenfroh, voller Vitalität und Lebensfreude. Als würden sie alles in sich tragen, was ihrem Erschaffer abhandengekommen ist. Vollkommen konzentriert beugt Ulrich sich über seinen Arbeitstisch, seine Flex frisst sich jaulend durch bunte Kacheln, schneidet Dreiecke, Quadrate und Kreise, aus denen die Bilder entstehen, die er bereits im Kopf hat. Unser Garten ist voller Tische mit Bildnissen berühmter Künstler – alle in Mosaike zerlegt. Unter den Bäumen stehen Bänke, auf denen sich Schlangen winden und Eidechsen ihre Leiber sonnen, die Säulen vor unserem Hauseingang sind mit arabischen Fresken geschmückt. Es sieht aus wie ein kleines Paradies, doch das ist ein Trugschluss. Wir leben beide in einer Hölle, aus der es kein Entrinnen gibt. Wir sind zwei miteinander verstrickte Seelen, die um ihr Leben zappeln. Schlimm zugerichtet, aber immer noch Mann und Frau, und wir haben keine andere Wahl, als unser Leben auf diese Weise fortzusetzen. Das Einzige, was uns dabei hilft, ist, sich von morgens bis abends in Arbeit zu versenken. Ulrich in seine Steine, ich in mein Papier.

Plötzlich erkennt man, wie wichtig ein ausgefüllter Alltag ist, wie viele kleine Dinge ein Leben ausmachen. Unsere Hunde zum Beispiel, Luba und Jamila. Ganz egal, in welcher Stimmung wir sind, wenn wir am Morgen ihren Zwinger öffnen, sind die beiden außer sich vor Freude. Sie bellen, als wollten sie uns von der langen Nacht und von ihren Träumen berichten. Sie tanzen um uns herum, rennen durch den Garten oder suchen nach Stöckchen, die wir werfen müssen.

Unser Haus ist nicht groß, es ist mehr ein Komplex von Gebäuden, ein geräumiges Gemäuer, in dem früher Parfüm hergestellt wurde. Noch immer verströmen die meterdicken Mauern den Lavendelduft, und in den Kellergewölben stehen bis heute die Destillierkessel aus dem neunzehnten Jahrhundert. Wir haben das Anwesen 1998 gekauft, als Ulrich in Pension ging. Seine Pensionierung war alles andere als ein Freudentag für ihn, kein Beginn einer großen Freiheit mit unendlich vielen Möglichkeiten. Er litt unter dem Verlust von Ansehen und Macht und lebte in ständiger Zwietracht mit dem langen und langweiligen Tag. Er tigerte durch die Wohnung wie ein gefangenes Tier im Käfig. Also bestand er darauf, mich überallhin zu begleiten. *Mein* Tag war von nun an auch *sein* Tag, und jeder einzelne dieser Tage machte deutlich, wie wenig wir miteinander anzufangen wussten.

Dann kam Michael mit dieser Idee von einem Haus an der Ardèche. Es war mehr Ruine als Haus, jahrzehntelang hatte sich niemand mehr darum gekümmert.

»Ihr beide seid doch so fantasievoll«, meinte unser Sohn. »Glaubt ihr nicht, dass ihr daraus etwas machen könnt?«

Ulrich, der Pragmatischere von uns beiden, erkannte sofort das Potenzial, das in dem alten Gemäuer steckte. Ich erkannte sofort das Potenzial, das in der Tatsache steckte, dass Ulrich eine Beschäftigung haben würde.

Ulrich stürzte sich mit Feuereifer ins Gefecht, renovierte, mauerte, flieste, schreinerte, betonierte. Ein

Schwarm Handwerker deckte die Dächer neu, baute eine Heizung ein, erneuerte Fenster und Türen. Ich zog mich in den völlig verwilderten Garten zurück und legte mit Unkrauthacke, Säge und Heckenschere nach und nach seine ursprüngliche Schönheit frei. Olivenbäume mit uralten Steinbänken darunter, Ginster, Bougainvilleen, eine Rosskastanie, die direkt vor meinem zukünftigen Schlafzimmer stand. Als ich im darauffolgenden Frühjahr das Zimmer bezog, stand der Baum in voller Blüte.

Bis heute ist Ulrich hier von morgens bis abends mit irgendetwas beschäftigt. Den Winter verbringt er in seiner Werkstatt im Keller, inmitten von Brettern und Holzbearbeitungsmaschinen, mit denen er drechselt, fräst und hobelt. Den Sommer über arbeitet er im Garten. Er beschäftigt sich mit den Mosaiken oder mit seinen Bienen. Er hat fünf Bienenstöcke, imkert mit wahrer Begeisterung und beliefert alle Welt mit dem hellen, nach Wald und Wiese duftenden Lavendelhonig.

Unsere Freunde nennen unser Haus »das Museum«. Es ist vollgestopft mit Dingen, die wir in der ganzen Welt zusammengetragen haben: handgeschnitzte Schränke und Truhen aus Sumatra, grellbunte Bilder aus Bali, silberne Dolche aus Java, Vasen und primitive Skulpturen aus Afrika und mittendrin der alte, von meinen Eltern geerbte persische Teppich, der wie ein Floß auf einem Meer gebrannter Kacheln schwimmt. Für mich ist dieses Sammelsurium absolut harmonisch. Allerdings kümmere ich mich im Moment nur noch selten darum. Ich staube kaum noch ab und lasse viel herumliegen. Ich will nicht mehr an solche überflüssigen Pflichten gekettet sein, sondern mich in jeder freien Minute an meinen Computer setzen und schreiben. Meine ganze Geschichte will ich erzählen, vom Anfang bis zum Schluss.

Erste Liebe

Fränkische Schweiz, Ende der 50er Jahre

Die Kindheit dauerte mir viel zu lange. Eigene Wünsche und einen eigenen Willen zu haben war in meinem Elternhaus nicht erlaubt. Ich hatte das Gefühl, in einer Zwangsjacke zu stecken, die immer enger und enger wurde. Als ich siebzehn wurde, schob ich meine Ängste, meine Ohnmacht einfach beiseite und stürzte mich in die Freiheit wie ein von der Leine gelassenes Tier. Zu meinem Erstaunen interessierten sich immer mehr Jungs für mich. Ich sah mich umschwärmt wie eine Bienenkönigin, tanzte und ließ Küsse von einem zum anderen fliegen. Der Rock 'n' Roll tat das Seine dazu. Der »Affentanz«, wie ihn mein Vater nannte, prägte unsere Generation und bescherte uns ein völlig neues Lebensgefühl. Wir begannen für Elvis Presley zu schwärmen, für James Dean, Marlon Brando oder Montgomery Clift. Wir Mädchen kleideten uns wie Marilyn Monroe, trugen Caprihosen und breite Gürtel. Wir banden uns die Haare zu Pferdeschwänzen und bauschten unsere weiten Röcke mit Petticoats auf. Die Jungs hüllten sich in Röhrenjeans, schwarze Lederjacken oder weite Sakkos, sie trugen Ringelsöckchen, spitze Schuhe und Krawatten aus schwarzen Samtbändern. Sie kämmten sich die Haare nach hinten und modellierten sie vorn zu einer Elvis-Tolle.

In einer Bar in München tanzte ich zum ersten Mal mit einem richtigen Mann. Ich kam mir verrucht vor und hatte gleichzeitig ein schlechtes Gewissen. Langsam nahm das Wort *Mann* Gestalt an. Es löste völlig unbekannte Gefühle in mir aus und versetzte meinen Jungmädchenkörper in helle Aufregung. Meine Freundinnen redeten manchmal vom Masturbieren, vom Ficken, von Petting und Höhepunkten. Alles, was ich selbst über diese Dinge wusste, stammte aus ihren Erzählungen. Mit siebzehn war mein Körper Terra incognita. Ich hatte bisher wenig Neugierde oder womöglich Lust auf Berührungen verspürt, ich hatte eher Angst davor, sogar vor meinen eigenen. Warum war ich darin so anders als alle anderen?

Mein Innerstes konnte nicht mithalten mit dem heiteren, temperamentvollen und strahlenden Mädchen, das ich nach außen vorgab zu sein. Als ich schließlich doch alle Verklemmtheiten über Bord warf, wurde eine bittere Erfahrung daraus.

Ich lernte Hans-Peter auf dem Heimweg von der Schule kennen. Er hielt mit seinem VW Käfer neben mir, kurbelte das Fenster herunter und sprach mich an. Er war längst kein »Halbstarker« mehr, wie man uns Teenager nannte, sondern ein erwachsener Mann. Er trug Anzug, Krawatte und ein blütenweißes Hemd. Obwohl er höchstens fünfundzwanzig sein konnte, kam er mir damals ziemlich alt vor. Aber seine Augen waren tiefbraun, und sein Lächeln war wundervoll. Auch seine Stimme war schön, als er mir sagte, was für ein schönes Mädchen ich sei, dass er sich wundere, dass ich immer so allein unterwegs sei, und er mich schon seit Tagen begleiten würde. Hätte ich denn noch nie bemerkt, wie er neben mir hergefahren sei? Ich war vollkommen überrascht, nahm aber seine Einladung in die Milchbar auf der Sonnenstraße zögerlich an.

Ich ging dreimal mit ihm in die Milchbar. Nach dem dritten Mal machte er einen Umweg durch den Wald. Ich wusste von Anfang an, was nun kommen würde, und war ganz gelassen. Es ging um das Unvermeidbare, das mir ohnehin ständig im Kopf herumging. Und ich wollte doch endlich zum Club der Eingeweihten gehören, dabei sein, mitreden können.

Doch ich spürte nicht den Hauch einer sexuellen Erregung, als Hans-Peter mir im Auto das Kleid über den Kopf zog. Ich hatte keine Ahnung von Petting oder Vorspiel, und falls mein Eroberer etwas darüber wusste, so sparte er sich diesen Teil. Er zerrte mich auf den Rücksitz seines VWs, riss mir das Höschen herunter und betrachtete mich mit lüsternem Blick. Ich konnte seinen Anblick nicht ertragen und schloss die Augen. Ich fühlte, wie seine Finger meinen Körper betasteten, über meine Brüste strichen und gierig meine Beine auseinanderdrängten. Sie berührten mich da, wo ich mich nur beim Waschen berührte, ohne sich lange mit zartem Streicheln aufzuhalten. Er stieß sie in mich, heftig und brutal. Seine Finger rissen mich auf, alles brannte in mir. Als ich mich vor Schmerzen aufbäumte, drückte er mich nieder und drängte sein Glied in meine trockene Vagina. Der Schmerz verdreifachte sich augenblicklich. Nach fünf Minuten, vielleicht auch zehn begann er zu keuchen und zu zittern, er gab dumpfe, tierische Töne von sich, und ich hoffte nur, endlich in Ohnmacht zu fallen. Aber die Ohnmacht kam nicht, mein Herz schlug rasend schnell. Ich glaubte zu ersticken.

Weinend zog ich mich wieder an und setzte mich neben ihn auf den Vordersitz. Hans-Peter schwieg. Erst beim Abschied wandte er sich mir noch einmal zu: »Sei froh, dass du an so einen erfahrenen Mann wie mich geraten bist.« Ich habe nie wieder etwas von ihm gehört.

Als ich an jenem Nachmittag nach Hause kam, waren meine Eltern und Geschwister zum Glück noch unterwegs. Ich rannte ins Bad, riss mir die Kleider vom Leib und stellte mich unter die Dusche. Mein Körper brannte. Ich wollte nur eins: vergessen. An meinen Beinen liefen kleine rötliche Rinnsale herunter. Ich weinte und schämte mich fürchterlich. Dann verkroch ich mich in mein Bett und schlief augenblicklich ein.

Doch mein blutverschmierter Rock in der Wäschetruhe verriet mich. Am späten Abend weckte mich das aufgebrachte Geschrei meines Vaters.

»Du Schlampe! Du Flittchen!« Seine Stimme überschlug sich fast. »Dir werde ich's austreiben! Darauf kannst du dich verlassen!«

Mit dem Stiel eines Teppichklopfers schlug er in der Dunkelheit auf mich ein. Wieder und wieder. Ich verschränkte die Arme über dem Kopf und hatte nur meine Bettdecke, um mich vor seiner rasenden Wut zu schützen. Ich weiß nicht, was passiert wäre, wenn meine Mutter ihm nicht irgendwann in den Arm gefallen wäre.

»Was hast du uns nur angetan?«, jammerte sie. »Warum nur, Johanna, warum? Und was ist, wenn du schwanger bist?«

Ich hatte Glück und wurde nicht schwanger. Nicht beim ersten, sondern erst beim zweiten Mal. Aber diesmal war Liebe im Spiel, meine erste große Liebe: Ulrich.

In den Pfingstferien arbeitete ich als Aushilfsverkäuferin in einem der großen Kaufhäuser in München. Und plötzlich stand er da, dieser große, muskulöse Mann mit seinen strahlend blauen Augen und seinem hinreißenden

Lächeln. Während ich ihm bei der Suche nach einem Anorak half, hatte ich das Gefühl, dass von ihm magnetische Kräfte ausgingen. Hitze stieg in mir hoch, mein Herz begann zu hämmern. Ich fühlte die Röte in mein Gesicht schießen und konnte es kaum fassen. Es war Liebe auf den ersten Blick.

Am Abend, im Kino, als mich seine Hand das erste Mal berührte, glaubte ich von einem Stromstoß berührt zu werden. Ulrich entfachte ein Fieber in mir, das meinen Körper wie ein Flächenbrand umhüllte. So musste Liebe sein, so hatte ich es mir vorgestellt.

Der Sommer des Jahres 1958 wurde zur schönsten Zeit meines Lebens. Nie wieder habe ich etwas so Unbeschreibliches, so Vollkommenes erlebt. So viel Erfüllung und Hingabe. Ich war verrückt nach Ulrich und stolz darauf, einen so schönen Mann gefunden zu haben. Ich konnte es gar nicht erwarten, mit ihm in die große Freiheit aufzubrechen, mein Elternhaus zu verlassen und dem noch größeren Glück entgegenzuschweben. Ulrich war der glühende Kern meiner Welt, um ihn wollte ich kreisen. Das schien genug.

Die Hochzeit kam überstürzt. Ich war bereits im fünften Monat. Mein Hochzeitskleid hatte ich unter der Anleitung meiner Mutter selbst genäht: ein Kleid aus weißem Leinen mit hochgesetzter Taille, das die kleine Rundung und meinen blassen Teint kaschierte. Wir heirateten auf einem schmucklosen Standesamt. Mir war den ganzen Tag speiübel, der Aufregung wie der Schwangerschaft wegen.

Eigentlich hatte ich immer davon geträumt, in einem weißen Hochzeitskleid vor den Traualtar zu treten. Aber für meine Mutter war es unvorstellbar, dass ihre Tochter sich katholisch trauen lassen würde. Meine Schwiegermutter hatte gedroht, bei einer evangelischen Trauung nicht zur Hochzeit zu kommen. Was ich wollte, war völlig egal, und Ulrich mischte sich nicht ein. Zum ersten Mal in meiner Verliebtheit nahm ich ihm etwas schrecklich übel.

Es wurde dennoch ein lebhaftes Fest. Ulrich und ich waren verrückt nacheinander. Der schönste Teil unserer Hochzeit fand nach der Feier statt. Endlich konnten wir allein sein, ohne Angst, gestört zu werden. Endlich hemmungslos laut lachen und seufzen und den Liebesakt in voller Lautstärke genießen. Als wir vor lauter Erschöpfung in den Schlaf fielen, war es bereits früher Morgen.

Goldene Hochzeit

Frankreich, Januar 2009

Fünfzig Jahre sind seitdem ins Land gezogen. Am 20. Februar feiern Ulrich und ich goldene Hochzeit. Wie viele Paare erleben das schon … Das Leben ist eben kein Märchen, und nicht immer gibt es ein Happy End. Wobei Märchen ja für gewöhnlich bei der Heirat enden: Held findet Heldin, sie verlieben sich. Dann wird die Hochzeit gefeiert. Beide strotzen vor Kraft und zerfließen in Glückseligkeit. Was danach passiert, wird ausgeblendet. »Und sie lebten glücklich und zufrieden …«

Ich bin nicht glücklich und zufrieden. Fünf Jahrzehnte lang habe ich mir vorgegaukelt, dass mein Ehemann mich liebt. Ich wollte den Niedergang unserer Beziehung nicht sehen. Über die Jahre hat sich die Liebe in einen fauligen Sumpf verwandelt, in dem alles Verbindende erstickt ist.

Trotzdem will ich ein goldenes Hochzeitsfest. Wir feiern das Ende einer zu langen Beziehung, die überdehnt wurde. Was bringt mich dazu, dieses Jubiläum mit großem Trara zu feiern? Ich kann es nicht wirklich beantworten. Vielleicht ist es Nostalgie oder auch Eitelkeit, der Wunsch, einmal noch heile Familie zu spielen. Ein Fest für uns alle: für mich, Ulrich, Michael, Ulrike, Anna und Ingo. Unsere vier Kinder. Verstreut wohnen sie in Deutschland, ich habe sie benachrichtigt, dass ich in zwei Wochen kommen werde. Drei Tage bevor Ulrich kommt.

Die Tage bis zu meinem Flug nach München waren die reinste Hölle. Ulrich tat, als wäre ich nicht da. Er bestrafte mich mit eisigem Schweigen, das Gesicht so starr wie eine Maske.

Um ihm aus dem Weg zu gehen, trieb ich mich stundenlang mit den Hunden in den Feldern herum. Die letzten Tage, bevor ich nach München flog. Anfang Februar bietet die Natur wenig Trost, aber solange ich draußen unterwegs war, schien alles andere weit genug weg. Ich ließ mich vom Herumgetobe der Hunde ablenken, warf Stöckchen und sah ihnen zu, wie sie den Krähen nachjagten oder in der Erde buddelten. Für ein paar Stunden waren meine Gedanken frei, und ein kleines bisschen Glück sammelte sich in meiner Brust, ein Zipfelchen Zuversicht. Die Nebelschwaden über der Landschaft schienen auch die scharfen Umrisse meines Kummers zu dämpfen.

Als ich fünf Tage vor meinem Abflug in der Dämmerung nach Hause kam, stand ein unbekanntes Auto in der Einfahrt. Eine düstere Vorahnung überfiel mich. Im Haus brannte kein Licht, das Fernsehzimmer, in dem Ulrich um diese Zeit meistens saß, war leer. Auf dem Weg zu seinem Schlafzimmer hörte ich Stimmen. Ulrichs apathischer Blick traf mich wie ein Peitschenhieb. Neben seinem Bett stand der junge Arzt, der in der Nachbarschaft wohnte.

»Gut, dass Sie kommen, Frau Mertz.«

Ohne dass ich es richtig begriff, erklärte er mir, was geschehen war. Ulrich hatte vor zwei Stunden ein Neuroleptikum eingenommen. Aber das Medikament wirkte kontraproduktiv. Sein Zustand machte mir Angst, seine Augen flackerten und lagen eingefallen in den Höhlen, die knochigen Finger auf der Bettdecke krümmten und streckten sich unaufhörlich wie Spinnenbeine. Als er zu sprechen begann, klang es, als hätte er einen Kloß im Hals.

»Ich hatte gehofft, dass mich das Zeug müde machen würde, aber ich wurde stattdessen immer wacher und wacher, das Blut schien durch meine Adern zu schießen. Ich hatte Angst, dass mein Hirn explodiert«, brachte er stammelnd hervor.

Ulrichs Lippen zitterten heftig, die Flügel seiner großen Nase bebten. Er schien schlagartig um Jahre gealtert. Ich ging neben seinem Bett in die Knie und ergriff seine Hand.

»Mein Gott, mein Gott, du hättest dich umbringen können! Warum hast du am helllichten Tag dieses Medikament genommen? Kannst du mir das erklären?«

Doch eigentlich brauchte er mir nichts zu erklären, ich ahnte die Antwort, ich kannte das Muster. Es war ein verzweifelter Versuch, mich an meiner Abreise zu hindern. Wie kleine Kinder versuchten wir immer und immer wieder, uns gegenseitig unter Druck zu setzen, zu drohen, zu verbieten. Ich wurde wütend.

Aus Sicht des Arztes war unbedingt eine Behandlung nötig. »Darf ich mal Ihre Medikamente anschauen?«, fragte Dr. Wieland, und ich öffnete Ulrichs Nachttischschublade. Mit Blick auf Ulrichs Medikamentenberg riet er zu einer stationären Aufnahme in einer psychosomatischen Klinik. Ob wir daran schon mal gedacht hätten? Gedacht schon … Ulrich hatte seit Jahren mit Schlafstörungen zu kämpfen. Es ging ihm nicht gut. Ein Besuch im Schlaflabor hatte kurzfristig für Besserung gesorgt, aber ein Zweistundengespräch mit einer Psychologin war eben doch nur ein Tropfen auf den heißen Stein. Von einer stationären Therapie wollte Ulrich bisher nichts wissen. Aber diesmal stimmte er ohne weiteren Protest zu. Er schien erleichtert zu sein.

Die nächsten fünf Tage waren mehr als hektisch. Tagsüber stürzte ich mich in die Hausarbeit. Ich putzte alle Fenster, kümmerte mich um den Garten, befreite die Kühltruhe von Produkten mit abgelaufenem Verfallsdatum, erledigte die liegen gebliebene Post, striegelte die Hunde und kaufte Hundenahrung, die für ein halbes Jahr gereicht hätte. Ich schrieb Listen mit wichtigen Telefonnummern und heftete sie in der Küche an die Pinnwand. Wenn Ulrich von dieser emsigen Tätigkeit irritiert war, so ließ er sich nicht das Geringste anmerken. Unsere Kommunikation beschränkte sich auf ein Mindestmaß, oft brachten wir nicht viel mehr zustande als ein paar Begrüßungsfloskeln am Morgen und Abschiedsgemurmel am Abend. Von dem Paar, das vor fünfzig Jahren glücklich den gemeinsamen Flitterwochen entgegensah, war nicht mehr viel übrig. Wir waren zwei wütende Fremde geworden, die unter demselben Dach lebten.

Ich machte mich im Internet auf die Suche nach einer geeigneten Klinik. Ich studierte Therapieformen und Behandlungskonzepte, las die Beurteilungen von Patienten, nahm mit einigen von ihnen persönlich Kontakt auf, telefonierte mit Kliniken und Ärzten. Wie sich herausstellte, würde unsere französische Krankenkasse nur einen Teil der Kosten übernehmen, den stationären Aufenthalt mussten wir selbst finanzieren. Ich beschloss, Ulrich diese Tatsache vorerst zu verschweigen, damit er nicht auf die Idee kam, einen Rückzieher zu machen. Schließlich entschieden wir uns für eine Klinik am Ammersee, wenige Kilometer von München entfernt. Der Termin für die

Aufnahme wurde auf den 19. Februar festgelegt, einen Tag vor unserer goldenen Hochzeit. Alle Versuche, die Aufnahme zu verschieben, blieben vergeblich. Ich konnte lediglich aushandeln, dass man Ulrich für das Wochenende beurlauben würde.

Die drei Tage vor meinem Abflug wurden heftig, die Hunde mussten versorgt werden, Gärtner und Putzfrau bekamen eine Liste mit Aufgaben von mir.

Doch am wichtigsten ist es mir, Andreas anzurufen. Ich weiß, dass er wartet. Vor meinem inneren Auge tauchen die drei Worte auf, die er mir in seiner letzten Mail gesandt hat: »Ja, ich will!« Ich habe sie mir ganz tief eingeprägt, die Mail habe ich gelöscht.

Wenn ich an Andreas denke, denke ich an blühende Bäume, an grüne Wiesen, an Weinberge mit reifen Trauben, an Palmen und Meer. Manchmal auch an Wüstenlandschaften. Immer verbinde ich ihn mit Natur, nie mit Städten, Menschen oder Lärm. Dann werden meine Gedanken warm und weich, spielen nicht mehr verrückt, verwirren sich nicht mehr und bilden Knoten. Wenn mir noch zehn Jahre bleiben, möchte ich diese Zeit mit ihm genießen, mich selbst finden, in mir selbst ruhen und nicht darauf warten, dass das Glück mich findet.

Die Taverne am See

Februar 2009

Ohne den melodiösen Hinweis meines TomTom wäre ich an dem grauen Gemäuer vorbeigefahren. Ich habe diesen Gasthof ausgewählt, weil Ulrichs Klinik von hier aus leicht zu erreichen ist und weil ich hierher oft mit den Kindern gefahren bin. Im Sommer zum Baden, fast vierzig Jahre ist das her.

Heute entspricht nichts, aber auch gar nichts dem idyllischen Bild, das ich in meinem Gedächtnis gespeichert hatte. Die »Taverne am See« machte einen verwahrlosten Eindruck. Keine weiß-blaue Fahne flatterte auf dem Dachfirst, natürlich blühten im Winter keine Kastanien, und der Biergarten war geschlossen. Stattdessen wirbelten Schneeflocken durch die Luft, als ich ankam.

Da war es genau vier Uhr, ein gereizter Gastwirt händigte mir die Zimmerschüssel mit der Information aus, dass er für die nächsten fünf Tage nicht im Haus sei. Frühstück würde ich in der Gaststube bekommen, die aber ansonsten Betriebsferien habe. Ob ich vielleicht morgens seine Katze hinaus- und abends wieder hereinlassen könne? Ich sei im Moment der einzige Gast. Am liebsten hätte ich auf dem Absatz kehrtgemacht, aber dafür war ich viel zu müde und erschöpft.

Jetzt liege ich in voller Montur in einem eiskalten Bett,

von den Zehen bis zum Nacken verspannt. Mit zittrigen Fingern ziehe ich die klamme Bettdecke noch fester um meinen Körper.

Unermüdlich reibe ich Hände und Füße aneinander, aber mir wird nicht richtig warm. Seit meiner Abreise aus Frankreich plagt mich ein hartnäckiger Husten, von dem mein Bauch schon ganz hart und verkrampft ist. An Schlaf ist nicht zu denken. Fünfzig Jahre Ehe rasen im Schnelldurchlauf durch mein Hirn. Mit jedem Detail, das sich aus dem tristen Brei in meinem Kopf herauslöst, wächst meine Panik. Morgen feiere ich goldene Hochzeit und fühle mich dabei wie sechsundachtzig und nicht wie achtundsechzig.

Mit einem heftigen Ruck schleudere ich die Bettdecke zur Seite, setze mich ächzend auf und lasse den Blick durch das triste Zimmer schweifen. Ein Doppelbett, ein Schrank, ein Tisch mit einem Fernseher, ein Stuhl und eine halb verdorrte Topfpflanze. Die geschlossenen Vorhänge vor den beiden Fensterluken tauchen den Raum in trübes Dämmerlicht. Ich stemme mich in die Höhe und werfe einen Blick nach draußen. In der Arktis könnte es nicht trostloser sein. Nichts als Schnee und Eis. Der Wind fegt über das Feld und treibt die Schneeflocken vor sich her. Mein Auto, das einsam und verlassen auf dem Parkplatz steht, hat bereits eine dicke Schneehaube auf dem Dach.

Wieder schüttelt mich ein Hustenanfall. Die Heizkörper sind kalt. An der Stelle des Temperaturreglers sitzt eine dicke Schraube. Nach längerer Suche finde ich direkt über dem Fußboden einen Drehknopf. Schon nach der zweiten Umdrehung schießt heiße Luft durch die Rohre. Ich stelle mir Ulrichs spöttischen Blick vor, der mir signalisiert, dass er schon viel früher auf die richtige Lösung gekommen wäre. Wenigstens wird es jetzt warm. Ich knautsche die Vorhänge zusammen und drapiere sie so auf den Fensterbrettern, dass möglichst wenig Wärme verloren geht. Es ist halb fünf. Was soll ich bis zum Abend in diesem Zimmer machen?

Lesen kann ich nicht, dazu brummt mir der Kopf zu sehr, fernsehen noch weniger. Duschen könnte ich, mir die Haare waschen, die Beine rasieren … Aber frisch geduscht kann ich nicht mehr in die Eiseskälte da draußen, ohne eine Lungenentzündung zu riskieren. Meine Unruhe wächst.

Schließlich stehe ich, vermummt wie ein Eskimo, in Daunenanorak und Pelzstiefeln vor dem Badezimmerspiegel, um mir die Lippen nachzuziehen. Es sind volle Lippen, mit einem Permanent-Tattoo um Ober- und Unterlippe. Mein Gesicht hat ein bisschen Puder nötig, es ist blass, nur die Augen sind von der ständigen Husterei gerötet. Der Kupferton meiner Haare hat an Leuchtkraft eingebüßt. Ich muss mich auf die Suche nach einer Drogerie machen. Auch das nachwachsende Grau verlangt nach Farbe.

Im Flur begegne ich der Katze, sie drückt sich an mich und schnurrt wie verrückt. Ich beuge mich hinunter, um sie zu streicheln, und schiebe sie beiseite, bevor ich die Haustür aufstoße. »Ich kann dich doch nicht raus in diese Kälte schicken!«

Ein eiskalter Wind reißt mir die Kapuze vom Kopf. Eine Weile suche ich vergeblich nach dem »Zentrum« des kleinen Dorfes. Es besteht offenbar nur aus einer Kirche und dem Gasthof mit dem »Geschlossen«-Schild.

Schließlich verweist mich eine alte Frau auf einen Italiener, das einzige Restaurant, das hier im Ort aufhat.

Im Restaurant ist es warm und rauchig. Ich setze mich in die hinterste Ecke, schäle mich aus meiner warmen Hülle und bestelle einen Rotwein und Rigatoni al forno. Schon nach wenigen Bissen vergeht mir der Appetit.

Ulrich sitzt jetzt vermutlich im Speisesaal der Klinik, schweigsam, misstrauisch seine Tischgenossen beäugend und darauf konzentriert, etwas von ihren Gesprächen mitzubekommen. Ich sehe ihn noch einmal in der Eingangstür stehen und mir nachwinken. Als er sich umdreht und geht, schwingt die Tür ein paarmal hin und her.

Dass Ulrich heute Abend an mich denkt, bezweifle ich. Er wird vertieft in den Augenblick sein, involviert in seinen angeschlagenen Zustand. Ich bemühe mich, an etwas Erfreuliches zu denken. Aber was gab es Erfreuliches in den letzten Wochen, Monaten, Jahren? Ich müsste eine geniale Zauberin sein, um aus Stroh ein wenig Gold zu spinnen. Ob Ulrich sich noch an das schüchterne Lächeln der verliebten Achtzehnjährigen erinnert …?

»Hat's nicht geschmeckt?« Die Miene des Italieners verzieht sich besorgt.

Ich schüttele den Kopf und lege meine Hand vielsagend auf den Bauch. Das muss im Moment als Erklärung genügen. »Haben Sie einen guten Rotwein?«

Der Kellner zieht die Augenbrauen hoch. »Ich kann Ihnen einen Montepulciano empfehlen, samtig und weich.« Jetzt lächelt er sogar.

»Gern«, antworte ich und lächele zurück.

Inzwischen ist es draußen dunkel geworden. Vom Kellner erfahre ich, dass es im Ort einen Drogeriemarkt gibt. Das einzige Geschäft, das noch offen sein müsste.

Wieder zwei kleine Schlückchen Wein, und wieder kehren meine Gedanken zu Ulrich zurück. Ich muss an Nietzsche denken und seine These von der Ehe als langes Gespräch. »Glaubst du«, fragt er den Leser, den er sich natürlich als Mann vorstellt, »dich mit dieser Frau bis ins hohe Alter hinein gut zu unterhalten? Alles andere in der Ehe ist transitorisch, aber die meiste Zeit des Verkehrs gehört dem Gespräche an.«

Oh, wie recht er hat! Die guten Gespräche zwischen mir und meinem Ehemann kann ich an einer Hand abzählen. Wir haben gestritten, nicht geredet. Die Chance, uns wirklich kennenzulernen, haben wir leichtsinnig verspielt. Stattdessen hat Ulrich, frei nach Nietzsche, versucht, mich nach seinem Bilde zu erschaffen. »Der Mann macht sich das Bild des Weibes, und das Weib bildet sich danach.«

Ich schuf mir im Gegenzug mein eigenes Weltbild, meine eigene Autonomie. Ein ganzes Eheleben lang nahm einer vom anderen das Falsche an, und so entging uns das Beste. Das zweite Glas Wein war zu viel. Ich spüre, wie sich mir der Magen umdreht, meine Kehle eng wird und der Speichel auf meiner Zunge zusammenläuft. Ich zwinge mich, ruhig zu atmen, lege die Hände beschwichtigend auf den Bauch, wohl wissend, dass jede schnelle Bewegung den Brechreiz verstärken würde. Nach fünf Minuten habe ich mich gefangen, bezahle meine Rechnung und vermumme mich wieder.

Diesmal empfängt mich Eisregen, die vier Stufen zur Straße hinunter sind glitschig. Ich zaudere, drücke mir die behandschuhte Hand vors Gesicht, bemüht, nur durch die Nase zu atmen. Am liebsten würde ich auf direktem Weg zurück in den Gasthof gehen. Mit zwei Plastiktüten bepackt, trete ich keuchend den Heimweg an. Fast alle Häuser sind dunkel. Die schwarzen Fenster der Taverne blinken gespenstisch im Mondlicht, selbst ein Treppenlicht fehlt. Beim Öffnen der Zimmertür schlägt mir heiße, trockene Luft entgegen. Die Heizkörper glühen wie in einer Sauna. Ich reiße das Fenster auf. Der Wechsel zwischen Hitze und Kälte reizt meine Bronchien, und eine

Viertelstunde lang mühe ich mich ab, zähen Schleim aus meinen verstopften Lungenflügeln nach oben zu bringen. Die Atemnot ist so schlimm, dass ich glaube ersticken zu müssen.

Ich schalte zur Ablenkung den Fernseher ein, werfe mich erschöpft aufs Bett und schaue Jörg Pilawa bei seinem Ratequiz zu. Nach einer Viertelstunde ist klar, dass ich es allerhöchstens bis zur 15.000-Euro-Frage geschafft hätte, am Thema Fußball oder Popmusik wäre ich unweigerlich gescheitert.

Das Bad ist so klein, dass man sich kaum drehen kann. Ich stelle mich vor den stumpf gewordenen Spiegel, teile mit dem Kamm Strähne für Strähne ab, fahre mit der Tülle der Farbflasche über die Scheitel und reibe mit den Gummihandschuhfingern die Farbe ein. In einer Viertelstunde bin ich durch, zwirbele die Haare zusammen und stecke sie am Hinterkopf fest. Dann schmiere ich mir eine dicke grüne Schicht Feuchtigkeitsmaske ins Gesicht. Ich lasse Mund und Augen frei und grinse mich im Spiegel an. Die Haare an den Beinen habe ich genauso lange nicht mehr abrasiert wie die in der Schamgegend. Ich stelle die Beine abwechselnd auf die Klobrille und rasiere trocken Spur um Spur. Die Beschäftigung mit meinem Körper beruhigt mich.

Bald werden Ulrichs lüsterne Blicke jeden Millimeter meines Körpers erkunden. Die Gefühle, die dieser Gedanke in mir hervorruft, sind zwiespältig. Will ich? Muss ich? Sex ist das Einzige, das Ulrich und mich noch verbindet. Wir schweigen, aber unsere Körper kommunizieren.

Mein Blick bleibt an der leeren Plastikflasche hängen. Ein kleiner Rest Farbe bedeckt den Boden. Plötzlich zuckt Heiterkeit wie ein verirrter Sonnenstrahl durch meinen Körper. Ich lasse den Rest der Farbe auf meine Handfläche tropfen und drücke die Hand auf meinen Schamhügel. In kleinen Kreisen reibe ich die Farbe ins knisternde Kraushaar – ein bisschen Kupferton kann der angegrauten Pracht nicht schaden.

In der Zwischenzeit lackiere ich die Zehennägel leuchtend rot. Dann stelle ich mich unter die heiße Dusche, lege den Kopf zurück und wasche mir die braune Brühe aus den Haaren. Mit geschlossenen Augen genieße ich das sanfte, weiche Prasseln der Wasserstrahlen, streiche mit den Händen über meine Brüste und fühle ein erregendes Kribbeln in den Brustwarzen. Gänzlich unerwartet kommt dieses Sehnen, das ich schon fast vergessen habe.

Ich rubbele meinen Körper trocken, bis die Haut rosig schimmert, und schaue erwartungsvoll in den Spiegel. Aus meinen Augen ist die Mattigkeit verschwunden, das Braun der Pupillen ist leuchtend geworden. Ich meine, gelbe Fünkchen darin tanzen zu sehen. Vollständig herausgeputzt sehe ich aus wie achtundfünfzig. Doch auch das ist mir in letzter Zeit egal geworden. Kurz vor meiner Abreise war ich beim Frauenarzt, um mich gründlich untersuchen zu lassen. Außerdem wollte ich seinen ärztlichen Rat in Sachen nachlassende Libido. Wir kennen uns lange genug, also hatte ich keinerlei Hemmungen, die entsprechenden Fragen zu stellen.

»In drei Wochen bin ich fünfzig Jahre verheiratet, meinem Mann steht das Testosteron immer noch bis in die Haarspitzen. Ich kann da nicht mehr mithalten. Gibt es denn gar nichts, was Frauen hilft?«

Neugierig fragte der Arzt zurück: »Nimmt Ihr Mann denn Viagra?«

Lachend hatte ich den Kopf geschüttelt und meinerseits gefragt: »Hilft das denn auch bei Frauen?«

»Na ja, Frauen hab ich Viagra noch nie verschrieben – aber warum nicht?«

Er begann in einem dicken Wälzer zu blättern.

»Es gibt da eine ganze Menge verschiedener Medikamente auf dem Markt … hmmm … hmmmm … Ausdrücklich darauf hingewiesen wird bei keinem, dass sie für Frauen unverträglich sind. Sie dürfen sich auch nicht zu viel davon erhoffen, Viagra steigert lediglich die Durchblutung im Genitalbereich, was möglicherweise auch eine Steigerung der Libido hervorrufen kann. Also, wenn Sie wollen, verschreibe ich Ihnen die Tabletten.«

Ich habe nicht lange überlegt und mir das Rezept geben lassen, die Tabletten aber dann vollkommen vergessen. Aufgeregt durchwühle ich mein Necessaire nach dem Filmstreifen mit den vier blauen Tabletten. Ohne lange nachzudenken, drücke ich eine heraus und spüle sie mit einem Glas Wasser hinunter. Kaum ist sie weg, wird mir mulmig. Ich setze mich auf den Klodeckel, hole den Beipackzettel aus der Schachtel und beginne zu lesen. Leute mit hohem Blutdruck sollten vorsichtig mit dem Medikament umgehen, aber das wusste ich schon, und es trifft auf mich nicht zu. Eine halbe Stunde vor dem Geschlechtsverkehr soll man sie nehmen.

Ganz plötzlich fühle ich mich übermütig. Ist das schon die Wirkung? Schnell greife ich zum Föhn und trockne mir die Haare. Sie sind das schönste Schmuckstück, das ich habe. Weich, glänzend und üppig fallen sie mir auf die Schultern. Anschließend schlüpfe ich in mein neues Nachthemd, ein raffiniertes Gebilde aus hauchdünner nachtblauer Spitze, das mehr enthüllt, als es verbirgt.

Wieder ertappe ich meine Gedanken dabei, dass sie zu Ulrich schweifen, sich sein aufgeregtes Gesicht vorstellen, seine großen Hände, die unter das Nachthemd greifen. Unruhig tigere ich in dem überhitzten Zimmer auf und ab. Mal ist mir warm, mal fröstle ich. Ich habe Hunger und Durst. Auf dem Nachttisch steht eine Flasche Wein mit Schraubverschluss aus dem Drogeriemarkt. Ich gieße mir ein Glas ein und lasse mich auf mein Bett fallen. Dann lege ich zwei Kopfkissen übereinander, decke mich zu und greife nach meinem Buch.

Ein Roman über eine Beziehung, Liebe, Leidenschaft, Ehebruch, ein wenig Glück, der Rest ist Kampf. So vieles davon kommt mir bekannt vor. Ich unterbreche meine Lektüre, als die Protagonistin anfängt, sich selbst zu befriedigen. »Sie legt ihre Hand zwischen ihre aufgestellten Beine, drückt Zeigefinger und Mittelfinger an den Schaft ihrer Klitoris, erkundet, was sich da machen lässt.« Mehr brauche ich nicht. Ich werfe das Buch auf das Nachbarbett. In meinen geschwollenen Schamlippen pulsiert das Blut. Meine linke Hand fährt langsam vom Bauch nach oben, streichelt meine Brüste, umkreist die Brustwarzen, die hart werden und anschwellen. Ich ziehe die Knie an und spreize sie, so weit ich kann. Das Stimulieren der Klitoris ist mir heute nicht genug, es muss mehr sein. Ich schiebe Mittelfinger und Zeigefinger tief in mich hinein. Niemand ist da, der mich stöhnen hören würde.

Meine Augen sind geschlossen, ich muss mich konzentrieren, darf den Faden nicht verlieren. Jedes Abschweifen birgt die Gefahr, den Orgasmus zu verpassen. Doch heute kann ich ihn dirigieren, wie ich will, bis sich die Welle überschlägt und mich in die Höhe wirbelt, höher und höher …

Einen Augenblick später liege ich atemlos da. Mein Körper ist hellwach. Keuchend ringe ich nach Atem. Meine Brust fühlt sich an, als würde sie mit Gewalt zusammengepresst. Ich bereue, so viel Rotwein getrunken zu haben.

Das überheizte Zimmer wird bedrückend eng. In unserem Haus an der Ardèche könnte ich jetzt die Terrassentür öffnen und von der Veranda aus in den tiefdunklen Himmel starren, die leuchtenden Sternbilder betrachten und mich vom Rauschen des Flusses beruhigen lassen. Das Glucksen des Wassers singt mich zu Hause so oft in den Schlaf. Doch wo in diesem trostlosen Gasthof kann ich meine Unruhe und mein aufgewühltes Inneres besänftigen? Ich stehe auf, ziehe den Daunenanorak über und schlüpfe in die Pelzstiefel. Kaum habe ich das Zimmer verlassen, ist die Katze da. Sie muss vor der Tür gewartet haben. Muffige Kälte schlägt mir entgegen. Der leere, lange Gang wirkt unheimlich. Er ist nur schwach erhellt von drei Funzeln, aus denen das Licht tropfenweise herausfällt. Ich öffne Tür um Tür, und hinter jeder sehe und rieche ich dasselbe: Schmutzwäsche auf dem Boden, nackte Kissen und Federbetten auf dem Bett. Die abgestandene Luft ist fast greifbar.

Von der Katze verfolgt, steige ich vorsichtig die steile Treppe zum Erdgeschoss hinunter. Vor der Eingangstür hängt ein schmutzig grüner Vorhang, alle anderen Türen sind verschlossen. Auf dem Empfangstresen liegen verloren ein paar Prospekte. Ich schiebe sie zusammen und nehme sie mit nach oben. Die Katze klebt an meinen Fersen, sie huscht die letzten Stufen voraus und zwängt sich, ehe ich mich's versehe, durch die angelehnte Tür in mein Zimmer.

Ich wedele ihr mit den Händen vor der Nase herum. Sie bleibt unbeeindruckt. Schließlich gebe ich auf, ziehe Anorak und Pelzstiefel aus, löse eine Aspirin in lauwarmem Leitungswasser auf und lege mich mit den Prospekten wieder ins Bett.

Ich muss unbedingt das Quartier wechseln, mir einen

lebhaften Ort suchen, an dem es Menschen und Geschäfte gibt.

Die Katze liegt mittlerweile zusammengerollt am Fußende und schnurrt. Der Wein zeigt langsam Wirkung, schon im Halbschlaf, fange ich an zu träumen.

Die Klinik

Februar 2009

Jemand klopft an die Tür.

»Frau Mertz, sind Sie schon wach?«, ruft eine Frauenstimme. »Es ist halb zehn, wollen Sie noch frühstücken?«

»Ja, ja, natürlich, in zehn Minuten bin ich unten.«

Meine Stimme ist heiser – ein hässliches Krächzen. Ich bin unausgeschlafen, mir ist übel, und meine Augen brennen. Vor fünfzig Jahren machte mir der winzige Fötus in meinem Bauch zu schaffen, heute sind es die Erinnerungen. Damals durchschritt ich voller Verzückung das weit geöffnete Tor zu einer Zauberwelt, in der Erwartung, dass all meine Wünsche und Sehnsüchte sich mit einem Schlage erfüllen würden. Heute kann ich es nicht erwarten, der Umklammerung dieser Zauberwelt zu entkommen, bevor sie mich ganz erstickt.

Ich stemme mich aus dem Bett und reiße mit einem Ruck die Vorhänge auf. Es schneit nicht mehr, aber es sieht seltsam aus. Die Sonne erinnert an eine blasse Kugel Vanilleeis, die in einer rosafarbenen Milchsuppe schwimmt. Um sie herum kräuseln sich sanfte Wellen, werden zu Streifen und zerfließen am Horizont. Ich beschränke mich auf eine kurze Katzenwäsche und steige in meine Kleider.

Die Katze geht mir langsam auf die Nerven. Sie hat sich unter dem Bett versteckt und macht keine Anstalten, mit nach draußen zu kommen. Gerade als ich die Tür schließen will, schießt das Tier pfeilschnell an mir vorbei und rast die Treppe hinunter. Wahrscheinlich ist sie genauso hungrig wie ich.

Ich stehe etwas hilflos in der kalten Vorhalle und sehe mich suchend nach dem Frühstücksraum um. Eine der vielen Türen geht auf, und ein junges Mädchen begrüßt mich fröhlich: »Kommen Sie rein, Frau Mertz! Ich habe Feuer gemacht.«

Die große Wirtsstube mit der langen Theke, karierten Vorhängen und den Kunstblumen auf den Fenstersimsen wirkt gemütlich. Das Mädchen weist mir einen Platz zu, der von einem roten Band abgegrenzt wird, das aussieht wie die Polizeimarkierung an einer Unfallstelle.

»Was hat es mit diesem Band auf sich?«, frage ich.

Das Mädchen lacht. »Wissen Sie, den Rest des Restaurants habe ich schon geputzt, nur mit der Ecke hier habe ich gewartet, bis Sie gefrühstückt haben.«

Sie ist hübsch und sehr jung. Vielleicht neunzehn. Aufmerksam rückt sie mir den Stuhl zurecht.

»Ein Kännchen Kaffee und ein Glas Wasser, bitte«, murmele ich mürrisch.

Mein Heißhunger ist erstaunlich, gierig verputze ich alles, was sie mir vorsetzt: Eier, Schinken, Käse, Honig und Marmelade.

»Schmeckt es Ihnen?«, fragt das Mädchen von der Küche aus.

Ich nicke und schmiere mir noch ein halbes Brötchen.

»Das Dirndl steht Ihnen ausgezeichnet«, sage ich versöhnlich. »Das kann nur tragen, wer einen schönen Busen hat. Wie viele solche Kleider haben Sie denn?«

»Ich weiß nicht genau, wie viele«, antwortet sie, »ein Teil hängt daheim in Braunau.«

»In Braunau? Wo Hitlers Geburtshaus steht?«

»Ja genau, das Haus Pommer. Früher war es wohl mal ein Wirtshaus, jetzt soll es verkauft werden. Es ist ziemlich teuer für unser Kaff, aber irgendwelche Rechtsextremen wollen es um jeden Preis haben.«

Das Mädel scheint nicht so einfältig zu sein.

»Interessieren Sie sich für Politik?«

»Eigentlich schon, aber noch mehr für die große weite Welt, wie man so schön sagt. Wenn man aus der Provinz kommt, will man ja immer raus. Deshalb will ich auch Stewardess werden.« Sie strahlt.

»Wenn das so ist …«, antworte ich zerstreut und erhebe mich. »Wir sehen uns dann morgen früh.«

Das Mädchen nickt und beginnt abzuräumen.

Oben im warmen Zimmer überlege ich, was ich anziehen soll. Ich entscheide mich für etwas Elegantes: Kaschmir und Samt. Als ich dann mit Fuchspelzmantel und -mütze vor den Flurspiegel trete, sehe ich aus wie eine russische Adlige aus dem neunzehnten Jahrhundert. Aus meiner Handtasche rutscht ein Brief heraus, den Ulrich mir am Flughafen in die Hand gedrückt hat. Ich hatte ihn bis eben völlig vergessen. Er ist von Claire und René, unseren Nachbarn und Freunden.

»Herzliche Glückwünsche zur goldenen Hochzeit: Liebe Johanna, lieber Ulrich, in der heutigen Zeit verdient man ja fast einen Orden, wenn man es so lange miteinander aushält – wozu wahrscheinlich nicht nur viel Liebe, sondern auch Geduld und eine Prise Disziplin gehören. In diesem Sinne grüßen wir voll Bewunderung und wünschen einen schönen Hochzeitstag mit vielen schönen Erinnerungen!«

Ich knülle das Papier zu einer kleinen Kugel und werfe es in den Papierkorb.

Vor der Tür des Gasthofs haben sich Wasserlachen gebildet. Das Mädchen hat offenbar Salz gestreut. Als ich darüber hinweggehe, knistert es wie die zerberstende Oberfläche eines Sees. Die Vanilleeiskugel ist verschwunden, am strahlend blauen Himmel glänzt eine wundervolle Wintersonne. Mühselig befreie ich mein Auto aus den Schneebergen und kratze die Scheiben frei. Gott sei Dank springt es gleich an. Ich tippe die Adresse der Klinik in mein TomTom ein und fahre los. Die Straße ist nicht besonders gut geräumt, die Räder schwimmen auf dem aufgeweichten Matsch. Ich muss höllisch aufpassen.

Unterwegs halte ich bei einem Aldi, um Sekt und Blumen für meinen Ehemann zu kaufen. Das Einkaufen bei Aldi habe ich in Frankreich vermisst: die günstigen Lebensmittel, der preiswerte Champagner und all die Kinkerlitzchen, die man eigentlich nicht braucht und dann aber doch in seinen Einkaufswagen lädt. Ich nehme zwei Flaschen Champagner aus dem Regal, eine Flasche für heute, die andere für morgen, wenn wir zu den Kindern fahren. Aber was machen fünfzehn Personen mit einer Flasche? Wenn ich die Enkelkinder abziehe, bleiben noch neun Erwachsene. Also lege ich noch zwei Flaschen dazu und eine Flasche Rotwein für den Abend. Ich kaufe haufenweise Salzstangen, Kräcker, Gummibären, Schokolade und Lakritze, die Ulrich so liebt. Die Blumen sehen recht frisch aus. Ich entscheide mich für einen großen Strauß Narzissen, die halten länger als Rosen.

Das Klinikgebäude erinnert in seiner Rechtwinkligkeit eher an eine Fabrik. Ich hole meine Geschenke aus dem Kofferraum und stapfe schwer beladen über die Schneehaufen hinweg zur Eingangstür. Nirgendwo steht, dass das eine Klinik ist, doch sobald man drinnen ist, riecht man es.

Gestern kam Ulrich in der Klinik an. Ein junger Mann führte uns nach der Anmeldung durchs ganze Haus. Er stellte sich uns als Tutor vor und als Patient. Die Patienten, die länger hier sind, übernehmen diese Aufgabe, um den Neuankömmlingen bei der Orientierung zu helfen.

Die Privatpatienten haben ihre Zimmer in einem langen, hellen Gang. Durch die Panoramafenster hat man einen schönen Ausblick auf den Park. In der Ferne schimmern die Gipfel der Berge. An der gegenüberliegenden Wand hängen bunte Bilder, Kunstwerke der Patienten. Wenn man von Farbgebung und Lebendigkeit auf den Zustand der Künstler schließen wollte, so müssten sie allesamt heiteren Gemüts seins.

Ulrich hat ein Zimmer für sich allein. Vorsichtig klopfe ich an seine Tür, aber sie ist verschlossen. Er ist nicht da. Ich deponiere meine Mitbringsel zusammen mit Mantel und Mütze auf einer Bank und gehe unruhig auf und ab. Nach einer Viertelstunde beschließe ich, ein wenig durchs Haus zu streifen. Ein riesiger Glaszylinder verbindet die Stockwerke miteinander. Wenn ich nach oben schaue, sehe ich den leuchtend blauen Himmel. Ein Stockwerk tiefer stehen gemütliche Sitzgruppen und kleine Tische. An einigen sitzen Patienten und sind in ein Buch vertieft oder in ein Spiel. Fast überall liegen angefangene Puzzles herum, viele davon riesig. Ich komme an Werkräumen vorbei, in denen man töpfern, basteln oder malen kann, an einem Fitnessraum und an einem Schwimmbad, in dem einige Männer langsam ihre Bahnen ziehen. Der Dampf, der durch die Tür dringt, tut meinen gereizten Bronchien gut.

Ich kehre zu meiner Bank zurück und warte auf Ulrichs Rückkehr. Schließlich sehe ich ihn schon von Weitem. Unter tausend Männern würde ich ihn an seinem Gang und seiner Haltung erkennen. Er ist eins neunzig groß, schlank und geht etwas nach vorn gebeugt, mit leicht hängenden Schultern. Er hält den Blick gesenkt und sieht nichts von den fröhlichen Bildern und dem Ausblick auf die Landschaft. Er wirkt vollkommen in sich gekehrt.

Ulrich scheint überrascht, mich vor seiner Tür sitzen zu sehen. Mit einem Lächeln zieht er mich an sich und lädt mich mit einer Geste in sein Zimmer ein.

»Was hast du denn da alles mitgebracht?«, sagt er beim Anblick meines Präsentkorbes. Seine Stimme klingt jetzt wirklich überrascht, und ich fürchte für einen Moment, dass er vergessen hat, welcher Tag heute ist. Aber er hat es nicht vergessen. Er zieht mich an sich und flüstert in mein Haar: »Fünfzig Jahre, ich kann's kaum glauben. Nie im Leben hätte ich mir träumen lassen, dass wir das schaffen.«

Ich rieche den vertrauten Duft seines Körpers und schlinge die Arme um seinen Hals. So nahe waren wir uns schon lange nicht mehr. Zu meinem eigenen Erstaunen höre ich mich sagen: »Ich habe dich schrecklich vermisst.«

Mein Herz fängt an zu klopfen. Schon befinde ich mich wieder im Netz meiner verwirrenden Gefühle für ihn.

»Was hast du da nur alles mitgebracht?«, sagt Ulrich wieder.

Ich nehme die Champagnerflasche aus dem Korb. »Hol doch bitte zwei Gläser, damit wir anstoßen können.«

»Tut mir leid, ich darf hier keinen Alkohol trinken.«

»Warum denn nicht, du bist doch nicht krank?«, sage ich entrüstet.

»Alkohol auf dem Zimmer ist streng verboten«, antwortet Ulrich. Er meint es ernst.

»Ach komm, sei kein Spielverderber. Du bist Neuling

und erst seit gestern hier. Außerdem bist du sonst auch nicht so konsequent.«

Aber Ulrich bleibt hart.

»Ich mach uns einen Tee«, schlägt er vor und schaltet den Wasserkocher an.

Ich stelle die Narzissen in eine Vase, während er neugierig im Korb kramt. Er häuft die Süßigkeiten auf dem Tisch auf und fördert ein Etui zutage.

»Was ist das?«, fragt er mit einem verschmitzten Lächeln. »Gummibärchen aus Gold?«

»Mach's auf«, sage ich ungeduldig und möchte sein freudig überraschtes Gesicht sehen.

»Eine Uhr!« Er verzieht sein Gesicht zu einem ungläubigen Staunen, und ich weiß, dass er mal wieder schauspielert, um mir einen Gefallen zu tun.

»Es ist keine normale Uhr, schau mal genau hin. Es ist eine Tauchuhr. Du kannst bis zu zweihundert Meter damit abtauchen. Und du solltest auch das Zettelchen lesen.«

»Zwanzig Meter hätten wohl auch gereicht«, meint Ulrich trocken und küsst mich aufs Ohr. Dann faltet er den kleinen Zettel auseinander und liest. Aber statt zu lächeln, wird sein Gesicht finster.

»Was soll das? Mal wieder einer deiner Alleingänge?«

»Ach Ulrich! Seit Wochen schmiede ich Pläne, um dich zu überraschen. Wir reisen mit der ganzen Familie nach Bali. Mit all unseren Kindern. Ist das nicht wunderbar?«

»Ich hasse es, wenn man mich so hinterrücks überfällt.«

»Ich wollte dir eine Freude machen.«

Ulrich tut, als hätte er mich nicht gehört. Der Moment ist verdorben. Ich merke, wie mir die Brust eng wird.

»Ich sollte dir eigentlich nicht zu nahe kommen«, sagt er und gießt Tee auf. »Eine Erkältung ist das Letzte, was ich hier brauchen kann. Wie geht's denn deinem Husten? Deine Stimme klingt nicht gut.«

»Beschissen«, antworte ich, und wie auf Kommando überfällt mich ein so starker Hustenreiz, dass ich keuchend ins Bad renne.

Als ich wieder ins Zimmer zurückkomme, reicht mir Ulrich eine Tasse.

»Trink was Warmes, dann geht's dir gleich besser.« Er streicht mir über die Haare. »Ich habe leider kein Geschenk für dich, aber sobald ich hier rauskomme, kauf ich dir was Wunderschönes. Ich verspreche es dir.«

Mit einem verlegenen Lächeln reicht er mir ein Blatt Papier.

20. Februar 2009
13.00 Uhr

Mein liebster Schatz,
fünfzig Jahre sind vergangen mit meinem Mädchen! In Berg-und-Tal-Fahrt verbunden, liebe ich Dich heute mehr denn je und von ganzem Herzen. Mein einziger Wunsch an die Zukunft besteht in der Hoffnung auf ein Zusammenleben mit Dir in Eintracht und Frieden. Lass uns noch vieles gemeinsam erleben und gemeinsam in die Asche pusten auf der Suche nach versteckter Glut …
In Liebe
Dein Mann

Die Worte jagen mir einen Schauer über den Rücken. Ich weiß, dass Ulrich sie absolut ernst meint, dass er beim Schreiben voll Hoffnung auf eine gemeinsame Zukunft war. Doch ich weiß auch, dass das alles ein Spiel ist. Ein Spiel voller Widersprüche, das wir schon Hunderte Male gespielt haben. Dazu gehört, dass wir einander täuschen und enttäuschen. Ich sehe keine Zukunft mehr für uns.

Trotzdem laufe ich zum Fenster und schlinge meine Arme um ihn. Leise fangen wir an zu schaukeln. Vor und zurück. Ich lasse mich von der Vertrautheit seines Körpers gefangen nehmen und denke im selben Moment daran, dass ich mich in Kürze daraus befreien werde. Ulrich nimmt meine rechte Hand und küsst sie.

»Können wir nicht einen Spaziergang machen?«, frage ich schließlich und löse mich von ihm. »Es ist so schönes Wetter draußen.«

Ulrich winkt ab.

»Das geht nicht, bei mir ist der ganze Nachmittag verplant. Um drei Uhr will mich der Chefarzt begrüßen, um fünf wird mir Blut abgezapft, und um sechs Uhr habe ich ein erstes Gespräch mit meiner Psychotherapeutin.«

Ich bin enttäuscht. Meinen fünfzigsten Hochzeitstag habe ich mir trotz allem anders vorgestellt. Ich fühle mich wie ein Kind, dem man das versprochene Geschenk vorenthält.

»Natürlich weiß ich, dass du nicht zum Spaß hier bist, aber …«

»Tut mir leid, Schatz«, sagt Ulrich versöhnlich, »aber ich kann jetzt nicht weg. Bleib doch einfach hier. Du kannst dir einen Kaffee machen und ein bisschen lesen. Ich komme ja zwischendurch immer wieder zurück.«

Wir setzen uns wieder an den Tisch, auf dem haufenweise Papiere liegen. Ulrich kramt ungeduldig darin herum.

»Kann ich dir helfen?«, frage ich nach einer Weile.

»Ach was«, knurrt er, »ich suche diesen verdammten Stundenplan, den wir hier jede Woche kriegen.«

»Lässt dein Stundenplan denn vielleicht zu, dass wir

heute Abend zusammen essen gehen? Zur Feier des Tages?«

Ulrich runzelt die Stirn.

»Essen gehen? Heute Abend? Schätzlein, das wird genauso wenig möglich sein. Hier herrscht ein strenges Regiment. Wir feiern doch morgen mit den Kindern. Reicht das nicht?«

Mir wird heiß, ich fange erneut an zu husten. Ist das alles, was nach fünfzig Jahren übrig bleibt? Zwei Menschen in einer Klinik, die einen Behandlungsplan suchen? Ich lasse meinen Blick durch das Zimmer schweifen. Der Boden ist mit weichem grünen Flor belegt, die Wände leuchten beige. Das zweite Bett ist für den Ehepartner gedacht, für den Fall, dass er oder sie hier übernachten will. Aber es ist nicht unbedingt erwünscht, weil es den Therapieerfolg beeinträchtigen könnte.

»Ach Ulrich«, sage ich schließlich. »Ich glaube, ich gehe besser wieder – ich werde sonst zu traurig.«

Ohne Widerspruch steht Ulrich auf und drückt mir einen Abschiedskuss auf die Stirn.

»Du riechst gut. Schau, dass du heute Nacht gut schläfst. Morgen schlafen wir zusammen im Hotel und holen alles nach.«

Noch bevor ich zur Tür raus bin, ist er schon wieder in seine Papiere vertieft.

Auf dem Weg zu meinem Auto lockt mich Kaffeeduft. Spontan beschließe ich, ein wenig Zeit in der Klinik-Cafeteria totzuschlagen. Wobei »totschlagen« eine treffende Beschreibung ist für die Stimmung und die Leute in diesem Raum. Die meisten von ihnen sitzen hier allein, rühren gelangweilt in ihren Tassen, essen Torte oder lesen in einem Buch. Behandelt werden hier alle Arten psychischer Erkrankungen: Adipositas, Anorexie, Bulimie,

Burn-out, Depressionen, Schlaflosigkeit. Sechzig Prozent der Patienten sind Frauen. Laut Klinikstatistik, die auf dem Flur aushängt, verbringen die Kranken im Durchschnitt drei Monate hier. Bei der Anmeldung wird darauf hingewiesen, dass eine kürzere Behandlungsdauer wenig Sinn habe.

Wir werden sehen, wie lange und genau sich Ulrich an die Vorschriften der Klinikleitung halten wird.

Ich bestelle mir ein riesiges Stück Schwarzwälder Kirschtorte. Überall hängen Hinweise, dass hier kein Alkohol getrunken werden darf, aber gegen eine übermäßige Kalorienzufuhr hat offenbar niemand etwas einzuwenden.

Ich blättere in ein paar Zeitschriften und schaue aus dem Fenster. An einem hölzernen Vogelhäuschen versammeln sich Meisen, Rotkehlchen, Spatzen und Finken. Ein Flieger nach dem anderen kommt im Sturzflug herangerauscht.

Erst jetzt merke ich, wie sauer ich bin. Und ich ärgere mich darüber, dass es so ist. Paradox! Eigentlich sollte mir der Ärger den Abschied leichter machen und mir die Angst nehmen. Wenn ich nur daran denke, wie abwesend Ulrich oft ist, so sehr auf seine eigenen Bedürfnisse fixiert. Die Kluft zwischen uns scheint mit jedem Tag größer zu werden. Aber in meine Entschlusskraft mischen sich immer wieder Zweifel.

Die letzten Sonnenstrahlen tanzen irrlichternd über den Schnee und vollführen ein Feuerwerk, das in den Augen schmerzt. Das Flügelschlagen der kleinen Flieger wird schneller, als wüssten sie, dass es bald dunkel wird. Höchste Zeit, dass ich aufbreche.

Andreas

Frankreich, 2006

Am Ende unserer Familienreise nach Bali werde ich Ulrich verlassen. Ich werde auf Bali ein neues Leben beginnen, ein Leben mit Andreas. Es wird kürzer sein als mein langes Eheleben, aber vielleicht ein bisschen glücklicher. Drei Jahre kenne ich Andreas nun schon, doch ich habe mir geschworen, erst nach der goldenen Hochzeit einen Schlussstrich unter meine Ehe zu ziehen.

Wie wir uns kennengelernt haben, grenzt an ein Wunder. Es passierte an einem der ersten warmen Tage des Jahres. In den Wintermonaten sieht der dunkelgrüne Leib der Ardèche aus wie eine satte Riesenschlange. Doch mit dem Einzug des Frühjahrs kommt Leben in den Fluss. Übermütig, leicht und lebendig schießt er dahin, quirlt über Untiefen, zwängt sich durch Felsschluchten, weitet sich und kräuselt sich sanft an Sandbänken. Auf einer dieser Sandbänke lag ich zusammen mit meiner Freundin Lore. Ich kenne Lore seit fünf Jahren, damals hat ihr Mann noch gelebt. Bei einer Vernissage in ihrem Haus sah ich sie zum ersten Mal. Lore ist eine Frau mit sehr viel Herz, und das drückt sie auch in ihren Bildern aus. Wir freundeten uns an und sind seither unzertrennlich. Ein Leben ohne Lore kann ich mir nicht mehr vorstellen.

Wir ließen uns bei einer Flasche Wein und Baguette die Aprilsonne auf den Bauch brennen. Vor den Stromschnellen sammelten sich die Kanuten. Begleitet von gegenseitigen Anfeuerungsrufen, rauschten sie wild paddelnd durchs Wasser. Es war wie im Kino. Lore und ich warteten darauf, dass sie baden gingen. Nahezu jedem Dritten passierte das. Dann trieb das entmannte Boot ziemlich schnell flussabwärts, der Kanute tauchte weit abgehängt wieder auf, fischte sein Paddel heraus und schwamm wie verrückt seinem Boot hinterher.

Plötzlich schoss ein giftgrünes, führerloses Boot auf uns zu. Ich rannte ins Wasser, packte es und zog es ans Ufer. Schnaubend, hechelnd, mit Sturzhelm und Schwimmweste bekleidet, stieg wenig später ein Mann aus dem Fluss.

»Je vous remercie, Mesdames, de prendre mon bateau«, sagte er und bekam einen Hustenanfall.

»Pas de cause«, gaben wir zurück und bekamen einen Lachanfall. Der Mann sah einfach zu komisch aus. Die knielangen Badeshorts klebten ihm am Körper, ein Stück nackter Bauch lugte unter der Schwimmweste hervor, und der Gurt des Helms drückte in den roten Hals. Nachdem er seinen Hustenanfall bewältigt hatte, warf er den Kopf zurück und lachte aus vollem Halse. Ich glaubte sehen zu können, wie die Töne glucksend und gurgelnd aus seinem Mund fielen. Dann riss er sich den Helm vom Kopf und öffnete seine Schwimmweste. Seine Haare waren gelockt und dunkelblond, sein Körper kräftig und muskulös. Ich schätzte ihn auf Mitte fünfzig. Offenbar hatte er sich entschieden, eine kleine Pause zu machen.

»Vous êtes français?«, fragte ich.

Er schüttelte den Kopf. *»Allemand.«*

»Ah, na dann!«

Ich lud ihn ein, mit uns zu essen. *Voilà, au bord de la rivière* begann eine große Freundschaft. Es war wie ein *coup de foudre* – ein Blitzschlag entzündete meinen Körper, ließ ihn glühen. Das muss er gespürt haben, denn vom ersten Moment an begann es zu fließen, zu züngeln zwischen uns. Die Blicke, die wir einander zuwarfen, verfingen sich, hielten einander fest. Ich glaube, es dauerte nur wenige Sekunden. Lore hat es nicht einmal bemerkt.

Von diesem Tag an schrieben wir uns. In den vergangenen drei Jahren sind Hunderte von E-Mails durch den Äther geflattert, erst kurze, dann immer längere, von Mal zu Mal aufregendere, erotischere. Ein Abenteuer ohne allzu große Risiken. Ich habe mich oft gefühlt wie ein Kind bei der Schnitzeljagd, das den geheimen Zeichen und Spuren nachhechelt. Andreas' Spur war verschlungen, doch ich fand ihn, und er wollte gefunden werden. Und nun sollte aus dem Spiel der Fantasie Realität werden.

In unserer Korrespondenz haben wir schon viele Male miteinander geschlafen, haben mit vielen lüsternen Worten unserer Begierde Ausdruck verliehen. Mit jedem Mal wurden die Szenarien realistischer, der gemeinsame Wunsch nach Erfüllung umso drängender. »Ja, ich will.«

Doch was ist, wenn sich alles als Trugbild entpuppt? Wir sind keine kleinen Kinder mehr, die an Märchen glauben, die sich lange hinhalten lassen, die Angst vor dem Gefressen- oder Verzaubertwerden haben.

Doch! Verzaubert werden möchte ich schon, und möglichst lange.

Aber bevor die Geschichte beginnt, muss ein langes Kapitel abgeschlossen werden. Schlagartig wird mir bewusst, wie sehr ich Ulrich noch einmal gefallen will. So sehr, dass er schmerzlich erfahren wird, was für einen Verlust er erleidet, wenn ich nicht mehr da bin.

Als Kind habe ich mir oft ausgemalt, wie meine erschütterten Eltern weinend an meinem Grab stehen.

Der Traum

Februar 2009

Schwerfällig stehe ich auf. Es kommt mir vor, als wäre der Tag schon zu Ende, so müde bin ich. Die halbe Nacht habe ich mich von einer Seite auf die andere geworfen, ständig verfolgt von Albträumen. Ich bin schweißnass und laut weinend aufgewacht. Die Nachttischlampe brannte noch. Es ist ein hartnäckiger Traum, den ich schon in vielen Varianten geträumt habe. Er verhält sich nicht so wie andere Träume, die sich nach dem Aufwachen in Luft auflösen. Er ruft sich immer wieder in Erinnerung, macht mir auch tagsüber Angst, peitscht mein Herz zu einem rasenden Galopp und lässt meine Hände zittern.

Ich irre durch eine große Stadt. Die Menschen hasten an mir vorüber, und ich finde kein Taxi. Ich wohne mit Anna, meiner jüngsten Tochter, in einem Hotel am Stadtrand. Daran erinnere ich mich, aber ich kann das Hotel nicht wiederfinden. Stundenlang laufe ich durch Straßen, Gassen und Alleen, bevor ich ganz unvermittelt davorstehe. Es sieht aus wie ein Schloss oder eine Burg, mit Fassaden aus behauenen Steinen, Simsen, steilen Dächern, Zinnen und Türmchen. Ich durchquere einen Innenhof nach dem anderen. Sie sehen alle gleich aus. Ich frage niemanden, weil ich nicht weiß, was ich fragen soll. Ich werde immer müder, immer verzweifelter, weil ich mich an überhaupt nichts erinnere. Außer daran, dass ich das Zimmer bald finden muss, denn bis zu meinem Abflug ist nicht mehr viel Zeit. Ich fliege wieder ab … irgendwann, noch heute. Mein Ticket ist in meinem Koffer, in meinem Zimmer. Die Leute, die mir entgegenkommen, sind elegant gekleidet und riechen gut. Ich bin durchgeschwitzt und stinke nach Schweiß. Mir fällt wieder ein, dass wir ein Zimmer im Erdgeschoss hatten, dass man von dort direkt auf die gepflasterte Gasse gelangen konnte. Plötzlich erkenne ich auch die Gasse wieder, aber alle Türen sehen identisch aus. Ich klopfe an eine Tür nach der anderen, aber immer ist es die falsche. Barsch werde ich abgewiesen. An der zehnten Tür öffnet mir meine Tochter. Sie ist nackt und schreit mich vorwurfsvoll an: *Wo bist du nur den ganzen Tag gewesen? Wir haben auf dich gewartet.* Wir? Ein Mann, Annas Mann, liegt auf meinem Bett, ebenfalls nackt. Er hat die Arme hinter dem Kopf verschränkt und blickt hoch zur Decke. Ich starre voll Abscheu auf seinen haarigen Körper. *Was macht der hier? Wo ist mein Koffer?*, frage ich und beginne hastig, mich ebenfalls auszuziehen. *Du musst hier anrufen,* sagt der Schwiegersohn und drückt mir ein Metallgestell in die Hand, das aussieht wie ein kleiner Baum. An jedem Ast klebt eine Zahl. *Wähl die 82*, sagt er, *die wissen Bescheid.* Am anderen Ende meldet sich eine Frauenstimme auf Deutsch. Ich antworte auf Englisch. Ich bin doch in New York? *Bringen Sie mir bitte meinen Koffer.* Die Deutsche klingt böse: *Wir können Ihnen den Koffer heute nicht bringen, Sie können erst am 29. fliegen.* Auf einmal spricht eine andere Frau, es klingt holländisch. *Ich kann den Safe nicht öffnen, ich habe die Kombination vergessen und zweimal falsch gedreht.* Ich werfe den Hörer hin, laufe zu dem Berg Koffern, die im Zimmer aufgetürmt liegen, zerre einen nach dem anderen heraus, immer verzweifelter. Dann höre ich die harte Stimme meiner Tochter im Rücken: *Mama, lass das sein, dein Koffer ist nicht dabei.*

Dumpfes Glockenläuten kündigt die achte Stunde an. Morgen Abend um diese Zeit werden wir mit der Familie im Varieté sitzen. Lange habe ich überlegt, wie und wo wir unsere goldene Hochzeit feiern sollten.

Das Nachthemd klebt an meiner Haut und verursacht ein unangenehmes Jucken. Hinter dem Fenster wogt eine hellgraue Nebelsuppe auf und nieder. Wenn es dem Nebel gelingt, sich von der eisigen Bodenhaftung zu lösen, besteht vielleicht noch Hoffnung, dass die Sonne durchkommt.

Meine Kehle ist wund vom ewigen trockenen Husten. Ich hänge mich im Bad übers Waschbecken und trinke direkt aus dem Hahn. Das lauwarme Wasser schmeckt nach Chlor und Sperma. Dann stelle ich mich unter die heiße Dusche und spüle den sauren Schweißgeruch weg.

Beim Blick in den Spiegel erschrecke ich vor dem resignierten Ausdruck in meinem Gesicht. Er sieht dem von Ulrich verdammt ähnlich. »Einig sind wir uns im Schmerz!« Ich probiere es mit einem Lächeln, was die Sache auch nicht besser macht, eher schlechter. Immerhin kann ich mein Gesicht unter einer dicken Schicht Puder verstecken, etwas Camouflage auf meine Rosazea-Bäckchen, ein bisschen Mascara um die Augen und dann ein paar Tropfen »Je reviens«. Seit genau neunundvierzig Jahren hänge ich an diesem Parfüm. Ulrich hat es mir zu unserem ersten Hochzeitstag geschenkt. Wenn das nicht ein Omen war, ein schlechtes Vorzeichen! »Je reviens, ich komme wieder …«

Ich habe noch eine Menge Zeit, bis ich zu Ulrich in die

Klinik muss. Wir wollen gegen Mittag losfahren, vielleicht unterwegs eine Kleinigkeit essen. Wenn wir um zwei im Hotel sind, haben wir genügend Zeit, uns auszuruhen, bevor die Familie eintrifft. Wobei ziemlich klar ist, wie dieses Ausruhen aussehen wird. Ich schiebe die Bilder in meinem Kopf beiseite, ziehe meinen Koffer unterm Bett hervor und stopfe alles, was im Schrank hängt, wahllos hinein. Nur mein schönes Astrachankleid lege ich sorgfältig obendrauf.

Das Mädchen begrüßt mich auch heute herzlich und schenkt mir eine Tasse Kaffee ein, kaum dass ich mich am Tisch niedergelassen habe.

»Wie haben Sie heute Nacht geschlafen, Frau Mertz? Wird Ihr Husten langsam besser?«

So viel Fürsorge tut mir gut. Ich schüttle den Kopf.

»Leider nein, der Husten ist hartnäckig. Auch ein Grund, weshalb ich heute abreise.«

»Was?!« Sie sieht ehrlich bestürzt aus. »Sie wollten doch noch sieben Tage bleiben. Ich werde Schwierigkeiten mit meinem Chef kriegen. Was soll ich ihm denn sagen?«

»Sagen Sie ihm einfach, ich sei krank geworden, ich musste ins Krankenhaus. Gegen Krankheiten ist keiner gefeit.«

»Wo ziehen Sie denn hin?«

»Ich weiß noch nicht genau, vielleicht nach Landsberg. Das ist immerhin eine Stadt. Und einen Arzt werde ich dort auch eher finden als hier.«

»Und warum ausgerechnet Landsberg?«, will sie wissen.

Eigentlich habe ich keine Lust, ihr zu erzählen, warum ich hier bin. Deshalb sage ich, dass mein jüngster Sohn in der Nähe von Landsberg auf einer Baustelle arbeitet. Das stimmt tatsächlich, ist aber reiner Zufall.

»Was, jetzt im Winter?«

»Das ist keine gewöhnliche Baustelle, es wird kein Haus gebaut. Mein Sohn ist Projektleiter bei einer Solarfirma. Die stellen dort auf einem großen Dach eine Fotovoltaikanlage auf mit …« Ich versuche mich an die Details zu erinnern, die Ingo mir vor Kurzem erzählt hat. »… einer Leistung von zehn Megaampere.«

»Wow«, sagt das Mädchen, »das hört sich nach viel an!«

Plötzlich fangen wir beide wie auf Kommando an zu lachen, wahrscheinlich weil keine von uns mit diesem Fakt irgendetwas anfangen kann.

»Fahren Sie vorsichtig!«, ruft sie mir zum Abschied nach. »Die Straße ist glatt.«

Die Straße ist mehr als glatt, ich schlittere dahin wie auf einer Rutschbahn. Ich kneife die Augen zusammen und versuche, durch den Nebel wenigstens ein paar Meter weit zu sehen. Mein Oberkörper klebt fast am Lenkrad. Die Schwaden wabern auf und nieder, unter anderen Umständen würde es Spaß machen, ihnen zuzuschauen.

Ich brauche die doppelte Zeit, um zur Klinik zu gelangen, und bin völlig erledigt. Der Parkplatz sieht ziemlich verwaist aus. An Samstagen scheint sich hier nicht viel zu tun, sogar die reservierten Plätze der Ärzte sind frei. Vor der Tür steht eine Gruppe Raucher in Daunenjacken oder dicken Mänteln mit hochgestelltem Kragen. Arme Luder, denke ich und stoße die Schwingtür auf. Dann bleibe ich wie angewurzelt stehen, weil ich plötzlich Ulrichs Zimmernummer vergessen habe. Die Anmeldung ist natürlich ebenfalls geschlossen. Ängstlich schaue ich auf Wände und Plakate, suche nach irgendetwas, an das ich mich erinnern kann. Schließlich lande ich in dem langen, hellen Gang mit den selbst gemalten Bildern der Patienten und finde die richtige Tür mit Ulrichs Namen.

Ulrich begrüßt mich mit einem »Du bist ein bisschen spät dran, ich warte schon seit einer halben Stunde auf dich«.

»Uns läuft doch nichts weg«, sage ich und knöpfe meinen Mantel auf.

»Du brauchst dich nicht mehr auszuziehen«, meint er. »Wir fahren doch gleich los.«

»Doch, ich bin ganz durchgeschwitzt. Kannst du vielleicht Teewasser aufsetzen?«

»Dass du bei dieser Kälte schwitzt, ist schon seltsam. Bei mir ist es gerade umgekehrt, ich habe eiskalte Füße.«

Ich sehe ihm zu, wie er den Tee zubereitet. Betrachte seine gerunzelte Stirn, seine graubraun gesprenkelten Haare, die eigentlich geschnitten werden müssten, sein gestreiftes Hemd, über das er einen grauen Pullover gezogen hat. Er trägt graue Cordsamthosen und seine leichten Wanderschuhe.

»Hast du eigentlich schon für heute Abend und heute Nacht gepackt?«, frage ich.

»Was soll ich denn groß packen, abgesehen von meinem Waschzeug? Wir bleiben doch nur für eine Nacht weg.«

»Also Schatz, ist dir der Anlass unserer kleinen Reise vielleicht entfallen?«

»Schmarrn, und selbst wenn, bist du ja da, um mich daran zu erinnern.« Er lächelt.

»Was ich sagen wollte, Ulrich, ich glaube nicht, dass dein Aufzug der richtige ist, um ins Varieté zu gehen. Ich habe mir extra ein schönes Kleid genäht, und die Kinder ziehen sicher auch was Festliches an.«

Ulrich zieht die Brauen hoch.

»Als du noch gearbeitet hast, warst du immer so elegant. Du hast hinreißend ausgesehen in deinem Boss-Anzug und …«

»Wir gehen ins Varieté?«, unterbricht er mich. »Hast du noch mehr solche Überraschungen parat? Aber egal wohin, ich habe nichts anderes anzuziehen. Ansonsten habe ich nur Jeans und Turnhosen dabei. Mehr braucht man doch nicht in diesem Verein.«

»Einen Mantel hast du sicher auch nicht mitgenommen.«

»Warum auch? Ein warmer Anorak ist viel praktischer.«

»Hast du dich wenigstens für das Wochenende beurlauben lassen?«

»Ich konnte mich nicht beurlauben lassen«, grummelt er zurück. »Ich musste mich abmelden. Am Montag muss ich mich wieder neu anmelden.«

»Okay«, sage ich gedehnt.

Die gelben Narzissen sind seit gestern ein gutes Stück gewachsen. Ich gieße sie mit etwas Wasser aus dem Bad und wechsele das Thema.

»Sag mal, durftest du eigentlich deine ganzen Tabletten behalten?«

»Natürlich nicht, ich hab sie abgegeben und dem Arzt erklärt, welche Tabletten ich nehme und wie viele. Im Augenblick bekomme ich noch die gleiche Menge wie zu Hause. Die sind hier verdammt streng. Sie machen Zimmerkontrollen und überprüfen, ob man Alkohol oder Zigaretten im Schrank versteckt oder nachts weiblichen Besuch empfängt. Sex unter Patienten ist absolut unerwünscht.«

»Wenigstens das ist beruhigend. Und wie ist die erste Stunde mit deinem Therapeuten gelaufen?«

»Es ist eine Therapeutin, Frau Doktor Wiener. Eine gut aussehende Frau. Sie erinnert mich an Audrey Hepburn. Die gleiche Figur, gleiche Frisur, zierlich und trotzdem mit einem schönen Busen.«

Ulrich mag psychisch angeschlagen sein, aber seiner Vorliebe für schöne Frauen kann das offenbar nichts anhaben. Die Beschreibung versetzt mir einen Stich.

»Und wie sieht so eine Therapiestunde bei ihr aus?«

»Was soll ich nach einer Stunde dazu sagen. Sie hat mir tausend Fragen gestellt, weil sie nicht nur Psychologin ist, sondern auch Homöopathin. Ihrer Meinung nach können manchmal Wunder geschehen, wenn man auf das richtige Mittel stößt. Sie hat schon Patienten erlebt, die dadurch auf einen Schlag geheilt wurden. In meinem Fall hofft sie, dass wir so meine Schlafstörungen in den Griff kriegen.«

»Oh je, Ulrich, du glaubst doch hoffentlich nicht an solche Wunder! Was ist das für ein Zeug, das sie dir gegeben hat?«

Er reicht mir zwei kleine Fläschchen. Neben dem unverständlichen Etikett klebt ein Preisschild – einen Euro fünfzig kostet das Wunder. Ganz plötzlich tut er mir leid. Früher hat er sich über solche Dinge lustig gemacht, jetzt gehören sie plötzlich zu seinem Alltag, zu seinen Hoffnungsträgern auf Besserung. Ich fahre ihm mit der Hand durchs Haar, streichele seinen Kopf, in dem Wunsch zu verstehen, was darin vorgeht.

Ingo

Februar 2009

»Fahren wir los! Es ist schon nach elf, und wir brauchen eineinhalb Stunden bis München.«

Ulrich steht auf und schlüpft in seinen Anorak.

Als wir auf dem Parkplatz ankommen, reiche ich ihm automatisch die Autoschlüssel. Die Frage, ob ich vielleicht fahren soll, verkneife ich mir. Ulrich fährt, wie immer. Zu Beginn unserer Ehe habe ich um mein »Fahrrecht« gekämpft, wir haben erbittert darüber gestritten. Aber Ulrich war der Ansicht, dass er der bessere Fahrer sei und es deshalb gar keine Diskussion gebe.

»Das TomTom hängt noch an der Windschutzscheibe. Du hättest es besser abnehmen sollen, die Dinger werden gerne geklaut.«

»Ich hab's einfach vergessen. Schau doch mal, wie leer die Straßen heute sind. Bei den Temperaturen lockst du keinen Hund hinter dem Ofen hervor.«

»Die Karre stinkt, wo hast du die eigentlich her?«

»Sie gehört Rudolf. Ich war vor drei Tagen bei Ulrike, und Rudolf hat mir angeboten, das Auto zu nehmen, damit ich dich vom Flughafen abholen und in der Klinik besuchen kann.«

»Deswegen muss es ja nicht gleich so stinken. Was transportiert denn unser Herr Schwiegersohn damit?«

»Was transportiert ein Bauer wohl, Ulrich? Vielleicht Hühner oder Schweine, soviel ich weiß, manchmal auch Kinder.«

Als wir auf der Autobahn sind, lehnt sich Ulrich entspannt zurück. Ich lege meine Hand auf sein Knie und erschrecke im nächsten Moment über die Macht der Gewohnheit. Ich lasse sie dennoch liegen und warte fast ängstlich darauf, wie er reagiert.

Ulrich scheint guter Stimmung zu sein und fragt mich sanft, was ich in den vergangenen Tagen gemacht habe. Urplötzlich habe ich einen Kloß im Hals und kriege kaum Luft. Ich suche hektisch nach einem Taschentuch und beginne zu husten. Mein Hals wird immer trockener, alles tut weh.

»Das hört sich nicht gut an, du solltest dich mal gründlich untersuchen lassen.«

Ich nicke, wische mir ein paar Tränen weg und fange an zu erzählen.

»Ich bin als Erstes nach Düsseldorf geflogen, den Flug dahin habe ich komplett verschlafen, weil ich in der Nacht davor kein Auge zugemacht habe.« Ich unterschlage die Tatsache, dass ich eine Stunde lang geheult habe, weil unsere Verabschiedung so scheußlich war. »Nach der Landung bin ich gleich ins Hotel gefahren. Am nächsten Tag habe ich Ingo getroffen.«

Jetzt wird Ulrich aufmerksam. »Ich habe wochenlang nichts von Ingo gehört. Wie geht es ihm, hat er sich inzwischen erholt?«

»So schnell geht das nicht, Ulrich, er hat jetzt den Gips von den Armen entfernt bekommen, sie sind ganz dünn geworden. Du hättest ihn auch mal anrufen können.«

»Mich interessiert eigentlich nur, ob er zu unserer Feier kommt.«

»Natürlich, Ulrich, laufen kann er.«

Die fein modulierte Stimme des TomTom unterbricht uns. »Nach fünfhundert Metern bitte rechts halten, dann nehmen Sie die dritte Ausfahrt im Kreisverkehr.«

»Vertagen wir das Gespräch«, meint Ulrich. »Lass uns nachher beim Essen weiterreden.«

Eine Weile hängen wir schweigend unseren Gedanken nach. Ich bin ganz dankbar für diese Unterbrechung. Denn auch über die Tage danach und meinen Besuch bei Anna kann ich Ulrich wenig Erfreuliches berichten. Das alles macht mir schwer zu schaffen.

»Ich muss dringend aufs Klo.«

»Ich kann schlecht hier mitten auf der Straße halten und dich vor die Häuser pinkeln lassen.«

»Wie lange brauchen wir denn noch?«

»Schau auf das TomTom, dann siehst du es.«

»Du kannst es mir aber auch sagen.«

Ulrich starrt auf die Straße.

»Jetzt weiß ich, wo wir sind«, sage ich und versuche fröhlich zu klingen. »Wir sind gerade an Ulrikes und Michaels Schule vorbeigefahren. Ja, und da vorne ist der Kindergarten. Noch zweimal rechts abbiegen, dann sind wir da.«

»Kenne ich das Hotel eigentlich?«

»Nein, es ist ganz neu. Ich wollte einfach mal woanders übernachten als bei Michael und Angela.«

Eine bessere Begründung ist mir so schnell nicht eingefallen. Ich habe keine Lust, meinem Ehemann zu offenbaren, dass ich es entdeckt habe, als ich mir hier in der Nähe die Augenlider habe liften lassen. Es ist fünf Jahre her und ihm bisher nicht aufgefallen.

»Weißt du was«, werfe ich schnell ein. »Wollen wir nicht in die kleine Waldwirtschaft fahren, wo wir sonntags immer Hähnchen gegessen haben?«

»Ja, aber erst will ich die Koffer im Hotel abladen und sehen, ob wir ein anständiges Zimmer haben.«

Mich begeistert allein schon der Anblick des Hotels. Es ist ein altes Patrizierhaus aus dem letzten Jahrhundert mit einer wundervoll verzierten Fassade. Das Zimmer ist so schön, wie ich es in Erinnerung habe. Erleichtert sehe ich, dass auch mein Ehemann zufrieden ist. Er lässt sich aufs Bett plumpsen, streckt die Arme über den Kopf und dehnt sich genüsslich.

»Wirklich gemütlich hier. Wie wär's, wenn wir aufs Essen verzichten und gleich ins Bett gehen?«

Statt zu antworten, renne ich hustend ins Bad und trödele dann ewig herum. Ulrich verlangt seine Hochzeitsnacht. Für ihn gibt es keinen Grund, damit zu warten. Nachdem wir uns zwei Wochen nicht gesehen haben, will er, dass wir uns endlich glücklich und versöhnt in die Arme sinken. Auf die Idee, dass ich nicht zur Verfügung stehen könnte, dass sich bei mir grundlegend etwas verändert hat, würde er nie und nimmer kommen. Es ist ja auch unser gewohntes Muster: Wir streiten uns, versöhnen uns wieder, schlafen miteinander und schließen Frieden bis zum nächsten Krach.

Ich betrachte mein Spiegelbild und werfe mir ein trauriges Lächeln zu. Ich versuche es noch einmal und noch einmal, es wird zunehmend besser. »Wie dämlich bist du eigentlich, Johanna? Warum sorgst du dich ständig darum, was dein Ehemann will, was er sagt, was er denkt, was er sagen könnte? Jetzt geh da raus und sag etwas so Einfaches wie: ›Ich bin total hungrig und will gern vorher essen gehen. Wir haben noch genug Zeit, bis die Kinder kommen.‹«

Gedankenverloren bürste ich meine Haare. Ich will jetzt nicht zu Ulrich ins Bett kriechen, aber ich will auch nicht streiten. Nicht heute, es soll ein unvergesslicher Tag werden, auch für Ulrich.

Als ich ins Zimmer zurückkomme, schaut er mir erwartungsvoll lächelnd entgegen.

»Du bist noch angezogen? Komm endlich ins Bett, ich habe dich so lange nicht mehr im Arm gehabt.«

»Ich weiß, ich weiß«, sage ich und halte Abstand. »Aber ich sterbe leider vor Hunger, wenn ich nicht bald was zu essen kriege, hältst du eine Leiche im Arm.«

Die Koketterie verfehlt ihre Wirkung nicht. Widerwillig steht Ulrich auf und macht sich mit mir auf den Weg. Draußen empfangen uns Schneetreiben und ein böiger Wind, der mir immer wieder die Kapuze vom Kopf reißen will.

»Das hast du nun von deiner Dickköpfigkeit!«, kommentiert Ulrich.

»Mir gefällt der Schnee. Seit Jahren habe ich nicht mehr so viel Schnee gesehen.«

»Deiner Erkältung tut er sicher nicht gut, und ich kann auch darauf verzichten.«

Aber das Mittagessen versöhnt ihn. Er hat Kalbslüngerl mit Knödeln bestellt, ich ein Wiener Schnitzel mit Salat. Ich verzichte auf das Glas Rotwein und halte mich an Pfefferminztee. Der Alkohol wird heute ohnehin noch in Strömen fließen.

Das Dämmerlicht des Lokals tut mir gut. Ulrichs Gesichtszüge sind weichgezeichnet. Er sieht mich aufmerksam an und fordert mich noch einmal auf, ihm von den letzten beiden Wochen zu erzählen.

Anna

Eifel, Februar 2009

»Die Nacht in Ingos Wohnung war schrecklich. Er hat die ganze Nacht gehustet, wahrscheinlich habe ich mich bei ihm angesteckt. Aber obwohl es ihm schlecht ging, hat er meinen Riesenkoffer die drei Stockwerke hoch- und wieder runtergeschleppt.«

»Was nimmst du auch immer so viel Zeug mit!«

Ich zucke mit den Schultern. »Wir haben am Bahnhof im Stehen gefrühstückt und sind dann in einen dieser Züge gestiegen, die in jedem kleinen Dorf halten, um zu Anna zu fahren.«

»Wieso bist du überhaupt zu ihr gefahren und nicht zu Ulrike und den Kindern?«

»Ich hatte Sehnsucht nach meiner jüngsten Tochter. Wir sehen uns ja nur alle drei Jahre. Das letzte Mal bei ihrer Hochzeit.«

»Mir ist es lieber, wenn Anna zu uns kommt«, meint Ulrich. »Mit ihrem arroganten Ehemann kann ich nichts anfangen.«

Ich lasse das vorerst unkommentiert.

»Den Bauernhof würdest du nicht wiedererkennen«, sage ich stattdessen. »Sie haben dreihundert Quadratmeter renoviert, die Bäder sind gefliest, ein Kachelofen ist eingebaut.«

Der erste Abend bei meiner Tochter war wunderschön. Ihr Mann Paul hat im Hof ein richtiges Höllenfeuer entfesselt, so heiß, dass der Schnee anfing zu dampfen. Die Stimmung war gelöst. Wir haben über alles Mögliche geredet: über die Familie, Politik, Freunde, übers Essen. Anna hatte sogar Lust, Gitarre zu spielen, aber ihre Finger waren zu klamm.

Am nächsten Tag musste Ingo schon wieder zurück auf die Baustelle, und irgendwie schien mit ihm auch die gute Stimmung abgereist zu sein. Beim Mittagessen war Anna plötzlich schweigsam, fast abweisend. Ich saß mit ihr am Küchentisch wie mit einer Fremden. Wo war mein fröhliches, temperamentvolles Mädchen hin? Das Mädchen, das in einer Band gesungen hat, in Lokalen aufgetreten ist und lauter Fans um sich versammelt hat.

»Wie läuft es mit Paul?«, habe ich schließlich gefragt, um ein Gespräch in Gang zu bringen.

»Ganz gut. Seit er weiß, dass ich mich nun endgültig dazu durchgerungen habe, meinen Kinderwunsch zu begraben.«

»Warum habt ihr eigentlich nie daran gedacht, ein Kind zu adoptieren?«

»Gute Frage, Mama! Ich habe einfach gemerkt, dass Paul nicht voll hinter mir steht. Das Kind war immer mein Wunsch. Er hat zwar den ganzen Zirkus mit der künstlichen Befruchtung mitgemacht, sich sämtlichen Tests unterzogen und so weiter – aber er hat es für mich getan, nicht für sich. Das war mir zu wenig. Ich wollte immer ein Kind der Liebe.«

»Armer Schatz, du wärst sicher eine tolle Mutter geworden.«

Meiner Tochter stiegen die Tränen in die Augen, also wechselte ich schnell das Thema. Sobald es um ihre Arbeit geht, blüht sie regelrecht auf. Anna ist Logopädin und arbeitet vor allem mit schwer kranken Patienten. Am Nachmittag nahm ich Annas Hund Linda mit auf einen Spaziergang. Es war ein wunderschöner Wintertag, der Schnee knisterte unter den Füßen, die Eiszapfen reflektierten die Sonnenstrahlen und sahen aus wie Weihnachtskerzen. Sobald wir aus dem Dorf raus waren, ließ ich den Hund von der Leine. Linda sauste schnell wie ein Wirbelwind durch die Gegend, sie sprang beim Stöckchenwerfen in meterhohe Schneewehen und buddelte sich unterirdisch wieder heraus, bis sie aussah wie ein Eisbär. Als wir uns endlich wieder auf den Heimweg machten, wurde es schon dunkel. Die Schneefläche wechselte von Dunkelblau zu Schwarz und schimmerte dann nur noch schwach wie ein erloschener Bildschirm.

Als wir wieder am Hof waren, schien alles dunkel zu sein, als würden die Bewohner schon schlafen. Nur von der Haustür aus sah ich im Wohnzimmerfenster ein schwaches Blinken. Ich rubbelte den Hund trocken, zog meine Wintermontur aus und schlüpfte in warme Hausschuhe. Rundum eingestellt auf Gemütlichkeit, auf einen Abend mit Anna und Paul auf der Couch. Aber die beiden saßen wie steife Puppen am Esstisch, hinter zwei Kerzen, die leicht vor sich hin flackerten. Kein Licht, keine Musik, keine Gespräche, kein Abendessen, kein Wein. Sie sahen mich einfach nur seltsam an, schweigend, beinahe geheimnisvoll.

»Ist was passiert?«, fragte ich unsicher. Dabei hätte ich am liebsten gebrüllt: »Warum redet ihr nicht? Warum essen wir nicht zusammen zu Abend?«

»Setz dich, Mama!«, sagte Anna schließlich. Und dann ging es los. »Wo warst du, Mama?«

Ich muss ziemlich ratlos ausgesehen haben. Aber Anna

sah mich einfach nur an, mit einem blassen, fast maskenhaften Gesicht. So hatte ich sie noch nie gesehen.

»Du hast mich viel alleingelassen. Ihr wart andauernd weg, Papa und du. Denk nur an Indonesien! Du hast mich für ein paar Wochen in ein Kinderheim gegeben, damit ihr ohne mich in den Urlaub fahren könnt. Ich war ständig bei einer Nachbarin, wenn du in die Stadt wolltest …«

Mir blieb die Luft weg.

Ich begann mit langen Erklärungen, mit Richtigstellungen. Sagte, dass ich immer für sie da gewesen sei … Aber immer wieder kam meine Tochter mit der Frage: »Wo warst du, Mama? Sag, dass es dir leidtut.«

»Anna«, sagte ich vorsichtig und versuchte, tröstend meine Hand auf die ihre zu legen. »Ich war immer so glücklich über eine Tochter wie dich. Schon als ich mit dir schwanger war …«

»Du hast mich doch nie gewollt!« Sie wich abrupt zurück.

»Wie kannst du nur so etwas Ungeheuerliches behaupten?«

Sie begann zu weinen. »Weil ich das einfach weiß, weil ich es gefühlt habe. Schon als Baby.«

»Ein Baby kann so etwas überhaupt nicht wissen.«

Auch bei mir brachen alle Dämme, mit den Tränen floss all das Verdrängte aus mir heraus wie ein unaufhaltsamer Strom. Ich erzählte ihr von meiner strapaziösen Schwangerschaft, der Wahnsinnshitze in Bandung, von der Geburt, die mich fast das Leben gekostet hätte. Eigentlich kannte sie die Geschichten längst. Sie schwieg eine Weile und sah mich dann an.

»Hast du mich deswegen gehasst?«

Ich fühlte mich wie bei einem Marathonlauf, bei dem

das Ende in immer weitere Ferne rückte. »Wie könnte man ein unschuldiges Kind hassen?«

Langsam bekam ich es mit der Angst.

Ulrich fällt mir erzürnt ins Wort.

»Was soll das Ganze? Warum hast du es überhaupt so weit kommen lassen? Ich hätte mir das glatt verbeten. Bei mir wäre sie vorsichtiger gewesen.«

»Das weiß ich, Ulrich. Aber ich war in diesem Moment so verzweifelt. Ich habe versucht zu verstehen, worum es ihr ging. Was sie von mir wollte. Es konnte doch nicht darum gehen, dass ich vier Worte sage, und dann ist alles wieder gut … Es tut mir leid.«

Der Druck auf meine Tränendrüsen nimmt zu, und der Hustenreiz meldet sich wieder. Panisch springe ich auf und renne zur Toilette.

Als ich in meiner Handtasche nach einem Taschentuch krame, fällt mir der Filmstreifen mit dem Viagra in die Hand. Wie lächerlich!

Als ich zurückkomme, sitzt Ulrich gedankenverloren am Tisch.

»Sollten wir nicht langsam gehen?«, fragt er lächelnd. »Wir wollten uns doch noch etwas hinlegen, bevor die Kinder kommen.«

Eigentlich hatte ich mir vorgenommen, ihn in seinem angeschlagenen Zustand zu schonen, aber in diesem Moment ändere ich meine Meinung. »Nein, Ulrich, bleiben wir noch ein bisschen. Ich bestelle mir noch ein Glas Wein und erzähle dir den Rest. Ich will diesen Dreck nicht länger mit mir alleine herumtragen, sonst ersticke ich daran.«

Ich erzähle ihm, dass mir irgendwann aufgegangen ist, wovon Anna redete. Sie sprach unbewusst von meiner Depression, hinter der ich mich versteckt hatte wie hinter einer schützenden Mauer. Ja, ich war tatsächlich nicht da. Ich hatte damals kaum noch etwas wahrgenommen, nur meine Pflichten erfüllt und funktioniert wie ein Automat. Ein Automat, in den ich täglich fünf Lexotanil warf, um überhaupt schlafen zu können. Diese Zeit muss sie gemeint haben.

»Wann wird Anna endlich erwachsen? Sie bohrt in der Vergangenheit herum, versucht den lieben Eltern alle Verantwortung aufzubürden. Dass wir selbst mal Kinder waren und dieselben Probleme mit unseren Eltern hatten, darauf käme sie nie, diese Superegoistin!«

Seit Wochen habe ich Ulrich nicht mehr so lebendig, so wütend gesehen.

»Ich habe ihr schließlich auch von dieser anderen Sache erzählt.«

»Was heißt das?«

»Von dem, was damals nach ihrer Geburt passiert ist. Von deiner Geliebten und meinem Schwangerschaftsabbruch.«

»Fabelhaft!« Ulrich lehnt sich zurück. »Und hat es dich weitergebracht?«

»Nein. Zu guter Letzt saß ich todunglücklich und weinend vor meiner Tochter, unfähig, überhaupt noch etwas zu sagen. Ich sah nur noch ihr fanatisch verzerrtes Gesicht, ihren Mund, der gebetsmühlenartig wiederholte: ›Mama, sag einfach: Es tut mir leid!‹

Ich habe es gesagt, wieder und wieder: ›Es tut mir leid, es tut mir leid!‹ Wie eine aufgezogene Puppe.

Anna stand auf und hat mich umarmt. ›Wie zart du geworden bist, Mama‹, hat sie geflüstert. ›Und jetzt bist du richtig authentisch.‹«

Ich schlage die Hände vors Gesicht. Es ist einfach zu viel heute. Ich wünsche mir, weit weg zu sein. Jede Krise löst sich, wenn man sich endlich dazu entschließt, das Richtige zu tun. Aber genau das ist der Schwachpunkt in dieser Gleichung: Woher weiß man, was richtig ist?

Besorgt blickt Ulrich mich an, irgendwie muss er aus meinem Verhalten schließen, dass das noch nicht alles ist.

»Am nächsten Tag war ich völlig allein. Und als Anna endlich nach Hause kam, bat sie mich zu gehen.

Ulrichs Finger vollführen einen Trommelwirbel auf der Tischplatte.

»Das ist ja wie im Kindergarten«, sagt er aufgebracht. »Gibt es eigentlich überhaupt nichts Positives zu berichten?«

Ich starre ins Leere. Mir fällt nichts ein.

Indonesien

1967

Ich sehe Anna noch vor mir, wie sie nackt unter den Fächerpalmen in der Hängematte liegt und sich von ihrer großen Schwester Ulrike schaukeln lässt. Sie krallt sich mit den Händen in das Geflecht der Matte und strampelt mit den kleinen Beinchen.

Ihr dralles Körperchen war nahtlos braun. Sie lachte wie wild, weil ihr das Schaukeln so gefiel, und ich musste Ulrike oft bremsen, damit sich Anna nicht überschlug. Ulrike tobte den halben Tag in ihrem gepunkteten Höschen durch den Garten, und Michael fuhr jeden Morgen mit dem Schulbus in die Stadt.

Damals waren wir seit zwei Jahren in Bandung. Ulrich war einem Ruf an das Institute of Technology gefolgt, einer der ältesten und renommiertesten Universitäten des Landes. Und wir waren ihm gefolgt. Hochschwanger war ich in München ins Flugzeug gestiegen. Michael war damals sechs, Ulrike zweieinhalb. Die beiden plapperten während der langen Flugreise unentwegt und schwelgten in den schillernden Beschreibungen, die wir ihnen von ihrem zukünftigen Zuhause gegeben hatten. Ob es in Bandung Tiger gebe, wollten sie wissen. Und Schlangen und Krokodile? Und speiten die Vulkane Feuer? Ulrich hatte die spannende berufliche Veränderung im

Blick. Mit seinen vierunddreißig Jahren würde er in Bandung einer der jüngsten Professoren sein, schon jetzt eine Koryphäe auf seinem Fachgebiet. Ich war mir sicher, dass sich in Indonesien all unsere Wünsche erfüllen würden. Wir würden nur Sonne haben, Harmonie und Freude. Wir waren auf dem Weg ins Paradies.

Tatsächlich erwartete uns ein paradiesisches Anwesen: ein Haus aus Teakholz mit vielen spitzen Dächern, luftigen Räumen und kunstvoll geschnitzten Türen. Vor den Fenstern wehten leichte Musselinvorhänge im Wind. Der Garten war riesig, mit einem Pool, einem kleinen Tempel, mehreren kleinen Lotosteichen mit Koi-Karpfen und Hütten für unsere Bediensteten. Doch auch im Paradies gibt es andere Frauen, junge und wunderschöne Frauen. Nur wenige Wochen nach Annas Geburt verliebte sich Ulrich in die attraktive Frau eines Kollegen. Er gab sich nicht die geringste Mühe, seine Verliebtheit zu verbergen, und drängte mich geradezu in die Arme ihres Ehemanns. Wir trösteten einander über die erlittene Enttäuschung hinweg und schliefen dann miteinander. In ein und derselben Woche hatte ich Sex mit meinem Ehemann und einem völlig Fremden. Ich kann eigentlich nicht sagen, welcher der beiden Liebesakte mir mehr zuwider war. Und wie konnte es auch anders sein: Diese Eskapade kam mich teuer zu stehen.

Sechs Wochen nach der Geburt meines dritten Kindes war ich erneut schwanger und wusste nicht, von wem. Ich hatte mich blindlings darauf verlassen, dass für stillende Mütter keinerlei Gefahr bestand, schwanger zu werden. Mein indonesischer Gynäkologe riet mir sofort zu einer Abtreibung. Annas Geburt hatte mich fast das Leben gekostet. Ich war gerade erst vierundzwanzig, und mein drittes Kind war ein Riesenbaby gewesen. Anna wog fast fünf Kilo. Die Indonesierinnen kamen in Scharen ins Krankenhaus, um sie sich anzusehen. Zwei Tage lang hatte ich in den Wehen gelegen, bevor der Arzt zur Zange griff und das Kind holte. Von alldem war ich noch immer traumatisiert, nicht nur wegen der kaum zu ertragenden Schmerzen. Der Gedanke, schon wieder schwanger zu sein, versetzte mich in nackte Panik.

Der Arzt nahm die Abtreibung in seiner Praxis vor.

Als alles vorbei war, konnte ich nicht mehr aufhören zu weinen. Ulrich war sehr besorgt, zumal ich mich nicht von ihm trösten lassen wollte. Aber irgendwann musste ich ihm ohnehin die Wahrheit sagen. Er musste wissen, dass ich mit dem Ehemann seiner Geliebten geschlafen hatte und nicht mal wusste, ob ich gerade dessen Kind abgetrieben hatte oder seins. Dass ich seinem Fremdgehen nicht länger tatenlos zusehen, dass ich andere Vorzeichen setzen wollte, dass ich schrecklich verzweifelt war.

Kurz vor der Geburt unseres zweiten Kindes Ulrike hatte ich Ulrich zum ersten Mal mit einer anderen Frau gesehen. Ich machte nach dem Einkaufen einen kleinen Umweg durch den Wald und entdeckte plötzlich meinen Ehemann, der Hand in Hand mit einem schönen Mädchen dahinwandelte. Ich wäre vor Schreck fast vom Rad gefallen. Ich versteckte mich hinter einem Baum und beobachtete, wie sie hin und wieder stehen blieben und sich küssten – ihre Hände waren überall. Mir wurde speiübel, ich stand allein mit meinem dicken Bauch im Wald und würgte und hustete.

Zu Hause schleppte ich die schweren Taschen in die Küche und wollte gerade die Milch in den Kühlschrank stellen, als Ulrich zur Tür hereinkam. Er trat von hinten an mich heran, legte die Arme um meinen Leib und fragte mit Zuckerstimme: »Wie war dein Tag, Schatz?«

Mir verschlug es vor lauter Wut die Sprache. In meiner Verzweiflung hätte ich am liebsten auf ihn eingeschlagen. Meine Verliebtheitsromantik hatte sich an einem Nachmittag verflüchtigt wie Wasserdampf. Auf einmal war ich die langweilige Ehefrau, der Klotz am Bein meines Ehemanns. Er wollte leben, draufgängerisch, wild und fordernd, wollte ja nichts verpassen – und nachholen, nachholen, nachholen. Das zart wachsende Glück am Wegesrand, das nur darauf wartete, von ihm gepflückt zu werden, übersah er. Er wollte Größeres, nichts, das erst von einer liebenden Hand hochgepäppelt werden musste. Dafür fehlte ihm die Zeit.

Auf den Gedanken, dass mich dieselben Träume und Wünsche quälen könnten, wäre er nie gekommen. Er brauchte die anderen Frauen, ich hatte doch die Kinder! Depressiv und unfähig, selbst noch Lust zu verspüren, sah ich dem Triebleben meines Mannes zu. Ulrich hatte kaum Augen für mich und unsere Sprösslinge.

Also stritten wir. Wir verstrickten uns in einen nie enden wollenden Streit. Wir redeten kaum noch, wir brüllten. Ich wurde wieder zu dem kleinen Mädchen, das dem strengen Vater mit ständig wachsendem Widerwillen gehorchte, das versuchte, die ungebührlich hohen Strafen zu umgehen. Das sich vor Redeverbot fürchtete, vor dem nächsten Streitgespräch, vor sadistischen Demütigungen.

So verstrichen die Jahre. Je größer meine Familie wurde, desto enger schienen meine Kreise zu werden. Ich war noch so jung, fühlte mich aber bereits wie im Herbst meines Lebens. Ich schlief nicht mehr, ich aß zu viel, wurde nachlässig mit meinem Äußeren, ich besuchte verschiedene Psychologen – ich kam ihm sozusagen entgegen.

Ich weiß nicht, warum ich all die Jahre nicht ausgebrochen bin aus diesem Trübsinn, der Verzweiflung und dem Netz aus Lügen. Wahrscheinlich war es die Hoffnung auf ein Wunder, das Ulrich wieder zu dem Mann machen würde, dem ich blindlings gefolgt war, süchtig nach dem großen Glück.

Eine Frau nach der anderen machte diese Hoffnung zunichte: eine blonde Studentin, eine dunkelhaarige Kollegin, die eine oder andere Gespielin in der Mittagspause, mit der mein Ehemann Whisky, Sekt und Bett teilte. Kein Wunder, dass ihm bald die Kleider am Leib schlotterten. Sein Testosteronspiegel trieb ihn zu Höchstleistungen, er strotzte nur so vor Vitalität und Unternehmungsgeist. Und es war eine wirkliche logistische Herausforderung, all seine Aktivitäten unter einen Hut zu bringen. Auch ich selbst wurde zweimal in der Woche eingeplant, damit ich nicht auf dumme Gedanken kam oder womöglich Verdacht schöpfte.

Ich hätte das Beischlafangebot ausschlagen sollen, aber ich tat es nicht und verachtete mich dafür, dass ich mich so bereitwillig betrügen ließ. Ich betrachtete es als mein Versagen. Der Wahnsinn des Betruges hüllte mich in eine widerliche, klebrige Hülle, die an mir haftete und sich nicht abschütteln ließ. Ich gab auf und entzog mich der Realität, versank in meinen Büchern oder in der Musik. Ich verlor die Fähigkeit, meine Gefühle zum Ausdruck zu bringen, selbst den Kindern gegenüber.

Manchmal glaube ich, dass meine Erinnerungen auf Tausenden von Spulen im Gehirn gespeichert sind: Auf einer dieser Spulen sehe ich mich noch immer auf dem Wohnzimmerboden sitzen und mit den Kindern spielen. Zwei Drittel des Tages war der Flokatiteppich unser Revier. Für viele Jahre bestand die Landschaft meines Alltags aus Kuscheltieren, Bauklötzen, Bilderbüchern und einem Topf für Pipi und Aa. Ein Kissenberg stützte meinen Rücken beim Stillen, ich strickte oder häkelte nebenbei und summte ununterbrochen Kinderlieder. Wenn die Kleinen auf mir herumkletterten, versuchte ich, mich glücklich zu fühlen. Aber das war ich nicht. Ich gab mir große Mühe, meine Kinder gut zu erziehen, ich sorgte für ihre Gesundheit, sang mit ihnen, spielte mit ihnen und erzählte ihnen Geschichten. Aber es gelang mir nie, mit ihnen herumzutollen, herumzualbern, zu spinnen, einfach fröhlich zu sein. Ich fühlte mich verloren. All meine Wunschträume schienen in weite Ferne gerückt.

Ulrich ging in seinem Beruf auf, zog morgens die Tür hinter sich zu, kam abends wieder, schnappte sich seine Sporttasche und trainierte Kugelstoßen oder Diskurswerfen. An den Wochenenden drückte er mir die Schwiegereltern auf, ging im Winter Ski fahren und im Sommer in die Berge. Ich war die Hüterin des Hauses und der Kinder, die Verwalterin seines Gehalts und in den Nächten die Frau zum fantasielosen Vögeln. Meine Lebhaftigkeit verwandelte sich in Apathie.

Der Schmerz saß wie ein großer blutiger Klumpen in meinem Zwerchfell. Mein Körper reagierte nicht mehr auf den Mann an meiner Seite, alle Gefühle waren erstarrt. Und das sollte eine Ewigkeit so bleiben.

»Wo warst du, Mama?«

Ich war da und doch abwesend.

Ulrike

Februar 2009

Es ist halb drei, als wir wieder zurück im Hotel sind. Eineinhalb Stunden lang habe ich geredet, Ulrich meine Not geschildert und darauf gewartet, dass er mich tröstet. Doch er beschränkte sich auf ein »Ich will mir kein Urteil erlauben, bevor ich nicht beide Seiten gehört habe«. Und schon wieder melden sich die Schuldgefühle. Und ein gewaltiger Zorn.

Aber dieser Zorn ist nur eine weitere Triebfeder, den Tag unvergesslich werden zu lassen.

Kaum sind wir im Zimmer angelangt, kommt Ulrich zielstrebig auf mich zu und schält mich langsam aus meinen Kleidern. Dann zieht er mich zum Bett und legt sich schweigend neben mich. Ist es der Wein, ist es meine Traurigkeit, mein Wunsch nach Trost? Ich reagiere sofort. Von Fleisch zu Fleisch sprühen Funken, Säfte fließen, der Kopf ist willig und das Fleisch auch. Es drängt uns in- und zueinander.

»Lass deinen Schwanz sprechen, er soll beschreiben, was er gerade tut.«

»Ich bin in einer langen, schlüpfrigen, samtig weichen, warmen Höhle, ich möchte immer tiefer in sie hineinkriechen, möchte mich in ihr verlieren.«

Ich spüre seine suchenden Bewegungen, umschließe

ihn fest, ziehe ihn tief in mich hinein. Dieses saugende Vor und Zurück, wenn er fast die Grotte verlässt und die Lust sich in Spiralen nach oben windet, erschüttern mein ganzes Gemüt. Ulrich legt sich auf den Rücken, ich setze mich auf ihn. Immer wieder bremse ich meine Lust kurz vorm Gipfel. Mein Körper ist mehr als bereit, doch mein Kopf verbietet mir die restlose Hingabe.

Irgendwann fallen wir erschöpft in unsere Kissen. So beieinanderzuliegen ist fast so schön wie das Vögeln selbst. Ich schlummere ein.

Durch meinen Schlummer tanzen die hässlichen Geister der Vergangenheit. Oh, verfluchte Vergangenheit! In meinen einsamen Träumen habe ich von verführerischen Romanzen geträumt, von Männern, die mich erobern, umschmeicheln, mich dahinschmelzen lassen, die mich gefühlvoll, in allen möglichen Positionen vögeln, mich betrachten, meinen Körper erforschen, meine Leidenschaft wecken. Meine Fantasiewelt trieb Blüten, meine Masturbationspraktiken wurden immer ausgefeilter, die Einsamkeit immer größer. Aber seltsamerweise gelüstete es mich nicht nach einem wirklichen Mann, ich genügte mir selbst. Und musste vor allem zuerst einmal lernen, mich selbst zu lieben.

Lautes Klopfen lässt uns aus dem Schlaf schrecken. Vor der Tür stehen unsere Enkelkinder. Erwartungsvoll lächelnd, wie die Orgelpfeifen: Josephine, Laura und Silvana und schließlich Klara und Moritz. Die fünf Kinder unserer ältesten Tochter Ulrike. Fünf Kinder von vier Vätern. Wenn ich das anderen Leuten erzähle, kriegen sie große Augen. Wie kann man fünf Kinder von vier Männern bekommen? Und überhaupt, warum kriegt eine Frau heutzutage noch fünf Kinder?

Ich bin gottfroh, dass sie da sind. Vor allem jetzt und heute.

Klara wirft sich aufs Bett und schaltet den Fernseher an.

»Hoffentlich gibt's bald was zu essen«, sagt sie und verdreht die Augen.

»Wenn ihr noch mal kurz verschwindet, können wir uns anziehen«, sagt Ulrich und drückt sie alle an sich. »Wie viel Uhr ist es eigentlich?«

Als die Kinder aus der Tür sind, zieht Ulrich mich an sich. »Kaum zu glauben, dass ich gerade mit einer fast siebzigjährigen Großmutter geschlafen habe. Ich habe dir ja schon immer gesagt, dass Sex verjüngt.« Er küsst mich auf die Stirn. »Und noch etwas, das du unbedingt wissen solltest: Mit dir war es so schön wie mit keiner anderen.«

Heißer, giftiger Hass steigt in mir hoch. Ich löse mich abrupt aus seinem Arm.

Unter der Dusche lasse ich meinen Tränen freien Lauf. Ich drehe das Wasser so heiß, wie ich es ertragen kann, und sauge den heißen Dampf in meine Lunge. Anschließend begnüge ich mich mit einem Minimum an Schminkkunst. Zum Glück hat das Heulen keine Spuren hinterlassen. Ich schlüpfe in mein Astrachankleid, muss aber Ulrich bitten, den Reißverschluss zu schließen.

»Schön siehst du aus, wie eine junge Frau.« Ulrich legt den Arm um meine Schultern und drückt mich an sich. »Keiner würde dir glauben, dass du schon fast siebzig bist.«

Wütend schiebe ich seine Hand weg. »Lass das! Gehen wir lieber.«

Auf der Treppe kommt uns schon die ganze Familie entgegen. Ulrike ist größer als ihr Mann und sehr schlank. Sie trägt eine schwarze Hose und ein hautenges Top. Sie ist schön wie eine Märchenfee. Wir umarmen uns zärtlich.

»Alles Gute zur goldenen Hochzeit, Mama! Hättest du jemals gedacht, dass du es so lange aushältst?«

Wir lachen übermütig.

Ulrich nimmt meinen Arm. »Na los, worauf warten wir noch!«

Michael

Februar 2009

Es dauert ein Weilchen, bis die Tür einen Spalt weit geöffnet wird und Michael schelmisch grinsend herausschaut. Hinter ihm Clemens und Angela.

»Betteln und Hausieren verboten«, sagt er, reißt die Tür sperrangelweit auf und freut sich mit uns über seinen Scherz. Das Wohnzimmer gleicht einem Rosengarten. Rosen stehen und liegen überall, sie müssen einen Blumenladen aufgekauft haben. Laut schallt uns Hildegard Knefs berühmtes Lied entgegen: »Für mich soll's rote Rosen regnen, mir sollten sämtliche Wunder begegnen ...« Vor Rührung kommen mir die Tränen. In diesem Moment bin ich vollkommen glücklich. Wir werden gedrückt und geküsst, Glückwünsche rieseln über uns, Ulrich füllt Champagner in die Gläser, sogar die Zwillinge dürfen anstoßen. »Jetzt kommt der große Moment«, verkündet Michael. »Trara, trara!«

Clemens und Moritz tragen ein riesiges Bild mit einem vierblättrigen Kleeblatt herein. Jedes unserer Kinder hat eines dieser Blätter mit einer Collage aus Erinnerungen geschmückt: rührende Kinderzeichnungen, kleine Briefe, Zeugnisse, Postkarten und natürlich Fotos. Fotos aus allen Lebenslagen: nach der Geburt, im Kindergarten, vom Abitur, vom Studium, von den vielen Reisen.

»Wahnsinn«, bringe ich hervor. »Was für eine Mühe.«

»Es war Ulrikes Idee«, sagt Michael. »Bis vor einer halben Stunde haben wir an dem Bild herumgebastelt, weil Ingos Blatt noch gefehlt hat. Der war mal wieder Bummelletzter.«

Ingo gibt ihm einen Klaps auf den Rücken. »Pass auf, Dicker, dass du nicht eine fängst!«

»Also, was Schöneres hättet ihr uns nicht schenken können. Mit dem Anschauen der Bilder werden wir den Rest unserer Tage verbringen.« Ulrich drückt Michael und Ingo an sich.

Mein Blick bleibt an Annas Kleeblatt hängen. Es ist ein besonders lebhaftes Blatt, mit vielen von ihren Gemälden en miniature, umrankt von zarten Blumenmalereien. Sie war schon immer eine begnadete Künstlerin. Ich finde nur ein einziges Foto, es zeigt sie inmitten von Rittersporn und Sonnenblumen. Sie sieht nicht aus wie jemand mit einer »beschissenen Kindheit«, und auch ihre farbenfrohen Bilder sprechen eine andere Sprache. Woran sie wohl beim Basteln gedacht hat? Ich male mir aus, dass es versöhnliche Gedanken waren. Weil ich es so will.

Ulrich fängt an, uns mit seiner Videokamera zu filmen. Wir versammeln uns vor dem reich gedeckten Kaffeetisch zu einem Gruppenfoto. Ich stelle mich zwischen meine beiden Söhne, die mich um Haupteslänge überragen, daneben Angela und Ulrike und vor uns halb kniend, halb sitzend die Schar der Enkelkinder.

Clemens nimmt Moritz mit in die Garage, um ihm das Motorrad zu zeigen, das seine Eltern ihm zu Weihnachten geschenkt haben.

»Darf Clemens mit siebzehn denn schon fahren?«, frage ich.

»Solange Schnee und Eis auf der Straße liegen, nicht.

Clemens ist ganz schön sauer, weil der Winter so hart ist.«

Angela ist die großzügigste und zugleich ängstlichste Mutter der Welt. Ihre ganze Art, ihr zarter Körperbau und die blonden Engelslocken erwecken den Eindruck, es mit einer sanften, unemanzipierten Frau zu tun zu haben. Weit gefehlt. Im Haus führt sie das Zepter, und zwar sehr schwungvoll. Beruflich ist sie Leiterin einer Medienagentur, Michael ist Freelancer. Er arbeitet als Consultant, verbringt die Hälfte des Jahres in Abu Dhabi und verdient eine Menge Geld.

Am Kaffeetisch sitze ich neben ihm und schaue schmunzelnd zu, wie er sich mit Behagen dicke Kuchenstücke in den Mund schaufelt.

»Die arabische Küche scheint dir ja gut zu bekommen, du hast ein ganz schönes Ränzlein, mein Sohn.«

»Fünfundneunzig Kilo bei einem Meter fünfundneunzig sind okay. Aber bei dem Arbeitspensum, das ich im Augenblick habe, hätte ich eigentlich abnehmen müssen. Mir schneien von allen Seiten Aufträge ins Haus: die Börse, die Post und Health Care.«

»Aha«, sage ich beeindruckt, während Ulrich und Michael sich in eine Vater-Sohn-Fachsimpelei vertiefen.

Der Blick durchs Panoramafenster wird trüb, Nebel sinkt herab. Angela zündet Kerzen an. Plötzlich legt sich bleierne Müdigkeit über mich wie ein dunkler Vorhang. Michael, der mein Problem sofort registriert, schlägt vor, dass ich mich noch ein bisschen hinlege. Noch haben wir Zeit. Ich nehme die Holztreppe nach oben zum Schlafzimmer. Die alten Bretter geben bei jedem Schritt jämmerliche Klagelaute von sich. Kein Wunder, dass Clemens das Erdgeschoss vorzieht.

Wenn ich zu Besuch komme, überlässt mir Michael

immer sein Bett und verbringt die Nacht bei Angela im Doppelbett. In seinem privaten Reich hat er alles untergebracht, was ihm lieb und teuer ist. Die Einrichtung besteht aus einem wilden Durcheinander von Schreibtisch, Musikanlage, Fernseher, Aquarium, einer Bücherwand, vielen Fotos an den Wänden und einem Dschungel von Pflanzen. An unzähligen Details erkennt man den Technikfreak: Überall blinkt und tickt es. In eine Ecke gequetscht steht das Bett oder besser gesagt: liegt die Matratze auf dem Fußboden. Daneben türmen sich Fachzeitschriften und Bücher.

Bevor ich mich hinlege, decke ich sämtliche Blinklichter mit Handtüchern ab und stöpsle mir Ohropax in die Ohren. Meine Brust schmerzt, mein Gesicht brennt, der Hals ist trocken. Ich würde gern mein Kleid ausziehen, kriege aber den Reißverschluss nicht ohne Hilfe auf. Also greife ich nach dem obersten Buch, das neben dem Bett liegt. *Liebe – ein unordentliches Gefühl* von Richard David Precht. Genau die richtige Lektüre für einen Tag wie diesen. Ich blättere durch die Seiten und lese ein paar der Passagen, die Michael unterstrichen hat, komme mir dann aber vor wie ein Dieb. Ich starre zur Decke, aber der Schlaf kommt nicht.

Das Varieté

Februar 2009

Sacht rüttelt eine Hand an meiner Schulter, es ist Michael. Offenbar sehe ich so erschrocken aus, dass er lachen muss. Michael hat sich fein gemacht, über seinen Jeans trägt er ein hellblaues Hemd und ein rehfarbenes Jackett aus weichem Wolltuch.

»Es wird Zeit«, sagt er und reicht mir die Hand, um mich hochzuziehen. Mir ist schwindlig, und in meinem Kopf bohrt ein heftiger Schmerz.

»Freust du dich auf heute Abend, Mama? Was ist das für ein Gefühl, wenn man fünfzig Jahre mit ein und demselben Mann zusammengelebt hat?« Michael meint diese Frage nicht scherzhaft, er will wirklich eine Antwort.

»Frag mich was Einfacheres«, weiche ich aus. »Wir wollen doch einen heiteren Abend haben.«

»Manchmal übertreibst du wirklich ein bisschen«, antwortet er und fährt sich mit der Hand über den frisch gestutzten Bart.

Wenig später stehen wir zu siebt an den Hochtischen im Foyer der Kleinen Komödie und stoßen an.

»Auf euer Wohl«, sagen die Kinder fröhlich. »Bleibt weiter so gesund und munter.«

Apropos: Diesmal habe ich mich freiwillig für Kräutertee entschieden. Ulrich prostet mir mit seinem Sektglas zu und verzieht seine Lippen zu einem lautlosen Kuss.

»Wir freuen uns auf den Bali-Urlaub mit euch«, sagt Ulrike. »Das war eine tolle Idee von dir, Mama! Und dann auch noch in Verbindung mit Michaels Fünfzigstem.«

»Immerhin warst du als Einziger auch bei der Hochzeit dabei«, sagt Ulrich und schlägt seinem Ältesten kumpelhaft auf die Schulter.

»Ich war immer der Schnellste«, antwortet Michael mit einem Gladiatorengesicht und macht sich noch größer als seine Eins-Fünfundneunzig. Und wieder lachen wir fröhlich.

Um uns herum dominiert die Farbe Rot: Fußboden, Säulen und Bartresen leuchten verschwenderisch in allen erdenklichen Rottönen, die Flügeltür zum Zuschauerraum sieht aus wie ein klaffender Mund. Irgendwie passt das zum Thema des Abends: Der argentinische Tango und seine Anfänge. Nur die Hitze fehlt. Der kleine Vergnügungstempel ist mäßig beheizt. Meine Füße sind eiskalt, trotz Pelzstiefeln, und mein Astrachankleid ist viel zu dünn.

Nach der Vorstellung sitzen Ulrich und ich noch mit unseren Söhnen zusammen im Restaurant und essen eine Kleinigkeit. Die Frauen sind zusammen mit Rudolf zurück nach Hause gefahren, um sich um die Kinder zu kümmern. Ich verschwinde für einen Moment auf die Toilette und rufe meine Münchner Freundin Sally an. Es ist schon nach zehn, aber Sally ist eine Nachteule. Als sie meine Stimme hört, überfällt sie mich gleich mit einem Wortschwall.

»Oh, Glückwunsch, meine Liebe! Gestern war der

große Tag, oder? Ich habe schon auf deinen Anruf gewartet und mir richtig Sorgen um dich gemacht. Wo hast du bloß gesteckt?«

»In einem heruntergekommenen Gasthof und bei Ulrich in der Klinik.«

»Und nirgends gab es ein Telefon?«

»Das schon, aber mir geht's beschissen. Ich bin furchtbar erkältet und vollkommen schlapp.«

»Du armes Würmchen. Und ausgerechnet an eurer goldenen Hochzeit. Wo bist du gerade?«

»Auf dem Klo im Restaurant. Ich wollte fragen, ob ich ein paar Tage bei dir wohnen kann.«

Sally lacht schallend. »Auf dem Klo! Du machst es dir wirklich schwer mit dem Telefonieren, was?«

»Muss ja nicht jeder mitkriegen, was ich dir erzähle.«

»Aha, ich verstehe. Wann willst du kommen?«

»Morgen Abend, wenn es dir recht ist. In vierzehn Tagen geht mein Flug zurück nach Lyon. Und vorher will ich noch zu Ulrike. Das habe ich ihr versprochen.«

Sie lacht erneut. »Ja, kein Problem! Ich freu mich auf dich. Und es kann ruhig spät werden, ich habe ohnehin noch zu tun.«

Mir ist gleich viel leichter ums Herz. In Sallys Obhut bin ich weitaus besser aufgehoben als in diesem tristen Gasthof. Sie wird mir keine Zeit zum Grübeln lassen und den Rest an Schwermut zum Schmelzen bringen, wie schon so oft in den letzten Jahren.

»Das war aber eine lange Sitzung«, sagt Ulrich, als ich mich wieder an den Tisch setze. »Hast du telefoniert?«

»Ja, mit Sally. Ich werde morgen Abend zu ihr fahren und für ein paar Tage dort bleiben. Dann geht es weiter zu Ulrike und zurück nach Lyon.« Ich kann sehen, wie bei Ulrich das Visier herunterklappt. Aber der direkte

Weg ist der einfachste. Das habe ich inzwischen gelernt. Ulrich wechselt demonstrativ das Thema und fragt Ingo, wie es auf der Baustelle läuft. Ingo zuckt mit den Schultern. Er habe da ein Projekt übernommen, das nie und nimmer zum vereinbarten Zeitpunkt fertig würde. »Von morgens bis abends frier ich mir auf den Dächern den Arsch ab und versuche, meiner Firma eine gewaltige Konventionalstrafe zu ersparen. In diesem Szenario bin ich das Mädchen für alles: Mir obliegen die Projektleitung, die Überwachung der Montage und die Kontrolle über Bestellungen und Lieferungen. Überall Stress und Verzug.«

Michael schließt sich dem Lamento seines Bruders an und berichtet von ähnlichen Unwägbarkeiten in Abu Dhabi. Dann holt er seinen Laptop aus der Tasche und zeigt uns ein paar Fotos von den feudalen Hotels, in denen er dort gewohnt hat und die in Deutschland das Doppelte kosten würden.

»Die müssen sich aber auch was einfallen lassen«, werfe ich ein. »Die Landschaft wirkt ziemlich trostlos.«

»Am Pool, unter Palmen und mit einem Cocktail in der Hand lässt es sich aushalten«, sagte Michael grinsend. »Im Mai fahre ich dann nach Frankreich und arbeite am Haus. Ich will endlich damit fertig werden. Vielleicht kannst du mir ein bisschen helfen, Papa?«

Darin ist Ulrich der Größte. Seit er im Ruhestand ist, ist er der Vater, den die Kinder gebraucht hätten, als sie klein waren. Er hilft ihnen kompromisslos aus allen Schwierigkeiten und greift ihnen unter die Arme, wo er nur kann. Es ist seine Art der Wiedergutmachung.

»Fährst du mit dem Auto, oder fliegst du nach Frankreich?«, fragt Ingo, der wieder entspannter scheint.

»Wenn das Wetter einigermaßen ist, versuche ich zu

fliegen. Ich hab dieses Jahr noch viel zu wenig Flugstunden«, antwortet Michael. »Willst du mit?«

Ingo lächelt. »Schön wär's.«

Michael hat sich vor fünf Jahren sein erstes Flugzeug gekauft. Das ist schlimmer als ein Motorrad, wenigstens für ein besorgtes Mutterherz. Wir haben schon einige Male um sein Leben gebangt. Einmal konnte er sich bei einem Freundschaftstreffen der Ultralight-Flieger in Tunesien nur noch durch einen Fallschirmsprung retten. Das Flugzeug erlitt einen Totalschaden, und Michael musste irgendwo in der Wüste abgeholt werden. Ich war fix und fertig. Allein die Berichte über seine Flugabenteuer machen mir zu schaffen. Eine Zeit lang fachsimpeln die Männer über Flugrouten, Pisten und Maschinen. Ich hätte lieber über unsere gemeinsame Reise nach Bali geplaudert. Ich würde ihnen gern von dem Affenwald vorschwärmen, neben dem wir wohnen werden, von den Tempeln, den Reisterrassen, den Seen, dem Meer und den wunderschönen Menschen.

Entspannt sitzen wir in unseren bequemen Sesseln, ich höre ihnen zu, schweige und betrachte meine beiden Söhne. Ich bin stolz auf sie.

Eine ganze Generation liegt zwischen ihnen. Als Michael auf die Welt kam, war ich achtzehn, bei Ingo sechsunddreißig. Vier Jahre älter als er jetzt. Meinen drei halbwüchsigen Kindern war es damals ziemlich peinlich, dass ihre »alten Eltern« nochmals für Nachwuchs sorgten. Sie waren wohl davon überzeugt, dass wir längst jenseits von Gut und Böse waren. Aber schließlich stürzten sich alle ziemlich begeistert auf das Abenteuer Kind. Vor allem Michael. Er wollte alles genau wissen: wie das Kind im Mutterleib heranwächst, wie es auf die Welt kommt, wie es im Ultraschall aussieht und so weiter. Er war sogar dabei, als ich bei der Voruntersuchung das erste Mal Ingos Herz schlagen hörte.

»War das nicht ein goldiger Tag, Johanna?«, fragt Ulrich mich, als wir wieder im Hotel sind, und zieht mich an sich.

»Ja, das war es!« Ich lächle meinen Ehemann an. »Wir sind jetzt golden, oder?«

Ulrich lacht. »Meinst du, dein Husten lässt eine kleine Fortsetzung zu?«

»Mal sehen«, sage ich und gehe mit einem verheißungsvollen Wippen meiner Hüften voraus.

Sally

Februar 2009

Am nächsten Morgen treffen wir uns im Hotelrestaurant zu einem späten Frühstück. Es ist schön, Ulrikes Familie um mich zu haben, aber die festliche Stimmung ist passé. Es hat keine *goldene Nacht* gegeben. Ulrich und ich sind wieder zu einer sachlichen Distanz übergegangen. Keiner von uns beiden besteht darauf, den Tag miteinander zu verbringen. Rudolf fährt ihn in die Klinik zurück. Mit einem Mietwagen fahre ich am späten Nachmittag zu Sally. Sie sieht müde aus, ein wenig blass, mit violetten Schatten unter den Augen, als wäre sie genauso angeschlagen wie ich. In der Wohnung ist es kalt, weil sie gerade erst nach Hause gekommen ist, aber sie macht sich sofort am Kamin zu schaffen, damit wir es gemütlich haben. Ein helles Zischen ertönt, das Holz leckt gierig die Flamme vom Streichholz, und dann beginnt das zarte Nest zu glühen. Ich nehme mir ein Kissen von der Couch und setze mich vor die warme Höhle.

»Ich hol uns zwei Cognac«, sagt Sally, »dann wird uns gleich warm.«

Leise Geigenmusik schwebt zu mir herüber. Sally kommt mit zwei bauchigen Gläsern zurück und macht es sich neben mir auf dem Boden bequem. »Auf dich«, sagt sie, und wir stoßen an. Den ersten Schluck behalte ich ein bisschen im Mund, bewege die Flüssigkeit mit der Zunge sanft hin und her und spüre, wie kleine fadendünne Schwaden in meine Nase steigen. Beim Hinunterschlucken habe ich das Gefühl, mein Magen steht in Flammen.

Sally stützt die Arme hinter sich auf und starrt gebannt ins Feuer. Ihr tiefer Ausschnitt gibt bei jeder Bewegung den Blick auf ihre Brüste frei, aber das scheint ihr nichts auszumachen. Sie kann es sich aber auch leisten. Ihre Brüste sind klein, rund und rosig wie bei einem zwanzigjährigen Mädchen. Ihr Mund ist herzförmig, ihre lila geschminkten Lippen wölben sich gespitzt nach vorne. Als sie merkt, dass ich sie betrachte, lächelt sie breit und wird rot.

Ich kenne Sally schon fast zehn Jahre, die Hälfte davon sind wir eng befreundet. Sie ist die klügste und warmherzigste Person, die mir je über den Weg gelaufen ist. Anfangs hielt ich sie für ein oberflächliches Partygirl, das sich einen reichen Macker geangelt hat. Und als ihr Walter sie schließlich vor die Tür setzte, passte das perfekt ins Bild. Nach dem Rausschmiss brach für Sally eine Welt zusammen. Achtzehn unverheiratete Jahre hatte sie an der Seite eines hochmütigen Mannes verbracht, der sie aus einem ziemlich unmissverständlichen Grund entließ: Sie war ihm zu alt. Sally litt Höllenqualen bei dem Gedanken, dass ihre zwanzig Jahre jüngere Nachfolgerin sich ins gemachte Bett legen und von nun an inmitten all der »Schätze« leben durfte, die sie jahrelang liebevoll zusammengetragen hatte.

Die meisten Frauen würden nach einer solchen Erfahrung wohl in Bitternis und Tristesse versinken. Nicht so Sally. Es dauerte Monate, bis sie ihren Liebeskummer überwunden hatte, doch auch der größte Kummer ist nach Monaten nicht mehr genauso intensiv wie am ersten Tag. Sally hat es geschafft und sich neu verliebt. Auch wenn sie heute Abend ein wenig erschöpft wirkt, sieht sie aus wie eine glückliche Frau.

Durch das kleine Dachfenster blinkt der Mond herein. Es ist spät, aber wir haben beide noch keine Lust, ins Bett zu gehen. Wir haben uns so viel zu erzählen. Ich will unbedingt alles über Sallys neueste Eroberung wissen. Sie hat sich einen »Wunderknaben« geangelt, der dreißig Jahre jünger ist.

Auf meine Frage, wie das Liebesleben mit einem so jungen Mann aussieht, kichert sie übermütig. »Du glaubst gar nicht, wie wunderbar einfach es ist, einen jungen Mann zu lieben! Eduard ist bestimmt kein Anfänger, in seinem vergleichsweise kurzen Leben hat er vermutlich mehr geliebt und gevögelt als ich, aber trotzdem komme ich mir viel erfahrener vor.«

»Setzt dich das nicht unter Druck, mit einem so jungen Mann zu schlafen?«, frage ich.

»Nein, im Gegenteil! Ich bin viel gelassener und kann mich viel besser hingeben.« Sie strahlt mich an. »Na ja, vielleicht bin ich mehr in den Sex verliebt als in Eduard. Aber das Nichtverlieben tut mir auch gut, es schützt mich. Ich will kein zweites Mal mit leeren Händen dastehen, verstehst du?«

Wir reden eine ganze Weile über Sex, dann über Therapien. Ganz nebenbei berichtet Sally, dass sie schon seit Jahren zu einem Therapeuten geht.

»Der weiß inzwischen mehr über mich als ich selbst.« Sie lacht. »Was ich dem schon alles erzählt habe! Einmal habe ich ihn gefragt, ob er mir das alles eigentlich glauben würde. ›Natürlich‹, hat er gesagt, ›Sie haben doch keinen Grund, mich anzulügen.‹ Ich kann mir nur schwer vorstellen, dass seine Patienten immer nur die Wahrheit berichten, zumindest nicht am Anfang einer Behandlung. Jeder will doch erst einmal einen guten Eindruck machen, Schuld von sich abladen und auf andere abwälzen …«

Ich nicke. Darüber habe ich auch schon oft nachgedacht. Kann ich objektiv sein, kann ein Therapeut objektiv sein bei einer Sache, die irgendwo im Inneren eines anderen Menschen stattfindet?

Wir schweigen ein Weilchen. Ich warte darauf, dass Sally sich nach Ulrich erkundigt. Es ist einfacher zu antworten, als selbst Fragen zu stellen. Sally lässt mich nicht lange warten, sie ist zu neugierig.

»Wie geht's deinem Göttergatten? Wird er langsam ruhiger?«

»Du meinst, ob er besser schläft?«

»Nein, ich spreche von seinem Gemütszustand. Hilft ihm die Therapie?«

»Das werden wir sehen. Er hat ja bisher nicht viel mehr als die Anmeldung hinter sich. Aber selbst wenn, du weißt ja, wie er ist. Wenn er sich seiner Therapeutin überhaupt anvertraut, dann wird er mir das wohl kaum in allen Details erzählen.«

»Hast du ihm denn erzählt, dass …?«

»… ich ihn verlassen will? Wo denkst du hin! Das kann ich ihm in seinem Zustand nicht zumuten. Das wäre unfair. Außerdem wollte ich eine unbeschwerte goldene Hochzeit feiern.«

Sally kommt auf die Knie und packt mich an beiden Schultern. In ihren dunklen Augen funkelt der Zorn. »War Ulrich jemals fair zu dir? Dem war es doch völlig egal, was du gedacht oder gefühlt hast. Er hat es nicht mal mitgekriegt und hat dich am ausgestreckten Arm verhungern lassen. Sozusagen.« Sie lehnt sich wieder zurück. »Aus meiner Sicht ist der Moment gerade sehr günstig. Er ist doch in guten Händen! Wenn er ausflippen sollte, kann ihm seine Therapeutin zur Seite stehen.«

»Ach, Sally, hör auf! Ich weiß, du hast Schreckliches erlebt, aber versuch jetzt nicht, mir zu sagen, wann der richtige Moment gekommen ist. Ich weiß es ja selbst noch nicht genau.« Mir kommen die Tränen. Ich fühle mich wie ein Blatt im Wind, das von allen Seiten heftigen Böen ausgesetzt ist.

Sally nimmt mich in den Arm und fragt mit leiser Stimme: »Und wie hast du dir deine Zukunft vorgestellt? Was ist das denn für ein Typ, dein Andreas?«

Ich muss lachen, weil ich selbst noch nicht genau weiß, was für ein Typ mein Andreas ist. »Du weißt ja selbst, bisher haben wir eine lange platonische Brieffreundschaft hinter uns ...«

Sally unterbricht mich: »Und was macht er beruflich? Hat er eine Familie? Wie sieht er aus?«

Ich muss grinsen. »Er sieht gut aus, ist ein bisschen füllig, trinkt und isst gerne, schreibt fantastische Briefe, liest viel und kann etwas mit Romantik anfangen. Er ist jünger als ich, aber nur fünf Jahre. Er kommt aus Düsseldorf und hatte dort ein Juweliergeschäft, das inzwischen seine Frau und sein ältester Sohn übernommen haben. Andreas hat sich auszahlen lassen und auf Bali ein Geschäft aufgemacht. Er kauft Diamanten in Australien, Ceylon, Indien und auch an großen Börsen ...«

»Eieiei, Diamanten, da bist du ja in guten Händen!«

»Kann man wohl sagen! Ihm gehört das Juweliergeschäft Seraphim. Schon mal gehört?«

Sally schüttelt den Kopf. »Seraphim?«

»Ja, das ist sein Künstlername auf Bali. Er entwirft seine Preziosen selbst und lässt sie dann zu enorm günstigen Preisen auf Bali herstellen. Das Geschäft läuft gut, einer seiner besten Abnehmer ist sein Sohn. Er hat sehr prominente Kundschaft. Du kannst die Schmuckstücke von Andreas an den Fingern von Demi Moore, Sharon Stone, Julia Roberts oder der Königin von Bhutan bewundern.«

»Wow, sehr beeindruckend!« Ihre Augen glänzen. »Aber der Kontakt zu seiner Familie ist dadurch noch ganz schön eng, oder?«

»Stimmt, aber für mich zählt, dass er ein freier Mann ist. Er lebt seit ungefähr siebzehn Jahren von seiner Frau getrennt. Und was die Romantik angeht«, setze ich meine Beschreibung fort, »schwebe ich im siebten Himmel. Wir haben zwar noch nie miteinander geschlafen, aber ich kenne seine Vorlieben, seine Vorstellungen vom Glück. Ich hatte zweihundert Seiten Zeit, ihn kennenzulernen.«

Ich schaue Sally zuversichtlich an und füge dann gedämpfter hinzu: »Aber trotzdem bin ich mir unsicher. Es kommt mir alles vor wie ein Film, wie ein Leben, das als Drehbuch schon in meinem Kopf existiert. Diesen Film kann ich mir ansehen, wann immer ich will. Ich sehe Andreas und mich, wie wir den Tag verbringen und natürlich die Nächte. Ich erlebe vorab, wie es sein wird, mit einem körperlich noch fremden Mann im Bett zu liegen ...« Ich hebe mein Cognacglas und proste ihr zu. »Aber ob sich das Fieber aus unseren Briefen auch in der Realität wiederfinden wird, werde ich erst in ein paar Monaten wissen.«

»Du wirst es herausfinden«, sagt Sally liebevoll.

Zukunftspläne

Februar 2009

Die großzügige Sally überlässt mir für eine Woche ihr Bett und übernachtet bei ihrem Freund Eduard. Es ist wunderbar, ganz allein in der Wohnung zu sein. Die Abgeschiedenheit und Ruhe und der viele Schlaf tun mir gut. Nach fünf Tagen fühle ich mich wie neugeboren. Ich tappe nach dem Aufstehen auf Strümpfen in die Küche und schalte das Radio ein. Vor lauter Übermut drehe ich mich im Takt der Musik, bis mir schwindlig wird. Die kleine Uhr am Herd zeigt 11.48 Uhr. Wann habe ich das letzte Mal so lange geschlafen?

Schlaf. Dieses Wort ist in den vergangenen Monaten zu einem Dauerthema geworden, einem »Dauerdrama«. Die vielen durchwachten Nächte, unzählige Gänge aufs Klo, auf die Terrasse, Tabletten, Tabletten, Tabletten … Deprimierend! Wie ein Gespenst schleicht Ulrich sich in meine Gedanken. Ich sehe seinen schleppenden Gang, seine herabhängenden Schultern, seine starr geradeaus blickenden Augen. Vermutlich sitzt er jetzt schon beim Mittagessen, während ich in Sallys Küche noch nach etwas Verwertbarem zum Frühstück suche.

Sallys Küche ist klinisch sauber wie ein Operationssaal. Die Bestecke liegen auf weichen Tüchern in den Schubladen, das Geschirr ist weiß, wie fast alles in ihrer Wohnung, silberne Töpfe schimmern in ihren Fächern, die Gläser stehen akkurat in einer Reihe wie Soldaten auf dem Exerzierplatz. Ich habe nicht die geringste Schwierigkeit, mich zurechtzufinden. Aber außer zwei Scheiben Knäckebrot und einem Rest Butter finde ich nichts Essbares.

Gerade mal drei Gewürze zählt dieser Haushalt: Salz, Pfeffer und Knoblauchgranulat. Kein Wunder, dass Sally so schlank ist.

Vor dem großen Panoramafenster wirbeln die Schneeflocken. Alles ist mit weißem Puderzucker überzogen. Der Englische Garten direkt gegenüber sieht aus wie eine kleine Märchenwelt.

Bevor ich zu einem Spaziergang aufbreche, checke ich an Sallys Computer meine Mails. Ich kämpfe mich durch eine endlose Schlange von Spam-Post, bis ich schließlich bei den drei Nachrichten lande, die mich interessieren. Post aus Bali. Meine Finger zittern. »Liebes, verehrtes Mädchen«, beginnt die erste, mit »Mein Liebstes« die zweite, die dritte klingt vorwurfsvoll: »Du untreues Wesen«. So typisch, Andreas! Aus jeder Anrede sprechen seine Sehnsucht und seine Angst, ich könnte einen Rückzieher machen.

From: Andreas Hellberg
To: Johanna Mertz
Sent: Monday, February 23rd, 2009 16:18 PM
Subject: Liebesgrüße von der Insel der Götter

Liebes, verehrtes Mädchen,
Du fehlst mir, seit Wochen habe ich Deine Stimme nicht mehr gehört, Dein Lächeln nicht mehr gesehen. Dabei habe ich so heftige Sehnsucht, Dir Dinge ins Ohr

zu flüstern, die ich nie laut sagen könnte – ich werde fast (aber nur fast) rot bei dem Gedanken, was wir alles tun werden, wenn wir uns endlich in den Armen liegen, unsere schweißnassen Körper aneinanderpressen, unsere Säfte miteinander vermischen …
Ach Liebste, noch drei lange Monate, dann … Ich bete zu Gott, an den ich nicht glaube, dass nichts mehr dazwischenkommt, dass Deine Entscheidung endgültig ist. Ich kann mir vorstellen, wie es Dir zumute sein muss, alles Vertraute, Kinder und Enkelkinder und natürlich auch Deinen Mann (den Meistvertrauten) hinter Dir zu lassen. Ich werde alles tun, um Dich hier glücklich zu machen; alles dafür tun, dass Du Deine Entscheidung nie bereust. Ich habe meine Entscheidung schon viel früher getroffen, als meine Wurzeln sich noch nicht so tief eingegraben hatten, und bin leichten Herzens gegangen.
Mein Garten sieht aus wie der Garten Eden (oder so wie ich ihn mir vorstelle), der Blick von meinem Fenster geht über grellgrüne Reisfelder. Im Moment stehe ich um sechs Uhr auf, wenn die Luft frisch ist und noch Morgentau auf den Pflanzen liegt. Die Gärtner wässern um diese Zeit den Garten, sie reinigen den Pool und legen ihre kleinen geflochtenen Körbchen mit Bananenblättern, Reis und Hortensienblüten als Opfergaben vor unserem Hausaltar nieder. Heute Abend treffe ich mich mit ein paar Freunden im Café Wayan. Du wirst den Ort lieben! Man kann im Fackellicht unter Palmen sitzen, vorzüglich essen und den Geräuschen der Geckos und Ochsenfrösche lauschen. Der Dschungel lebt, ist laut. Daran muss man sich erst einmal gewöhnen. An die Hähne, die im Morgengrauen herumkrähen, gewöhne ich mich vermutlich nie.
Was machst Du jetzt gerade? Ich versuche es mir vorzu-

stellen. Wahrscheinlich sitzt Du mit einer Tasse Kaffee im Bademantel vor dem Computer (es ist ja erst 9 Uhr morgens bei Euch). Ich male mir aus, wie Du meinen Brief liest, wie sich Dein Gesicht vor Freude rötet, wie Du zu lächeln beginnst und Deine Beine spreizt. Wie Du mit den Fingerspitzen über Deine Brüste fährst, Deine Brustwarzen hart werden und Du vor Lust stöhnend Deine Augen schließt.

Ich mag gar nicht daran denken, dass Du meinen Brief nicht gleich liest, sondern vielleicht erst in ein paar Tagen. Ich bin ein Spinner, einer, der ganz viel Fantasie hat. Fantasie ist wie das Träumen, das aus dem Unterbewussten kommt, das keine Grenzen kennt und keine Zeit. Das alles aus dir machen kann: einen Helden, einen Poeten, einen Abenteurer, einen Sexbesessenen, aber auch ein Häufchen Elend, einen von Angst gebrochenen Menschen. Du kannst dem nicht Einhalt gebieten, deine Emotionen treiben ein Spiel mit dir, lassen dich jauchzen, singen, jubeln oder weinen und schluchzen. Du weißt gar nicht, was meine Fantasie mir alles vorgaukelt, aber ich weiß, dass wir ganz viel Fantastisches zusammen erleben werden. Ich könnte stundenlang so weitermachen, mir unsere Zukunft ausmalen, sie schattieren und konturieren, aber dies alleine zu tun ist nur die halbe Freude. Also versuche ich, meine Fantasie ein bisschen zu zügeln, damit sie sich nicht übernimmt und mich zu viel Kraft kostet. Denn wenn ich Dich endlich in den Armen halte, möchte ich stark sein, ein Riese sein, der Dich herumwirbeln wird, dass Dir Hören und Sehen vergeht.

Meine Liebste, vielleicht sollten wir uns Skype zulegen, damit wir uns ab und zu in die Augen und sonst wohin blicken können.

Dein Andreas

Eine Weile bleibe ich unbeweglich sitzen und lasse das Geschriebene in mich einsickern. Es ist, als strömte warmer Honig durch meinen Leib. Dann drucke ich die beiden Seiten aus, falte sie sorgsam zusammen, damit sie in meine Hosentasche passen. Oh, Andreas, wenn du wüsstest, was für einen Tumult dein Brief in mir ausgelöst hat. Mein Finger kreist nicht nur um meine Brustwarzen, oh nein, so bescheiden bin ich nicht, er ist tiefer gewandert, hat den Reißverschluss meiner Jeans geöffnet, ist in den Slip geschlüpft, und ein Summen und Schwirren verwirrt meine Sinne, meine Beine sind weit geöffnet, der Finger dringt in mich ein, ich spüre ein wildes Tosen in meinem Blut, die Lust überschlägt sich, und ich falle vom Stuhl. Auf den Holzdielen hechle ich glücklich vor mich hin und bin froh, dass niemand hier ist, um mich in dieser Situation zu ertappen.

Meine Antwort wird lang. Ich schildere ihm ausführlich die goldene Hochzeit, meinen Husten, Ulrichs Unterbringung in der Klinik, die winterliche Kälte. Ich schreibe ihm, wie sehr ich ihn um das warme Wetter beneide, dass mein Körper sich nach Sonne sehnt und natürlich auch nach ihm, dass die Vorstellung, auf diesen Moment noch drei Monate warten zu müssen, mir unerträglich vorkommt. Meine Zweifel und meine Angst vor dem Scheitern behalte ich für mich.

Wie wird Ulrich reagieren, wenn ich ihn verlasse? Was, wenn er mir aus Rache den Geldhahn zudreht? Zum ersten Mal mache ich mir Gedanken über meine wirtschaftliche Situation. Sally hat gesagt, sie würde dem Herrgott jeden Tag auf Knien dafür danken, dass sie ihren Job nicht an den Nagel gehängt hat, als sie Walter kennenlernte. »Andernfalls läge ich heute auf der Straße oder wäre Hartz-IV-Empfängerin.«

Bis jetzt hatte ich immer Zugriff auf alle Konten, ich habe unser Geld verwaltet, umgeschichtet, Aktien gekauft und verkauft, und das ziemlich erfolgreich. Wenn es mir mal wieder gelungen war, trotz der gefährlichen Hasardspiele der Banken einen Gewinn einzufahren, habe ich mich oft gefühlt wie ein kleiner weiser Guru. Aber nichts davon habe ich für mich selbst zurückgelegt. Ich habe kein eigenes Geld, kein eigenes Konto.

Ich sehe mich in Sallys Wohnung um. Geldsorgen hat sie mit Sicherheit nicht. Als Cutterin verdient man offenbar gut. Überall, wo ich hinschaue, liegt etwas herum. Es wirkt nicht schlampig, sondern eher gekonnt zufällig. Ich weiß, dass sie sehr viel Aufmerksamkeit auf die kleinen Details legt. Am Ende passt der Mix aus Antiquitäten, Moderne, Ethno und Kitsch wunderbar zusammen.

Ich male mir aus, wie meine eigene Wohnung aussehen könnte. Für einen Augenblick überfallen mich existenzielle Ängste. Ich werde arm wie eine Kirchenmaus sein und zur Bittstellerin werden. Warum habe ich nicht früher daran gedacht und ein bisschen vorgesorgt?

Ärgernisse

Februar 2009

Ich bin sauer auf Ulrich. Er ist schließlich nicht im Gefängnis, er hat weder Ausgeh- noch Telefonverbot. Doch er meldet sich nicht. Ich weiß, wie irrational das ist, aber ich ärgere mich trotzdem. Eigentlich sollte mich das einen Schritt voran- und von ihm wegbringen und mein schlechtes Gewissen beruhigen, aber das tut es nicht.

Ich beschließe, einen Besuch in der Klinik zu machen. Als ich zwei Stunden später an Ulrichs Tür klopfe, macht niemand auf, aber die Tür ist offen. Das Zimmer liegt im Halbdunkel, die Vorhänge sind zugezogen, nur durch einen Spalt sickert ein wenig Licht. Ulrich liegt auf seinem Bett und schnarcht. Er trägt einen weißen Bademantel, der vorne auseinanderklafft und seine muskulösen Beine und einen Teil seines Genitals entblößt. Sein Penis liegt leicht gekrümmt wie ein Seepferdchen auf seinem Unterleib. Ich bücke mich ein wenig, um sein Gesicht zu betrachten. Sogar im Schlaf sieht es angespannt aus.

Ich warte eine Weile, dass er wach wird, und huste dann dezent. Das wirkt. Ulrich fährt hoch und greift hastig nach seinem Bademantel.

»Hast du mich erschreckt! Wie lange bist du schon hier?«

»Ein paar Minuten.«

Er rutscht zur Seite, um mir Platz zu machen. »Komm, leg dich ein bisschen zu mir.«

»Ich denke, Damenbesuch ist hier verboten«, sage ich mokant und lege mich neben ihn.

»Ehefrauen gelten nicht als Damenbesuch«, antwortet Ulrich und zieht mich in die Löffelchenstellung.

»In was für eine Kategorie gehöre ich dann?«

Statt zu antworten, beginnt Ulrich, mich zu streicheln. Er gleitet über meine Brüste hinweg zu meinem Bauch und langsam nach unten. Ich wehre ihn ab.

»Es kann doch jeden Moment jemand reinkommen. Ich mag das nicht.«

»Was ist bei einem Ehepaar schon dabei, wenn sie zusammenliegen«, sagt Ulrich und streichelt weiter.

»Gar nichts, nur dass ich im Moment keine Lust habe auf Streicheleinheiten. Vielleicht bin ich auch noch ansteckend.« Ich hüstle vor mich hin.

Mit einem kleinen Ruck bringt Ulrich Distanz zwischen uns. »Ach, tut mir leid, das habe ich ganz vergessen. Wie geht's dir denn?«

»Danke der Nachfrage. Durch Sallys ausdauernde Pflege bin ich wieder einigermaßen auf den Beinen. Aber du hättest ja nicht einmal mitgekriegt, wenn ich abgekratzt wäre«, sage ich muffig.

Wieder ein kleiner Ruck. »Jetzt übertreibst du mal wieder, Johanna. An Husten stirbt man nicht, das dauert ein Weilchen.«

»Du hast recht, wahrscheinlich sterbe ich nicht am Husten, sondern an fehlender Zuwendung. Du hättest in den letzten Tagen wenigstens mal anrufen können!«

Ulrich schweigt. Er steht auf und geht ins Bad. Ich ziehe die Vorhänge auf und sehe mich in seinem Zimmer um. In einer Ecke stehen noch immer die roten Rosen, mit denen uns die Kinder zur goldenen Hochzeit überhäuft haben. Ich mag sie nicht wegwerfen und beschließe, sie zu konservieren. Allerdings hat Ulrich kein Haarspray, also nehme ich Rasierschaum und sprühe den Strauß auf dem Balkon damit ein. Es sieht aus wie eine Haube aus Schnee. Hoffentlich habe ich keinen Mist gemacht, denke ich zerknirscht, aber schon löst sich die schaumige Masse auf und versickert in den Blütenblättern. Sacht schaukelt der Strauß im Wind. Vielleicht funktioniert die Mischung aus Schaum und Kälte?

Die Uhr liegt ungetragen auf seinem Nachttisch. Aber ich darf nicht ungerecht sein. Ulrich ist weder eitel noch anspruchsvoll und kommt mit wenig aus. Und im Grunde weiß ich nicht einmal, was sein Geschmack ist. Ein Leben lang habe ich ihm alles gekauft, was er brauchte – von Unterwäsche und Socken bis hin zu Anzügen und Schuhen. Auch bei der Auswahl der Bücher, der Planung unserer Urlaubsreisen, der Gestaltung unserer Wohnungen hat er mir freie Hand gelassen und mir sogar die Bauaufsicht über unsere Häuser übertragen. Ich durfte über alle Ausstattungsdetails bestimmen, ohne dass er sich groß eingemischt hat. Ja, er war sehr freizügig mit seinem Geld und beanspruchte selbst nur ein Taschengeld. Aber war das nicht einfach nur Bequemlichkeit?

»Ich mache uns einen Kaffee, ja?«, rufe ich Ulrich zu.

Er kommt aus dem Bad und nickt zustimmend. »Was machst du denn da?«, fragt Ulrich.

»Ich habe versucht, die Rosen zu imprägnieren.«

»Mit Rasierschaum? Du hast wirklich manchmal Schnapsideen! Außerdem hättest du mich vorher fragen können, zwei oder drei Tage hätte ich sicher noch meine Freude an den Blumen gehabt.«

Ich merke, dass mir schon wieder die Galle hochkommt. »Ich werde übrigens nicht mehr herkommen, bevor ich abreise«, sage ich mit gesenktem Blick. »Ich will ja noch zu Ulrike, und außerdem muss ich mich noch um die Tickets für Bali kümmern.«

»Das darf doch nicht wahr sein! Du willst einfach so abhauen?«

»Übertreib es nicht, Ulrich! Du bist hier in einer Klinik, nicht in einem Hotel. Du bist den ganzen Tag mit deinen Terminen beschäftigt und hast ohnehin kaum Zeit für mich. Und in den letzten Tagen habe ich dir ja auch nicht allzu sehr gefehlt. Davon mal abgesehen, tut dir meine Anwesenheit vielleicht gar nicht gut.«

Ulrich gibt ein Schnauben von sich.

»Lassen wir das, Ulrich!«, sage ich. »Erzähl mir lieber von deinen Therapien. Gibt es Fortschritte?«

»Was soll es schon für Fortschritte geben? Wir reden, Frau Doktor schreibt alles auf. Die Gruppenübungen sind ganz interessant.«

»Gruppenübungen? Hört sich nach Tantrakursen an.«

»Hör auf! Es geht um ganz andere Themen. Wir sind acht Leute in dieser Gruppe und sitzen alle im Kreis. Jeden Tag muss ein anderer in die Mitte und eine Person darstellen: sich selbst, seinen Vater, seine Mutter oder eins seiner Geschwister. Wir anderen übernehmen einen Gegenpart, wer auch immer das ist. In den ersten Tagen ist nicht viel passiert, aber nach und nach gehen die Leute aus sich heraus. Wirklich spannend, was da so passiert.«

»Und hat man dich auch schon in den Kreis gezwungen?«, frage ich gespannt.

»Man hat mich schon zweimal aufgefordert, aber man wird nicht gezwungen, das wäre ja auch Unsinn. Früher hätte ich vermutlich die ganze Gruppensitzung für Unsinn gehalten, aber mittlerweile bin ich überzeugt, dass es wichtig ist, sich zu öffnen und aus sich herauszugehen. Und das gelingt wohl besser in einer Gruppe psychisch Angeschlagener als im Alleingang.

Aber trotzdem …« Ulrich räuspert sich. »Ich habe mir das gründlich überlegt. Ich bleibe auf keinen Fall zwei oder drei Monate. Das dauert mir alles zu lange! Abgesehen davon bin ich kein Kassenpatient, dem der Aufenthalt hier geschenkt wird. Hast du dir mal ausgerechnet, was mich der Spaß hier kosten wird?«

»Nein«, sage ich mit Unschuldsmiene.

»Dreißigtausend Euro! Dafür kann ich mir zu Hause einen eigenen Haus-und-Hof-Therapeuten leisten.«

»Ach, Ulrich«, sage ich und lege ihm besänftigend die Hand auf die Schulter. »Jetzt wirf doch nicht schon nach ein paar Tagen die Flinte ins Korn. Unsere Kasse übernimmt doch einen Teil der Kosten. Und außerdem: Was sind schon dreißigtausend Euro, wenn du als gesunder, fröhlicher Mensch hier rauskommst?«

Die Therapeutin

München, Februar 2009

Sehr geehrte Frau Doktor Wiener,
die Klinik hat mir Ihre E-Mail-Adresse gegeben, damit ich mich mit Ihnen in Verbindung setzen kann. Ich war ein paar Tage krank und konnte mich nicht eher bei Ihnen melden, deshalb schreibe ich Ihnen heute.
Wie Sie bereits wissen, hat Ulrich seit Jahren mit Schlafproblemen zu kämpfen. Ein Besuch im Schlaflabor in Bad Reichenhall war bisher der einzige Versuch, etwas dagegen zu unternehmen. Familie und Freunde haben schon lange versucht, meinen Mann von einer Therapie zu überzeugen, aber es musste wohl erst zu diesem Zusammenbruch kommen, bevor er selbst so weit war.
Fast jeder aus unserem Umkreis hat seine eigene Theorie dazu, warum Ulrich so schlecht schläft. Der eine führt es auf traumatische Kriegserlebnisse zurück, der andere auf zurückliegende berufliche Belastungen oder Ulrichs Pensionierung. Aber wir beide wissen, dass der Hauptgrund für das seelische Ungleichgewicht bei uns beiden in unserer Beziehung zu suchen ist. Ich fürchte, dort liegen die Ursachen für seine Depression. Für unser Privatleben waren die zunehmenden Depressions- und auch Aggressionszustände natürlich eine große Belastung.

Ich weiß, dass ich mich sehr verändert habe. Diesem Brief ist ein langes Gespräch mit meinem ältesten Sohn vorausgegangen. Er hat Philosophie studiert und mir schon oft weise Ratschläge gegeben. Aus seiner Sicht versuche ich im Moment, all das zu kompensieren, was mir in den Jahren unserer Ehe gefehlt oder missfallen hat. Letzte Woche hatten wir goldene Hochzeit. In den fünf Jahrzehnten war ich die Nurhausfrau, wirtschaftlich völlig abhängig, mit vier Kindern, er der Mann, der Karriere macht und dem der Rücken frei gehalten werden muss. Hinzu kommt, dass Ulrich mich vom ersten Jahr unserer Ehe an betrogen hat, nicht nur mit flüchtigen Seitensprüngen, sondern auch mit länger anhaltenden Beziehungen. Diese Tatsache hat mich in tiefe Depressionen gestürzt, meine Sexualität, mein Selbstbewusstsein, mein Familienglück – alles versank in einer trüben Dunkelheit, aus der ich erst spät wieder erwacht bin.

Ulrich hat mich seinerseits als die Mutter seiner Kinder und die Frau an seiner Seite auf einen Sockel gestellt und nicht als wirkliche Partnerin betrachtet. So sieht er die Dinge zumindest im Rückblick.

Ich bin eigentlich erst mit vierzig erwachsen geworden, das heißt, ich hatte erst dann genügend Kraft, mich zu wehren. Zu diesem Zeitpunkt habe ich ihn das erste Mal offensiv mit seiner aktuellen Liebschaft konfrontiert. Anfangs hat er alles geleugnet. Aber das Erschütterndste war, dass er offenbar annahm, mir wäre die Mehrzahl seiner Amouren verborgen geblieben. Hat man(n) kein schlechtes Gewissen, pfeift man(n) auf die Moral.

Ich habe versucht, es ihm mit gleicher Münze heimzuzahlen und mir den einen oder anderen Liebhaber zu suchen, aber das hat mir nicht gutgetan. Mein halbes

Leben habe ich Haltung gezeigt, habe mich bemüht, mich nicht gehen zu lassen, meine Pflichten zu erfüllen und meine Rolle auszufüllen. Meine Rolle zu spielen. Mit jedem Jahr hat mich dieses Verstellen weiter von mir selbst entfernt. Schließlich habe ich angefangen, ein Buch zu schreiben. Seite um Seite habe ich mich dadurch von dem inneren Druck befreit und alles zu Papier gebracht, was mir auf der Seele lag. Ich wollte endlich all die Schmutzschichten abtragen – den schleimigen Belag herunterkratzen, den dieses fortdauernde Verstellen und Lügen hinterlassen hat.

Der Inhalt des Buches ist nahezu autobiografisch, und mein Mann hat es teilweise gelesen. Der Schock muss gewaltig gewesen sein. Seitenweise ist er dort all seinen Geheimnissen begegnet und wohl auch der Erkenntnis, wie viel Unrecht und Unglück auf sein Konto gingen, wie viel Zeit wir beide versäumt haben, um uns kennenzulernen.

Nach dem Erscheinen des Buches geschah etwas höchst Überraschendes. Mein Mann erlag einer rasenden Eifersucht, er holte mich von meinem Sockel herunter und verschlang mich mit Leidenschaft, ich glaubte mich endlich in der Rolle der Geliebten und gab mich der Illusion hin, die Frau seiner Träume zu sein.

Wir erlebten eine Hochzeit der Gefühle, eine sexuelle »Apassionata«, übersahen dabei aber, dass Ausnahmezustände nicht ewig halten können. Ich war hingerissen von diesem neuen Mann an meiner Seite, aber auch bald erschöpft. Und dann entzweiten wir uns erneut. Ulrichs Versuch, die eigenen Liebesabenteuer zu Papier zu bringen, endete in einer Katastrophe. Vielleicht hat er Ihnen schon davon erzählt.

Für Ulrich geht es nicht ohne Leidenschaft. Die Verwei-

gerung von Sex ist für ihn gleichbedeutend mit Liebesentzug. Ich habe versucht, ihm nahezubringen, dass eine Beziehung nicht nur aus Sex besteht und schöne und erfüllte Jahre nicht unbedingt von einem ausschweifenden Liebesleben abhängig sein müssen, aber es hilft nichts. Und dann kommt auch der Faktor Zeit hinzu. Zeit, die man in unserem Alter nicht mehr hat. Ulrich gerät in Panik angesichts der Erkenntnis, wie sehr die Stunden, Tage, Wochen und Jahre inzwischen dahinrauschen. Und auch die Angst, dement zu werden, quält ihn sehr. Warum ist Altwerden so schwer?
Liebe Frau Doktor Wiener, es ist ein langer und wohl sehr leidenschaftlicher Brief geworden – und es ist noch längst nicht alles gesagt.
Herzliche Grüße
Johanna Mertz

Keine leichte Übung, ein Eheleben auf vier Seiten zu komprimieren. Ich bin gespannt auf Frau Doktor Wieners Reaktion. Der Brief hat einen Aufruhr der Gefühle in mir entfesselt. Große, heiße Erinnerungswellen rollen über mich hinweg und holen Bilder und Empfindungen ans Tageslicht, von denen ich annahm, sie erfolgreich aus meinem Gedächtnis gestrichen zu haben. Und nun sind sie so eindringlich und lebendig. Ich falle auf Sallys weiße Ledercouch, und mein Geist schwebt davon.

Rückblende Schreiben

La Réunion, vor zehn Jahren

Das zwanzigste Jahrhundert endete für Ulrich und mich mit einem großen Zerwürfnis. Schuld daran war ein gemeinsamer Urlaub auf La Réunion, der das Fass zum Überlaufen brachte.

Ich wollte unbedingt dorthin reisen, nachdem ich einen Dokumentarfilm über die Insel gesehen hatte. Begeistert berichtete ich ihm davon. »Ulrich, diese Insel ist einmalig, ich habe mich sofort in sie verliebt. Bitte, Ulrich, tu mir doch den Gefallen, ich muss unbedingt dorthin. Ich will den Vulkan mit eigenen Augen sehen, die dichten Urwälder, Seen, reißende Flüsse und herabstürzende Wasserfälle erleben.«

Ulrich ließ sich von alldem kaum beeindrucken. »Warum Réunion? Du weißt doch, dass mein Lieblingsland Indonesien ist.«

»Warum muss ich immer machen, was du willst? Du lässt mich die Reisen allein planen, zeigst weder Neugier noch Interesse, sitzen wir im Flieger, passt dir der Platz nicht, du schimpfst über den unnötigen Zwischenstopp, das unbefriedigende Quartier, das man zum selben Preis sehr viel besser haben könnte und mit einer weitaus schöneren Aussicht. Jede andere Reise lässt du mich allein planen.« Es kam keine Antwort mehr.

Eigentlich war mir von vornherein klar gewesen, dass diese Reise so disharmonisch verlaufen würde wie die meisten unserer gemeinsamen Unternehmungen. Unsere Wünsche und Vorstellungen von einem optimalen Urlaub hatten noch nie besonders harmoniert, und Ulrich brachte sich selten ein.

»Warum etwas Neues?«, fragte er mich immer wieder, und wenn ich ihm begeistert davon erzählte, wie fabelhaft das Land ist, wie unglaublich es aussieht, wenn die Lava in das schäumende Meer brandet und dort zu toben anfängt und sich zu bizarren Figuren verformt, dann sagte er lediglich: »Ich kann es mir vorstellen! Und was ist mit Sumatra oder Bali? Hat es dir dort etwa nicht gefallen?«

Ulrich ließ sich von dieser Insel nicht beeindrucken. Ihn störten die kreischenden Hähne, die Reisterrassen waren andernorts schöner, die Lotosteiche nicht blühend genug.

In den sechs Wochen, in denen wir hauptsächlich durch die Berge gewandert sind, taten sich Klüfte auf, die nicht mehr zu überwinden waren. Sosehr wir auch brüllten, verständigen konnten wir uns nicht.

Statt in trauter Zweisamkeit in die Zauberwelt der Insel einzutauchen, lieferten wir uns einen erbitterten Zweikampf. Und je länger wir unterwegs waren, desto mehr verfiel Ulrich in sein altvertrautes Handlungsmuster: Er schwieg – und ignorierte mich. Es konnte noch so schön, so wildromantisch oder abenteuerlich sein, er zeigte keinerlei Begeisterung. Ich konnte es einfach nicht fassen und noch weniger verstehen. Die Hälfte des Urlaubs lief ich weinend hinter ihm her.

Als wir nach Frankreich zurückkehrten, wünschte ich mir nichts sehnlicher, als ganz allein zu sein, weit, weit weg von meinem Ehemann. Von Lyon aus fuhren wir mit dem Auto zurück an die Ardèche.

Zwei Stunden kämpfte ich mit mir, überlegte verzweifelt, wie ich ihm beibringen konnte, dass ich nicht mit ihm nach Hause kommen würde. Als wir nur noch einen Katzensprung von Angelas und Michaels Haus entfernt waren, musste ich sprechen. »Ulrich, du musst mich bei Michaels Haus aussteigen lassen, ich brauche eine Pause, ich muss wieder zu mir finden. Ich glaube, das ist auch wichtig für dich.«

Sollte Ulrich irgendwie empört, entsetzt oder traurig gewesen sein, so ließ er sich das nicht im Geringsten anmerken. Er beschränkte sich auf ein steinernes Gesicht und vier Worte: »Gut, wie du willst.«

Ich kam an einem wunderschönen Herbstnachmittag an der Burg an, wie wir das Haus von Michael und Angela nannten. Das späte Licht des Nachmittags vergoldete die dunklen Steine des Hauses und tauchte alles in ein sanftes Rot. Es duftete nach reifen Äpfeln, Holzfeuern und den blühenden Kletterrosen neben der Tür. Direkt unterhalb des Hauses begann das Tal mit den Weinstöcken. Die Schönheit, Reinheit und der göttliche Frieden um mich herum rührten mich zu Tränen. Eine große Müdigkeit überfiel mich, eine trostlose Leere.

Der Weg zu einem inneren Frieden führte mich direkt durch die Hölle. Ich verbrachte viele Wochen der Selbstkasteiung, bevor ich eine hochwirksame Medizin entdeckte: das Schreiben. Meiner eigenen Hölle konnte ich nur entgehen, indem ich schrieb, indem ich die Verliese und Kämmerchen meines Gedächtnisses öffnete und alte Wunden aufriss. Nächtelang wanderte ich durch die Untiefen der Erinnerung, begegnete den Geliebten meines Ehemannes wieder und sah seinem ehebrecherischen Treiben zu, bis mir von den vielen Wiederholungen speiübel wurde. Erst da gab mein Geist seinen Geist auf, wurde flüchtig, flog davon und ließ einen Körper zurück, aus dem alle Energie gewichen war.

Ich war schwach, aber zugleich von einem inneren Frieden erfüllt. Und langsam kamen die Gedanken zurück, reihten sich aneinander wie funkelnde Sterne. Einen nach dem anderen fing ich ein, um ihm eine Bedeutung zu geben. Ich war wie besessen davon, mich durch das Schreiben von einem Druck zu befreien, der mich bis dahin wie eine Schraubzwinge umklammert hatte. Es gelang mir, mich über meine Hölle hinauszuheben und meine gescheiterte Liebe in Worte zu fassen. So entstand mein erster Roman *Doch alle Lust will Ewigkeit*.

Zwischen Ulrich und mir herrschte in dieser Zeit völlige Funkstille. Ich hatte nur selten Sehnsucht nach meinem Zuhause und war nicht einmal in Versuchung, ihn anzurufen. Damals dachte ich, Ulrich würde es genauso gehen, aber dann rief er an. Eigentlich sagte er nicht viel, zumindest nicht über uns. Er redete vom Haus und vom Garten, vom Fluss, der jetzt Hochwasser habe, und von den Hunden, die jeden Tag todtraurig vor dem Tor lägen und auf ihr Frauchen warteten. Dann folgte eine Pause und schließlich ein kurzes »Mir geht es wie den Hunden«. Ehe ich etwas sagen konnte, hatte er aufgelegt.

Schließlich hielt der Frühling Einzug. Ein Herbst und ein Winter waren vergangen, und hinter mir lagen viele beschriebene Seiten, viele Jahre, Jahrzehnte waren im Rückblick vorübergezogen. Dass dabei ein neues Jahrtausend begonnen hatte, hatte ich kaum wahrgenommen. Aber mit der erwachenden Natur tauchte ich aus der Vergangenheit auf wie ein zartes Schneeglöckchen und hatte Lust, wieder in der Gegenwart zu leben. Neben der Lebenslust meldete sich noch etwas anderes, ein fast vergessenes Gefühl: Sehnsucht. Sehnsucht, von Ulrich in die Arme genommen zu werden, meine Tage wieder an seiner Seite zu verbringen, zu lieben, zu streiten, zusammen zu sein.

Den Tag, an dem Ulrich mich holen kam, werde ich nie vergessen. Die Burg war so gründlich geputzt wie noch nie, die Fenster blitzten, die Rosen waren frisch beschnitten, der Kies auf den Wegen geharkt. Abgesehen von meinem Manuskript gab es nicht viel, was ich mitnehmen musste: zwei Paar Jeans, mehrere Pullover und Unterwäsche. Und wie sah ich überhaupt aus? Würde Ulrich mich schön und begehrenswert finden? Wochenlang hatte ich kaum in den Spiegel gesehen. Aber nun stellte ich fest, dass ich schlank geworden war. Meine rotblonde Mähne hing mir ziemlich wild über die Schultern, am Haaransatz leuchteten sechs nachgewachsene Zentimeter in schönstem Silbergrau. Aber ansonsten hatte mir die Einsamkeit nicht geschadet. Ich war ziemlich blass, aber meine Augen sprühten vor Leben.

Die Antwort

München, Februar 2009

Liebe Frau Mertz,
ich danke Ihnen für Ihren Brief, für Ihr Vertrauen und Ihre Offenheit. Ich muss immer wieder an die Königskinder denken, die einander so lieb hatten und doch nicht zueinanderkommen konnten.
Auf beiden Seiten ist viel passiert: Verletzungen, Vertrauen, das beschädigt wurde. Doch da ist auch die Liebe, so viel Liebe. Liebe, die nach Erfüllung ruft. Sie ist spürbar, in Ihren Briefen genauso wie in den Gesprächen mit Ihrem Mann.
Die Beschreibung Ihres Lebens und auch Leidens zeigt mir eine große Tiefe und Sinnesfähigkeit. Sie haben intensiv gelebt und tun es noch – mit Leidenschaft und in welcher Intensität! Sie waren so jung und so allein mit allem. Respekt! Dass Sie heute nachholen wollen, was Sie verpasst haben, wie Ihr Sohn es formuliert hat, ist nachvollziehbar und normal.
Und natürlich lässt sich Liebe auch anders als durch Sexualität zeigen, mannigfaltig. Ja. Ein Paartherapeut hat mal gesagt: »Der Mann fühlt sich geliebt, wenn die Frau mit ihm schläft, und die Frau will mit ihrem Mann schlafen, wenn sie sich geliebt fühlt.« Frauen haben viel Macht (mehr, als sie glauben), Männern Lehrerin und

Meisterin zu sein. Doch das Schwierige liegt für Frauen wie Männer oft in der unbearbeiteten eigenen Elterndynamik. Unser Partner berührt unsere alten Wunden, und wir reagieren verletzt und heftig, vielleicht wie wir es damals nicht konnten, auch wenn wir es gerne getan hätten.

Die Aufgabe einer guten Therapie ist es, die Wunden fühlbar zu machen, zu bearbeiten und die Liebe wieder ins Fließen zu bringen. Oder wie es Beaumont Hunter mal ausdrückte: »Die Therapie ist beendet, wenn der Patient gelernt hat, sich selbst zu lieben.« Vielleicht hat Ihr Mann eine kleine Ahnung davon bekommen, was mit Therapie zu bewegen ist, das wünsche ich ihm jedenfalls. Auch wenn eine Kurzzeittherapie niemals alles aufarbeiten und ins Lot bringen kann, so ist doch ein Anfang gemacht, und es ist sehr, sehr viel in Bewegung.

Ich habe das Gefühl, dass Sie beide einen Dolmetscher brauchen, um überhaupt wieder miteinander reden zu können. »Das Wasser ist viel zu tief…« Aber die Verständigung ist das eine – die Aufarbeitung der Ursachen das andere. Damit haben Ihr Mann und ich bereits begonnen.

Es wäre wunderbar, wenn die große Liebe, die Sie beide verbindet, leben und aufblühen könnte.

Mit herzlichen Grüßen
Franziska Wiener

Was habe ich erwartet? Ulrich und ich – zwei Königskinder? Wir haben unsere Wünsche und Vorstellungen ins Meer geworfen und ersäuft, kaum dass sie geboren waren. Sie ruhen schon so lange auf dem Meeresgrund, dass sie fast verrottet sind. Aber Frau Doktor Wiener hat die Absicht, die verbliebenen Schätze zu bergen, die Liebe wieder zum Fließen zu bringen. Kann man sich durch fünfzig Jahre Schrott schaufeln und noch heile Teile finden? Teile, die wieder in Bewegung gebracht werden und Harmonie erzeugen können?

Ich lese die Antwort Satz für Satz noch einmal. »Und natürlich lässt sich Liebe auch anders als durch Sexualität zeigen …« Ach, dieser verflixte Versuch, dem Himmel näher zu kommen. Haben Frauen wirklich eine weniger ausgeprägte Libido als Männer? Oder haben nur die meisten Männer nicht gelernt, die Sprache der Frauen zu sprechen, ihre innerste Schwingung aufzunehmen? Sie da abzuholen, wo sie sich befinden? Die Frau in ihrer Seele zu berühren und so ihre Lust zu wecken.

Und wenn die Voraussetzung für das Wiedererwecken der Liebe und des Begehrens ist, die »Wunden wieder fühlbar zu machen«, dann überkommt mich das kalte Grauen. Wir führen eine Ehe wie das Paar Martha und George in dem Film *Wer hat Angst vor Virginia Woolf* – wir lieben und wir hassen uns, und wie es mein Freund Nietzsche formuliert, ist die Liebe »der Krieg, der Todhass der Geschlechter«. Was für ein tragischer Witz!

Wir kämpfen schon so lange um dieses Wiedererwecken und steuern immer mehr ins Verhängnis, ins Land des Nimmerwiedersehens. Ich überlege, ob es sich lohnt, Doktor Wiener von all den anderen Verstrickungen und Qualen zu erzählen, von den unzählbaren Versuchen, unsere Beziehung wieder ins Lot zu bringen. Ich hatte mich doch bereits entschlossen, den Kampf beendet, weil ich keinerlei Hoffnung mehr habe, die Liebe wieder zum Fließen zu bringen. Oder nicht?

Apassionata

Frankreich, 2000 bis 2003

Wenige Tage nach meiner Rückkehr klopfte Ulrich mit einem riesengroßen Strauß dunkelroter Rosen an meine Zimmertür. Ich wusste sofort, was das bedeutete: Er hatte mein Buch gelesen und war rasend vor Eifersucht angesichts der Erkenntnis, dass es in meinem Leben zwei Männer neben ihm gegeben hatte. Zwei Männer, die mir kaum etwas bedeuteten, an die ich mich aber in der Hoffnung geklammert hatte, die Betrügereien meines Ehemannes kompensieren zu können. Zwei kläglich misslungene Versuche, die mich nur noch tiefer in die Finsternis der Depression hinabzogen.

Nun stand Ulrich wie ein entbrannter Liebhaber in der Tür und warf die Rosen schwungvoll zu Boden, statt sie mir sittsam zu überreichen. Er zog mir die Decke vom Körper, streifte mein Nachthemd hoch und begann, wie ein Verrückter meinen Körper zu küssen und zu liebkosen. In stürmischer Verzweiflung prallten wir aufeinander, wir klammerten uns aneinander wie zwei Ertrinkende und ließen einander kaum Zeit, um Luft zu holen.

Es war der Anfang einer entschlossenen Suche nach all dem, was wir verloren hatten. Wir bewegten uns umeinander herum, ineinander verschlungen. Mal führte ich, mal Ulrich, selten blieben wir stehen. Oft liefen wir in verschiedene Richtungen und stießen unerwartet heftig zusammen, erschrocken über die Heftigkeit unserer Gefühle.

Unsere Liebe war wie ein Kaleidoskop: Bei jedem Schütteln leuchtete sie in neuen Facetten, zeigte uns immer wieder andere Konstellationen, die uns verwirrten und begeisterten. Tagtäglich erlebten wir ein Auf und Ab zwischen subtilen, zarten Regungen und stürmischen Reaktionen. Das Leben hatte sich in ein Füllhorn verwandelt und schüttete hungrige Liebe und unerschöpfliche Lust über uns aus. Unsere Berührungen, Blicke, Gesten und Worte vibrierten vor Leidenschaft, sie versetzten unsere Köpfe und Körper in Schwingungen und erzeugten eine Resonanz, die ständig nach Vereinigung rief.

Für uns beide überraschend hatten wir plötzlich ein richtiges Sexualleben und fanden nach vierzig Jahren vergeblicher Suche miteinander eine beglückende sexuelle Erfüllung. Bis dahin hatten wir mehr oder weniger animalisch kopuliert, ohne von Erotik auch nur die blasseste Ahnung zu haben. Gefesselt von unserer Leidenschaft passierte es hin und wieder, dass wir den Rest der Welt vergaßen. Selbst am Silvesterabend.

Am letzten Tag des Jahres 2003 war bei uns die Heizung ausgefallen. Ich musste mein Bad mithilfe von ein paar Bottichen Wasser nehmen, die Ulrich über mir ausgoss. Anschließend legte ich mich frierend zu ihm unter die warme Decke. Aus dem Aufwärmen wurde ein so heftiger Beischlaf, dass ich zwischendurch daran zweifelte, überhaupt noch auf eine Silvesterfeier gehen zu können. Im Fernsehen geisterten die Jahresrückschauen an uns vorbei. Aber die »Ereignisse von Format« auf dem Sofa waren viel spannender, heftiger, erschütternder, tiefgreifender. Wieder und wieder berührten mich Ulrichs

Finger an meinen empfindlichsten Stellen, wieder und wieder stieß er seinen Schwanz in mich. Wild, drängend, in die Tiefe tauchend, von meinem Leib fest umschlossen, dann wieder innehaltend, tänzelnd, zart liebkosend, unseren Pulsschlag spürend. Flüstern und Schreien.

Als wir schließlich doch noch zur Silvesterparty aufbrachen, fühlte ich mich sehr sexy, vor allem, weil Ulrich immer wieder sagte: »So eine schöne Frau!«

Er selbst trug einen dunkelblauen Smoking und sah umwerfend aus: groß, schlank, braun gebrannt, mit einem sinnlichen Gesichtsausdruck.

Wir benahmen uns den ganzen Abend wie Frischverliebte; seine Hand auf meinem Schenkel versuchte immer wieder, unter meinen Rock zu kriechen. Wir tauschten bedeutungsvolle Blicke und allerlei Anspielungen auf unsere amourösen Handlungen am Nachmittag aus.

»Ich kann's kaum erwarten, bis wir wieder zu Hause sind«, flüsterte Ulrich mir zu. »Warum sind wir überhaupt weggegangen?!«

Inmitten des jungen französischen Publikums waren wir die weitaus Ältesten und Verliebtesten. Wir bewunderten die bildhübschen Mädels mit ihren eleganten Begleitern um uns herum, ihre tollen Figuren und wunderschönen Kleider. Wir aßen, tranken und tanzten inmitten von viel Busen, viel nackter Haut, schönen Schuhen und Haaren. Um Mitternacht schluckten wir unsere zwölf Glückstrauben, jede einzelne verbunden mit einem Wunsch.

Die südamerikanische Musik ließ die Stimmung steigen und brachte alles in Wallung. Um ein Uhr war die Spannung unserer Körper dermaßen gestiegen, dass wir beschlossen, sofort nach Hause zu fahren. Wir parkten vollkommen unkoordiniert vor der Haustür, rannten ins Haus, rissen uns im Eingang die Mäntel vom Leib und stürzten die Treppe hinauf. Ulrich schälte mich aus meinem Mieder und brachte mich mit seiner Zunge zur Raserei.

Das neue Jahr begann mit multiplen Orgasmen, völliger Losgelöstheit und einem Wadenkrampf.

Vollkommen erschöpft lagen wir nebeneinander und waren glücklich. »Ich liebe dich, wie ich noch nie einen Menschen auf dieser Welt geliebt habe«, sagte ich und legte meinen Kopf an seine Schulter. Ich streichelte sein erschöpftes Gesicht und sah ihn zärtlich an.

Es war ein Rausch, ein emotionaler und sexueller Ausnahmezustand. Er hielt nicht nur wenige Tage an, sondern ganze drei Jahre! Was in dieser Zeit zwischen uns geschah, ist kaum in Worte zu fassen. Wir waren verliebt, so sehr, dass es uns fast um den Verstand gebracht hat. Unsere Sinne waren wacher als jemals zuvor, unsere Blicke verhakten sich in jedem Detail der Vergangenheit, es gab keine Umwege mehr, wir fielen mit der Tür ins Haus, peinigten und liebten uns leidenschaftlich. Wir sprechen von dieser Zeit im Rückblick als »Apassionata«. Es war ein glanzvoller Abgesang, ein rauschender Vorbote der nachfolgenden Katastrophe.

Ulrich wurde immer häufiger von heftigen Eifersuchtsattacken geritten, die fast zwanghaft wurden. Er brauchte ein Gegenmittel und suchte sich diesmal keine Gespielin, sondern begann, selbst zu schreiben. Oft setzte er sich, unmittelbar nachdem wir uns geliebt hatten, an seinen Schreibtisch, um an seinen Niederschriften zu arbeiten. Er gab dem Ganzen den Titel *Auch die andere Seite muss gehört werden – ET ALTERA PARS AUDIATUR* und malte den lateinischen Schriftzug in roten Lettern auf das weiße Kästchen, in dem er seine Blätter verschloss. Natürlich beunruhigten und beschäftigten mich diese täglichen Niederschriften, weil ich mir ihren Inhalt nur allzu gut vorstellen konnte.

Ulrich rechnete wohl schon von der ersten Zeile an damit, dass meine Neugier irgendwann zu groß werden würde. Er legte das Kästchen quasi als Blickfang mitten ins Wohnzimmer und verwahrte den Schlüssel dort, wo wir für gewöhnlich unsere Ersatzschlüssel deponierten.

In einem unbeobachteten Moment gab ich der Versuchung nach – und las. Ulrich war für zwei Tage weg, und ich hatte Zeit, sein »Leben mit den Frauen« kennenzulernen. In allen Einzelheiten schilderte er seine Eroberungen und Affären: wo, mit wem, wie oft und wie genau – all die kleinen, schmutzigen, intimen Details. Offenbar war viel Fantasie im Spiel, denn wer kann sich schon an so viele Einzelheiten erinnern. Mir gegenüber hatte er sich so oft darüber ereifert, dass ich ihn als widerlichen Kotzbrocken dargestellt hätte, aber genau dieses Bild zeichnete er nun von sich selbst. Ich musste an Tolstois *Anna Karenina* denken und die Episode, in der Ljewin seiner Braut seine Tagebücher zu lesen gibt. Nach der Lektüre war ich im gleichen Maße am Boden zerstört. Es waren immerhin zehn Frauen. Zehn Frauen und ein uneheliches Kind.

Ich habe Ulrichs Buch gelesen und sein Vertrauen missbraucht, aber was war mit meinem Vertrauen? Immer wieder ging mir dieselbe Frage durch den Kopf: Was hat er sich dabei gedacht? Wie konnte er all das tun, mich mit so vielen Frauen betrügen und sogar ein Kind zeugen, während ich selbst schwanger war? Natürlich hatte ich von vielen seiner Geliebten gewusst, doch um nicht verrückt zu werden, setzte ich meiner Fantasie aus Selbstschutz Grenzen, verbot mir, mir seine Ehebrüche im Detail vorzustellen, in diesem zerstörerischen Ausmaß. Wie konnte er all das tun und all das aufschreiben, wohl wissend, dass die Möglichkeit bestand, dass ich es lese?

Ich war wie von Sinnen. Ich griff zum Telefon und rief eine der Frauen an, von denen die Rede war. Und dann noch eine und noch eine. Ihre Wahrheiten sahen ganz anders aus. Sie hatten die Affären meist viel eher beendet, als Ulrich es beschrieb. Das uneheliche Kind gab es nicht. Was sollte das alles? Eine finstere Rache?

Einer von Ulrichs Sätzen ging mir immer wieder durch den Kopf: »Warum ist sie eigentlich die ganzen Jahre bei mir geblieben, warum ist sie nicht gegangen?«

Ja, warum? Wahrscheinlich weil er der einzige Mann in meinem Leben war, den ich geliebt habe. Der Mann, der mich als siebzehnjähriges Mädchen in den Himmel katapultiert hatte, um mich dann sehr tief fallen zu lassen.

Als Ulrich nach Hause kam, stellte ich ihn zur Rede. Ich schüttete meinen ganzen Schmerz, meine ganze Wut über ihm aus. »Und dann ist das noch nicht mal alles wahr! Deine Geliebten sagen etwas ganz anderes!«

Ulrich sah mich ungerührt an. »Wenn die das so sagen, wird es wohl stimmen.«

Vielleicht, wenn er anders reagiert hätte … Aber er war so offensichtlich zufrieden mit seinen Übertreibungen, entschlossen, mich zu bestrafen und mir wehzutun. Ein paar Wochen lang versuchte ich es mit einer Therapie, aber ich wurde so schon kaum mit meinen Gefühlen fertig und konnte sie umso weniger in einer fremden Sprache zum Ausdruck bringen. Ich fand eine andere Lösung, mich von Hass und Schmerz zu befreien. Feuer verbrennt alles, dachte ich, es bleibt nichts als kalte Asche.

Doch da täuschte ich mich. Die Frauen blieben. Sie leisteten mir ununterbrochen Gesellschaft, sie raubten mir den Schlaf und mein neu erworbenes Gleichgewicht. Sie sorgten dafür, dass ich Ulrich nur noch Ablehnung und Ekel entgegenbringen konnte. Trotzdem trieb mich die Eifersucht immer wieder in seine Arme. Die Asche glühte, und mein schlechtes Gewissen machte mir das Leben zur Hölle.

Alles, was ich im Nachhinein dazu sagen kann, steht im Konjunktiv: Hätte es diesen katastrophalen Urlaub auf La Réunion nicht gegeben, hätte ich Ulrich nicht verlassen und kein Buch geschrieben. Hätte Ulrich mein Buch nicht gelesen, hätte es keine Apassionata gegeben; hätte Ulrich nicht mit den Aufzeichnungen über sein außereheliches Liebesleben begonnen, wäre ich nie und nimmer auf die Idee gekommen, diese Niederschriften zu verbrennen. Hätten nicht Hass und Ekel die Oberhand gewonnen, hätte unsere Apassionata womöglich länger Bestand gehabt – vielleicht bis heute. Vielleicht hätten wir den Verlauf der Ereignisse ändern können, wären wir nicht so vertieft gewesen in die Lächerlichkeiten, aus denen ein Menschenleben eben zum größten Teil besteht.

Ich habe kapituliert. An unserer Front gibt es keinen Sieger. Wir sind nicht an der Liebe gescheitert, sondern an uns selbst – wir waren zwei verstörte Menschen, die nicht aussprechen konnten, was sie kränkte, die sich vergeblich befragten und nie verstanden.

Schon nachdem ich die ersten Seiten gelesen hatte, gab es keine Gefechte mehr … Der Krieg war vorbei.

Fernweh

München, März 2009

Ich habe vergessen, den Kamin anzufeuern, ich fröstle und habe eiskalte Füße. Nahezu zwei Stunden habe ich weltvergessen vor Sallys Laptop gesessen. Doch heute ist es anders als sonst, wenn mich die Vergangenheit in ihren Fängen hält. Ich sehe Licht am Ende des Tunnels. Ich verspüre ein starkes Verlangen, einfach loszurennen, weder nach rechts noch nach links zu schauen, einfach nur zu laufen.

Ich denke darüber nach, Anna zu schreiben, vertage aber auch das. Ich will zurück in die Gegenwart, oder noch besser in die Zukunft, und endlich die Flüge für Bali buchen.

Vor dreizehn Jahren, als unsere Kinder alle aus dem Haus waren, begann für Ulrich und mich eine neue Epoche: die Epoche des Fernwehs. Eigentlich war es *meine* neue Epoche, denn von Ulrich kam nie die Initiative für irgendeine Reise. Ich stürzte mich mit Feuereifer in die Urlaubsplanungen, studierte Reiseführer und Landkarten, durchstöberte Bibliotheken, Buchhandlungen und Internetseiten und suchte mir die schönsten, berühmtesten Sehenswürdigkeiten aus. Wenn Ulrich mich über meinen Reiseplänen brüten sah, meinte er häufig: »Was müssen wir überhaupt da hinfahren, leg doch einfach den Finger auf die Landkarte, und schon bist du mittendrin in diesem Land.«

Unsere Goldene-Hochzeits-Reise nach Bali wird unsere letzte gemeinsame Reise sein. Kann es dafür ein besseres Ziel geben als die Insel der Götter?

Auf dem Weg zum Reisebüro stehe ich im Stau. Matschige Schneeflocken klatschen gegen die Windschutzscheibe, und ich sehe vor mir nicht viel mehr als die Bremslichter der anderen Autos. Ich verfluche mich selbst, nicht mit der U-Bahn gefahren zu sein, aber andererseits drängt mich nichts. Ich habe Zeit, viel freie Zeit, seit ich in München bin. Früher, als die Kinder noch klein waren, ist mir mein Sechspersonenhaushalt oft genug über den Kopf gewachsen. Jede freie Minute war verplant, musste genutzt und möglichst optimal ausgefüllt werden. Dieses Zeitgefühl lässt sich nicht einfach abschütteln. Noch immer packt mich die Angst, meine Zeit zu vergeuden.

Obendrein macht mich der Stadtverkehr nervös. Seit wir in Frankreich leben, fühle ich mich mehr wie eine Landpomeranze. Das Auto hoppelt Stück für Stück voran, langsam fange ich an zu schwitzen. Ich versuche, mit einer Hand meine Pelzjacke abzustreifen, aber es gelingt nicht. »Noch dreizehn Minuten«, verkündet die sanfte Stimme des TomTom.

Als ich endlich im Reisebüro lande, bin ich total erledigt. Es dauert fast zwei Stunden, bis wir mit allem durch sind. Eine fünfzehnköpfige Reisegruppe ist eben nicht so leicht unter einen Hut zu bringen. Vor allem nicht, wenn man auch noch Sonderwünsche hat und partout über Singapur fliegen will. Während des langen Prozederes wandern meine Gedanken immer wieder zu Andreas und zu meinem künftigen Heimatland. Bali … Bevor Ulrich und ich das Haus an der Ardèche gekauft haben, war auch Bali im Gespräch. Es ist immer mein Traumland gewesen, und wie es das Schicksal will, lebt mein Traummann dort. Eine mehr als glückliche Fügung!

Die Reisebüromitarbeiterin hält mich vermutlich für ein bisschen senil, weil ich so unkonzentriert bin, und wundert sich über meine Aussage, dass mir das Dreißig-Tage-Reisevisum nicht reicht. Ich muss mich unbedingt um eine längere Aufenthaltsgenehmigung kümmern, damit mein neues Leben beginnen kann.

Die Schneeflocken, die mich vor der Tür empfangen, holen mich gewaltsam in die Gegenwart zurück. Dazu pfeift ein hässlicher Wind. Ich verspüre nicht die geringste Lust, mich in mein zugeschneites Auto zu setzen, und gehe lieber die zehn Meter bis zur U-Bahn. Ich bin mit Sally in Geisel's Vinothek zum Abendessen verabredet. Sie will mir ihren neuen Freund vorstellen. Es sind von hier aus nur zwei Stationen.

Die Hand in einer Halteschlaufe, stehe ich eingepfercht in dem überfüllten U-Bahn-Waggon und atme den penetranten Geruch von nassen Mänteln und Anoraks. Mir dreht sich fast der Magen um. Nicht gerade die beste Vorbereitung auf ein Abendessen.

Aber als ich das Restaurant betrete, ist das vergessen. Sally und ihr Begleiter erwarten mich schon. Strahlend kommt sie auf mich zu und stellt mich als »meine beste Freundin, Johanna« vor. »Und das ist mein Eduard.«

Eduard deutet einen Handkuss an und wird tatsächlich ein wenig rot, fast wie ein junges Mädchen. Das macht ihn noch jünger und sehr sympathisch. Mit seinen dunklen Locken und seiner gebräunten Haut sieht er aus wie ein Israeli oder Palästinenser. Sein Gesicht ist lang und schmal, seine Lippen sind weich und voll, und seine Augen sind wunderschön! Ihr dunkler Glanz ist hinreißend.

Wir sitzen uns etwas befangen gegenüber, und ich vertiefe mich erst einmal in die Speisekarte. Eduard scheint sich in guten Restaurants zu Hause zu fühlen. Souverän bestellt er Kanadischen Wildlachs mit Petersilienwurzel für sich und Roastbeef mit Bratkartoffeln für Sally, dazu eine Flasche Chianti Classico aus der Toskana. Ich entscheide mich für etwas Leichteres und nehme Ricotta-Spinat-Cannelloni.

Als wir unsere Gläser erheben, lockert sich die Atmosphäre. Eduard ist ein charmanter Unterhalter, er berichtet ungezwungen und amüsant davon, dass er gerade dreißig geworden ist, Dramaturgie in Köln studiert hat und nun hier bei den Kammerspielen als Regieassistent arbeitet.

Sally und er sind ein schönes Paar. Man könnte sie leicht für Mutter und Sohn halten, wenn Eduards schmale Finger nicht in zärtlichen, rotierenden Bewegungen über Sallys Rücken gleiten würden. Verwundert folgt mein Blick der Wanderung zu Sallys Po hinunter. Ich staune über diese öffentlich zur Schau gestellte Frivolität und beneide Sally doch insgeheim um die natürliche Selbstverständlichkeit, mit der sie die Situation genießt.

»Haben Sie heute einen freien Tag?«, frage ich Eduard, weil ich annehme, dass Regieassistenten auch abends bei den Vorstellungen anwesend sein müssen.

»Der Dienstag ist mein einziger freier Tag«, antwortet er, »dafür bin ich fast jedes Wochenende verplant.«

»Unser Liebesleben spielt sich überwiegend dienstags ab«, ergänzt Sally mit einem Grinsen. »Deswegen bin ich auch so froh, dass du hier bist und mir die anderen Abende versüßt.«

Das Essen ist köstlich, wir bestellen uns noch eine zweite Flasche, und das Gespräch plätschert fröhlich vor sich hin. Sally erzählt Anekdoten aus dem Rundfunkleben, Eduard bringt uns mit Theatergeschichten zum Lachen.

Sally strahlt richtig von innen heraus. Sie sieht zehn Jahre jünger aus, als sie ist. Offenbar tut ihr Eduard gut. Ohne ihn würden wir heute Abend womöglich beide verpassten Gelegenheiten nachweinen. Wenn sie Glück hat, bleiben ihr noch zehn glückliche Jahre.

Aber was ist mit mir? Ich gehe auf die siebzig zu, da ist nicht mehr viel Raum für ein langes Glück. Wie ich wohl meinen achtzigsten Geburtstag feiern werde? Mit Andreas? Mit den Kindern? In München, auf Bali oder sonst wo in der Welt? Die Angst vor der Zukunft macht sich mit einem sauren Geschmack in meinem Mund bemerkbar.

Alles setze ich auf dieses »Grand Finale«, die goldene Hochzeit und danach die große Reise. Eine Krönungszeremonie für meine wunderbare Familie – eine Familie, die all die Jahre in Harmonie und Eintracht gelebt hat und die in Wirklichkeit nur als Fata Morgana existiert, der ich ein Leben lang hinterhergehechelt bin.

Oshos Rat

München, 2. März 2009

Liebe Frau Mertz,
herzlichen Dank für Ihre Post. Ich war sehr überrascht, Ihr Buch in den Händen zu halten, und bin sehr gespannt darauf, auf diese Weise einen ganz anderen Einblick in Ihre Beziehung zu erhalten.
Wie Sie sicher wissen, hat Ihr Mann entschieden, nicht so lange wie ursprünglich geplant in der Klinik zu bleiben. Er wird mit Ihnen gemeinsam nach Hause fahren. Das kann ich nachvollziehen, es zeigt seine große Verbundenheit mit Ihnen. Er mag nicht ohne Sie hierbleiben.

Ich lasse für einen Moment den Brief sinken. Ulrich fährt mit mir zusammen wieder nach Hause! Und schafft es nicht mal, mir das selbst zu sagen. Ich bin gespannt, ob er das mit den Flügen ausnahmsweise selbst geregelt hat. Ich hatte mich eigentlich noch auf ein paar Wochen ohne ihn gefreut.

Ich würde Ihnen beiden zu einer Paartherapie an Ihrem Wohnort raten, die sicher einige Monate in Anspruch nehmen wird. Es ist wichtig, dass Sie einander die Hintergründe, die tieferen Leid(t)motive erklären. Das kann die Klinik ohnehin nicht leisten.

Nähe und Vertrauen entstehen, indem wir uns einander anvertrauen, uns öffnen. Wir müssen dem anderen das eigene Universum zeigen und uns von ihm, der ja doch so ganz anders ist und fühlt, sein Universum zeigen lassen. Sie werden hoffentlich selbst erleben können, wie wichtig und befreiend es ist, dem geliebten Menschen alles zu sagen. Das Gefühl zu haben, er hört und versteht zum ersten Mal und er bleibt da, wendet sich nicht ab und hilft, einen neuen Weg zu gehen.
Es ist nie zu spät, gemeinsam einen Weg zu suchen. Ohne Hilfe von außen werden Sie sicher nicht weiterkommen. Denn meist bewegt man sich seit Jahren auf ausgetretenen Pfaden und trifft auf die immer gleichen Verletzungen, die ein wirkliches Gespräch unmöglich machen. Sie beide wollen doch Ihr Paradies lebendig werden lassen, es ist so spürbar! Sie lieben sich beide so sehr! Da sind nur ein paar Mauern abzutragen und Gitterstäbe aufzubrechen, so dass Sie wieder frische Luft zum Atmen haben und Ihr Garten an der Ardèche zum Blühen gebracht wird. Dessen bin ich mir sicher.
Gern würde ich Ihnen noch viel ausführlicher schreiben, aber es erscheint mir weitaus sinnvoller, wenn wir uns zu einem Abschlussgespräch in der Klinik verabreden. Können Sie das möglich machen, bevor Sie zurück nach Frankreich reisen?
Ich hoffe, wir haben Gelegenheit, uns persönlich kennenzulernen. Bis dahin freue ich mich sehr auf Ihr Buch!
Vielen Dank dafür und herzliche Grüße
Franziska Wiener

Ich bin erneut beeindruckt von diesem Brief und dieser Frau, die ich nicht kenne und die mich nicht kennt. Ihre Anteilnahme, ihre Empathie und die offenkundige

Begeisterung für unseren »Fall« gehen nicht spurlos an mir vorüber. Vielleicht hätten wir ihr vor zehn Jahren begegnen sollen oder vor zwanzig? Jetzt erscheint mir nicht mehr viel möglich als eine Frontbegradigung. Wenn es nur darum ginge, ein paar Mauern abzutragen, ein paar Gitterstäbe zu zerbrechen … Könnten wir wirklich alles vergessen und verzeihen und uns von der plötzlichen Gewissheit leiten lassen, dass wir füreinander bestimmt sind? Einfach so? Wir nehmen einander an die Hand und sind wieder glücklich? Wir sind zusammengeblieben, ja. Fünf Jahrzehnte lang. War das Liebe? Am Anfang sicherlich. Aber jetzt stehen wir an ihrem Ende, und wenn eine neue kommt, haben wir Glück.

Ich schwanke, ob ich den Kamin noch anmachen oder gleich ins Bett gehen soll. Der Kamin siegt. Zudem bin ich noch viel zu wach, um einschlafen zu können, und vor zwölf Uhr will ich keine Schlaftablette einnehmen, weil ich sonst schon um fünf Uhr früh wach bin. Der Kamin macht sein übliches dunkles »Plopp«, als ich den Anzünder an die Düse halte. Auf dem Boden kniend, schaue ich fasziniert zu, wie der Rost anfängt zu glühen, die Flammen von Blau zu Rot wechseln, wie sie züngeln, fast so, als würden sie tanzen. Die Weinflasche von gestern steht neben mir auf dem Boden, sie ist noch zu einem Drittel voll. Ich habe vor, den Rest zu leeren.

Gemütlichkeit, ohne Fernseher, nur mit Musik und Kerzenlicht, gibt es bei mir und Ulrich selten, besser gesagt: nie. Egal, mit was er vorher beschäftigt war – mit Handwerken, Gartenarbeiten oder In-der-Sonne-Liegen –, sobald es acht Uhr abends ist und die *Tagesschau* beginnt, ist alles andere uninteressant. Auch für mich. Für mich zwangsweise. Ob ich will oder nicht, Ulrich will (er sagt: er liebt) meine Anwesenheit. Da wird kein Wenn und Aber von mir akzeptiert, diese Stunden zwischen acht und elf Uhr sind ihm heilig. So heilig, dass er jedes Mal sauer wird, wenn ich hin und wieder in meinem Zimmer verschwinde, um zu schreiben. Er nennt meinen Computer *Deine heilige Kuh*, ich nenne seine Reaktion *Dein rotes Tuch*.

Darum sitze ich jetzt, voll guter Gefühle, warm eingekuschelt, mit hochgelegten Beinen, in einem Sessel, halte ein Rotweinglas in der Hand und lausche hingerissen den schönen Stimmen, die aus dem Radio klingen. Die Sutherland singt eine Arie der Violetta aus *La Traviata*, die Callas die Mimi aus *La Bohème*, es folgen viele weitere, und ich werde immer verträumter. Ich lasse den langen Tag noch einmal Revue passieren. Darüber schlafe ich ein. Mein Schlaf ist traumlos, am nächsten Morgen springe ich aus dem Bett, werfe den Computer an, um nach Post von meinem Geliebten zu schauen. Als Erstes begegnet mir eine neue Mail von Frau Doktor Wiener.

Liebe Frau Mertz,
bevor wir uns am Dienstagabend sehen, wollte ich Sie wissen lassen, dass ich inzwischen Ihr Buch gelesen habe. Nochmals danke! Es ist wirklich ein besonderes Buch, und auch dort konnte ich die große Liebe zu Ihrem Mann entdecken. Sie ist in jede Zeile eingewoben.
Ihr halbes Leben erscheint mir als ein Kämpfen und Ringen um die Liebe, ein Leiden und Aufblühen. Und trotz aller Außenkontakte von Ihnen beiden sehe ich eine große Treue füreinander. Ein Hinauswachsen über die Kindheitstraumata, die sich in der Beziehung so breitgemacht haben. Und ich sehe das Leiden an so vielem, den verstummten Schmerz, der so alt ist und im Konflikt zwischen Ihnen immer wieder Stimme bekommt.

Ihre Ausgangslage ist so ähnlich: angefangen bei den restriktiven Eltern, die der eigenen Entfaltung so wenig Raum gaben. Die Königskinder schwimmen im gleichen Meer … Das könnte so verbindend sein. Doch das Wasser ist, ach, so tief!
So hoffe ich, dass wir am Dienstag erste Brücken bauen!
Bis dahin, herzliche Grüße
F. W.

Liebe, gute, freundliche, naive Poetin! Sie haben meinen Roman gelesen, durften ins schäumende Leben einer fast Siebzigjährigen hineinschauen. In ein Leben, das einem überquellenden Dampfkessel glich, in dem es brodelte, aus dem es stank, aus dem aber auch zarte aromatische Schwaden stiegen.

Ich lege mich wieder ins Bett und versuche, ebenfalls poetisch zu denken und mich als Achtzehnjährige zu sehen, als einen jungen starken Baum, dessen Jahresringe große Abstände haben. Doch von Jahr zu Jahr werden die Abstände geringer, sie schrumpfen. Der Baum wächst nicht mehr schnell, sein Wachstum stagniert irgendwann, seine Rinde wird rau und schartig. Wenn ich nichts tue, wird mein Baum seine Blätter verlieren, verdorren und sterben.

Das Wasser ist, ach, so tief … Ich will nicht schwimmen und auch über keine Brücke gehen. Ich will, dass mein Körper noch einmal austreibt, sich aus dieser rauen Schale herauswindet, springen und tanzen lernt. Vielleicht gibt es mehrere Möglichkeiten, das zu schaffen, aber das spielt keine Rolle mehr. Ich habe mich entschieden.

Kurschatten

München, März 2009

Ich habe es nicht eilig, in die Klinik zu kommen. Die Verabredung mit Doktor Wiener ist erst um sechs Uhr abends.

Nicht die kleinste Wolke ist am Himmel zu sehen, das dunkle Blau changiert ins Graue und franst am Rande meines Blickfeldes weiß aus. Es ist kaum Verkehr, und meine Gedanken haben mal wieder genügend Raum, um auf Wanderschaft zu gehen. Plötzlich tauchen aus den hintersten Winkeln Erinnerungen auf, die ich längst verloren geglaubt hatte.

Sich lieben ist nicht nur ein einzelner Moment, sich lieben, das sind Hunderte von Momenten, Hunderte von Türen, die sich auftun, Türen zu Räumen, die vorher verschlossen waren. Wenn sich jetzt diese noch nie betretenen Räume öffnen, erwarten mich zärtliche Berührungen, Liebe, Verständnis ... Auf diese Räume steuere ich zu. Ich habe plötzlich Lust zu rasen und drücke aufs Gas. Viele neue Türen werde ich öffnen, mit Andreas, nicht mit Ulrich. Daran kann auch die beste Therapeutin nichts mehr ändern.

Als die Klinik vor mir auftaucht, ist es schon fast halb fünf. Die Sonne steht tief, milchig weiße Dampffahnen steigen von den Feldern auf. Die Schneehaufen an den Straßenrändern sind inzwischen geschmolzen, aber der Weg vom Parkplatz zur Klinik ist leicht überfroren. Übervorsichtig wie eine alte Frau setze ich einen Fuß vor den anderen. Morgen um diese Zeit werde ich schon zu Hause sein und von meinem Balkon aus auf den reißenden Fluss schauen.

Der Gang zu Ulrichs Zimmer führt an der Cafeteria vorbei. Ich werfe einen Blick durch das Panoramafenster und bleibe verdutzt stehen. An einem der Tische sitzt mein Ehemann mit einer fremden Frau. Was an sich nichts Ungewöhnliches ist, aber er scheint ernsthaft ins Gespräch vertieft und sieht irgendwie anders aus als sonst. Seine Haare sind streng nach hinten gekämmt und sehen fast aus wie geölt, Wangen und Kinn bedeckt ein Dreitagebart, was ihn zwar nicht jünger, aber eindeutig interessanter macht. In einem ersten Impuls will ich mich bemerkbar machen, aber dann genieße ich die seltene Gelegenheit, ihn ungestört beobachten zu können. Wann haben wir schon mal die Gelegenheit, einem vertrauten Menschen auf diese Art zuzusehen? Eigentlich nur im Schlaf, wenn er nicht mitbekommt, dass er beobachtet wird. Sobald wir uns wach begegnen, spielen wir ganz unbewusst eine Rolle. Welche Rolle Ulrich wohl im Augenblick spielt?

Ganz offensichtlich führen die beiden ein heiteres Gespräch, ihre Münder verziehen sich häufig zu einem Lächeln, die Köpfe rücken näher zueinander. Fasziniert beobachte ich das Spiel ihrer Hände, die von der untergehenden Sonne in leuchtendes Purpur getaucht werden. Ganz sacht bewegen sie sich aufeinander zu, millimeterweise. Wenn ich noch ein paar Minuten hier stehen bleibe, werde ich den Moment miterleben, in dem sie sich berühren. Und das will ich auf keinen Fall sehen. Alles in mir fängt an zu glühen, mein Herz klopft dumpf in meiner Brust. Der Kurschatten, die Figur, über die witzige Geschichten erzählt werden, hat gerade Gestalt angenommen und sitzt, nur durch eine Glasscheibe von mir getrennt, vor meinem Mann.

Wie irrational meine Gefühle sind! Wut kocht in mir hoch und ein grässlicher Hass. Warum ist es mir nicht scheißegal, was Ulrich gerade vorhat? Warum bohrt sich der Anblick dieser beiden wie ein Dolch in mein Herz? Weiß der Teufel, was das zu bedeuten hat. Ich will nicht bei ihm bleiben, aber hergeben will ich ihn offenbar auch nicht.

Meine Hand fährt zum Fenster hoch, ich klopfe ein Tremolo an die Scheibe. Die beiden fahren auseinander. Als ich ihre erschrockenen Gesichter sehe, bekomme ich einen Lachkrampf und kann nicht mehr aufhören.

Ulrich kommt aus dem Gastraum und legt seine Hände auf meine Schultern, als würde er mich so beruhigen wollen. Als er mich zur Begrüßung an sich drücken will, weiche ich einen Schritt zurück.

»Komm rein, setz dich zu uns! Du bist doch sicher müde von der Fahrt.«

Diese falsche Schlange! Will er mir auch noch sein Erfolgserlebnis vorführen? »Ich brauche jetzt keine Gesellschaft«, murmele ich vor mich hin und stürme in Richtung seines Zimmers davon.

Eifersucht ist das niederträchtigste Gefühl, das ich kenne. Außerdem macht sie mir nur allzu bewusst, dass ich innerlich keinen klaren Schlussstrich gezogen habe, dass ich immer noch an das Band geknüpft bin, das mich bei Ulrich hält.

Ulrich holt mit schnellen Schritten zu mir auf und öffnet mir seine Tür. Die untergehende Sonne taucht das Zimmer in ein eisiges Blau. An der Wäscheleine baumelt unser Hochzeitsstrauß: fünfzig rote luftgetrocknete Rosen. Der Rasierschaum hat offenbar gute Dienste geleistet, die Blüten sind konserviert.

»Willst du den Strauß mit nach Hause nehmen?« Ulrich legt seinen Arm um meine Schulter.

Ich nicke. »Aber wir werden ihn wohl im Flugzeug auf dem Schoß halten müssen.«

»Dann lassen wir ihn halt hier.«

Ich schaue ihn an und bitte ihn dann um einen Tee. Es lohnt sich nicht mehr zu streiten.

Ich setze mich auf die Kante des zweiten Bettes. Es ist frisch bezogen. Das Summen des Teekochers hört sich in meinen Ohren an wie das Rotorgeräusch eines Hubschraubers. Unsere Sprechorgane haben eine Ladehemmung. Ulrich geht unruhig im Zimmer auf und ab und gießt dann das Wasser in die Teekanne.

»Wie war's bei den Kindern?«

Ich zucke mit den Schultern und setze mich zu ihm an den Tisch. »Toll war's, aufregend und überhaupt nicht langweilig. Auf jeden Fall nicht so langweilig wie bei dir.«

»Wie kommst du drauf, dass es hier langweilig ist? Es gibt eine Menge Möglichkeiten, sich hier die Zeit zu vertreiben.«

»Ja richtig, eine davon habe ich gerade gesehen. Vielleicht willst du ja doch noch ein wenig bleiben?«

»Red keinen Unsinn! Warum bist du nicht in die Cafeteria gekommen?«, fragt er ärgerlich.

»Glaubst du etwa, ich hätte mich zu dieser Tussi setzen wollen?«, rutscht es mir raus. Dabei ist meine Eifersucht das Letzte, was ich ihm gerade zeigen will.

»Ich sollte dich eigentlich kennen, dich und deine Eifersucht!« Belustigt wackelt Ulrich mit dem Kopf.

Ich lenke das Gespräch lieber wieder auf neutraleren Boden. »Wir fliegen also morgen früh zusammen?«

»Ja, ich habe den Flug über die Klinik buchen können. Wir sitzen sicher nicht nebeneinander, aber das werden wir schon aushalten, nicht?« Er tätschelt mein Knie. »Schließlich sind wir noch den Rest unseres Lebens zusammen.«

Ich verkneife mir ein ironisches Grinsen.

»Und wann bitte wolltest du mich in deine Pläne einweihen?«

»Ulrike wusste doch Bescheid«, sagt Ulrich mit Unschuldsmiene.

»Ulrike, ja. Und deine Frau Doktor. Wäre es nicht normaler gewesen, deine Pläne mit mir abzustimmen?«

»Ich habe dir doch gesagt, dass ich nicht so lange bleiben werde. Hattest du etwas anderes vor, mein Mädchen?«

»Vergiss es!«, sage ich und rücke ein Stück von ihm ab. »Die Kinder lassen dir übrigens Grüße ausrichten, sie haben dich vermisst. Silvana ist seit Kurzem in einem Fechtklub und besiegt alle Konkurrentinnen, und Laura spielt in einer Laiengruppe Theater.«

»Das hat sie von dir«, witzelt Ulrich. Wie lange dieser Frohsinn wohl anhalten mag? Bestimmt nicht drei Monate, bis wir nach Bali fliegen!

»Hast du eigentlich schon gepackt? Wir müssen morgen früh um sechs Uhr raus.«

Ulrich winkt lässig mit der Hand. »Meine paar Klamotten sind in fünf Minuten zusammengeräumt.«

»Und hat dir das Ganze irgendetwas gebracht? War die Zeit nicht viel zu kurz?«

»Gebracht?«, wiederholt Ulrich. »Das kann ich nicht so genau sagen. Ich schlafe immer noch schlecht, aber jetzt regt es mich nicht mehr so auf. Die Gespräche mit Frau Doktor Wiener waren sehr interessant, auch die Gruppentherapie … Aber du weißt doch, ich war immer ein Zweifler. Im Grunde glaube ich, dass das ganze Herumbohren in der Vergangenheit reine Zeitverschwendung ist.«

»Dann haben wir also nur unser Geld verplempert?«

»Wie man's nimmt«, sagt Ulrich etwas kryptisch und verzieht das Gesicht zu einem Grinsen. »In einer Viertelstunde müssen wir zu Frau Doktor Wiener. Ich bin gespannt, wie sie dir gefällt.«

»Ich bin weniger gespannt darauf, wie sie mir gefällt, als auf das Gespräch mit ihr.«

»Das ist wieder typisch, deine Reaktion!«

Ich lasse mich nicht weiter darauf ein, sondern gehe ins Bad, um mich zu kämmen und mir die Lippen nachzuziehen. Ich bin ein klein wenig braun und sehe erholt aus. Das sollte auch so bleiben.

Neben mir taucht ein zweites Gesicht auf, das neue Gesicht Ulrichs. Er drückt sich heftig an mich und kratzt mit seinen Bartstoppeln über meine Wange. Seine Zunge züngelt in mein Ohr, seine Hände umfassen meine Brüste. Ich spüre sein hartes Glied an meinen Pobacken und höre sein Flüstern: »Am liebsten würde ich dich jetzt gleich vögeln … aber wir haben ja noch die ganze Nacht!«

Auch die andere Seite muss gehört werden

München, März 2009

Frau Doktor Wiener sieht genauso aus, wie ich sie mir vorgestellt habe. Ich habe das Gefühl, eine alte Freundin zu treffen, die ich schon lange kenne. Sie begrüßt mich herzlich und bedankt sich noch einmal für mein Buch. Dann sitzen wir beide wie zwei artige Schüler in ihrem Therapieraum und warten darauf, dass sie mit ihrem Brückenbauversuch beginnt. Ulrichs Unterarme liegen auf den polierten Armlehnen, seine Hände wölben sich um die weiche Rundung des Holzes. Er hält den Blick gesenkt, so als würde er an Doktor Wieners Rocksaum kleben, an ihrem runden Knie, dem Schaft ihres Stiefels.

»Sind Sie wieder ganz gesund, Frau Mertz?«, fragt sie mich. Ich nicke dankend. »Und Sie, Herr Mertz? Wie geht es Ihnen heute?«

Statt einer Antwort zieht er ein großes Stofftaschentuch aus seiner Trainingsjacke und schnäuzt sich ausgiebig. Die Therapeutin bleibt still, sie wartet. Schweigen ist etwas, was wir beide gut können, tagelang stumm darauf warten, dass eine Hand ausgestreckt wird, die Versöhnung und neue Verheißung verspricht.

Ulrich sitzt da wie ein kleiner Junge, der sich ungerecht behandelt fühlt und sich wütend hinter einem Schutzwall verbarrikadiert.

»Wie ist das für Sie, heute mit Ihrer Frau hier zu sein?« Sie lächelt mich an. Ihre Stimme ist angenehm melodisch. »Versuchen Sie doch einfach mal, einen Ihrer Gedanken in Worte zu fassen, und schicken Sie ihn zu mir herüber. Der Weg ist nicht lang.«

Ulrich grinst. Das tut er immer, wenn er unsicher ist, und es bringt mich immer wieder auf die Palme. Mit einem ähnlichen Grinsen hat er mir erzählt, dass sie in der letzten Therapiesitzung über das Thema Kindheit gesprochen haben.

»Du weißt schon, suche den Fehler, die Schuld für deine Verkorkstheit bei deinen Eltern. Wenn wir dieses alte verzwickte, fehlerhafte Strickmuster auflösen und den Faden ordentlich aufrollen – so sieht es Frau Doktor Wiener –, bekommen wir eine Vorstellung von jeder einzelnen Masche im Strickmuster unseres Lebens und davon, wie viele Maschen wir fallen gelassen haben. Und wenn wir diese Fehlerhaftigkeit nicht länger beklagen und an ihr verzweifeln wollen, dann können wir auf dieser Basis ein ganz neues, sauberes Strickmuster beginnen.«

Jetzt spricht Ulrich leise, ich höre nur mit halbem Ohr zu. In meinem Kopf schwirren die Gedanken herum wie Hornissen. Das Gespräch dreht sich um Ulrichs Buch, das ich in einem Anfall von Wut verbrannt hatte.

»... meine Niederschriften verbrannt, ohne mit der Wimper zu zucken. Aber ich hätte trotzdem nicht so über sie herfallen dürfen, so ausflippen. Ich bin einfach durchgedreht. Mein Verstand hatte sich von einer Sekunde zur nächsten in eine defekte Irrsinnsmaschine verwandelt.«

»Wie sehen Sie das, Frau Mertz?«

Ich sehe Ulrich an. »Wir waren beide sehr aufgebracht, aber ich konnte nicht anders. Jeder dieser Frauen auf diese Weise wiederzubegegnen und noch einige mehr kennenzulernen hat mich völlig niedergeschmettert. Und noch dazu hat mein Mann diese Niederschriften zu einem Zeitpunkt verfasst, als wir uns im Zustand einer Apassionata befanden. Das hätte er niemals tun dürfen, und das werde ich ihm niemals verzeihen. Ich musste mir den Schmutz von den Händen waschen, nein, brennen. Es war wie eine Reinigung, ein reinigendes Fegefeuer.«

»Warum haben Sie das Buch überhaupt geschrieben, Herr Mertz?«

Ulrich sieht mich an. »Ich hatte Johannas Buch gelesen und war dieser ganzen dunklen Schuld begegnet, aber auch ihren Abenteuern, denen in Gedanken und den tatsächlichen ...«

»War das denn wirklich vergleichbar mit dem außerehelichen Leben, das Sie geführt haben?«

Diesmal zuckt Ulrich mit den Schultern.

»Haben Sie das Buch für sich selbst geschrieben, oder war es eigentlich an Ihre Frau adressiert?«

»Beides«, antwortet Ulrich kurz.

»Haben Sie sich nie die Konsequenzen vorgestellt, wenn Ihre Frau diese Niederschriften in die Hände bekommt?«

Ihr Einwand entlockt mir ein hysterisches Auflachen, und zugleich muss ich an Ulrichs Reaktion auf mein Buch denken. Wie sehr es ihn getroffen hatte, wie sehr er aufgescheucht wurde aus seiner Selbstzufriedenheit, seinem Egoismus, dem unerschütterlichen Glauben, im Leben alles richtig gemacht zu haben.

»Wollen wir uns damit vielleicht noch etwas eingehender befassen?«, fragt Frau Doktor Wiener freundlich.

»Nein!«

»Und warum nicht?«

»Weil es einfach zu schwierig ist, diese Gedanken in Worte zu fassen.«

»Vielleicht probieren Sie das einfach?«

»Nein«, murmelt er. »Bei Psychotherapeuten hat man wirklich das Gefühl, sie ziehen einem die Würmer aus der Nase.«

Doktor Wiener lacht leise. »Eine etwas abstruse Vorstellung vom Vorgehen eines Therapeuten, aber nicht ganz falsch.«

Jetzt sieht Ulrich auf, und zum ersten Mal verzieht sich sein Gesicht zu einem friedfertigen Lächeln.

»Mir wäre es lieber, wenn wir uns einem anderen Thema zuwenden würden.«

»Na schön«, lenkt Doktor Wiener ein. »Ich habe Sie und Ihre Frau zweimal zusammen gesehen. Sie standen in der halb offenen Tür und haben sich geküsst, aber nicht wie alte Leute. Es sah so innig aus, so vertraut, so liebevoll. Also ist doch noch nicht alles verloren.«

»Natürlich nicht«, sagt Ulrich.

Ich halte den Blick gesenkt und knete nervös meine Finger im Schoß.

»Wissen Sie, dass Ihre Frau mir ihr Buch geschickt hat? Ich habe es am Wochenende gelesen. Und ich habe auch darin so viel Liebe entdeckt, so ein großes unausgeschöpftes Potenzial.«

»Liebe?« Ulrich schüttelt den Kopf. »Für wen? Den Sportlehrer, den Apotheker oder was? Ich Idiot habe neugierig nach Johannas Buch gegriffen. Ich hatte etwas Banales erwartet, vielleicht Skandalöses, Verrücktes, Fantasievolles oder Fiktives, aber nicht eine solche Geschichte. Etwas, das mich so trifft, so ins Herz trifft. Es ist unsere Geschichte, besser gesagt ihre Geschichte.« Er holt tief Luft. »Aber der Protagonist, dieser Mann, dieser Kotzbrocken – das bin doch nicht ich! Und die anderen Männer, ihre sogenannten Freunde, kommen dabei so gut weg. Unerträglich! Und immer wieder frage ich mich, ob das ihre Liebhaber waren, genau wie mein Kollege in Indonesien oder der Lektor, in den sie verliebt war. Ob sie selbst wieder und wieder fremdgegangen ist, damit sie meinen Treuebruch leichter erträgt …«

»Deinen Treuebruch, Ulrich?«, werfe ich ein. »Hier gehört ein monströser Plural hin! Wenn ich nur die Namen deiner Gespielinnen nennen würde, säßen wir morgen früh noch hier!«

»Johanna ist ein Mensch, der nach außen hin auf keinen Fall ein negatives Bild vermitteln möchte«, fährt Ulrich unbeeindruckt fort. »Wenn sie, so wie manche ihrer Freundinnen, bei den Skiurlauben ohne Ehemänner jeden Skilehrerschwanz in sich aufgenommen hätte, würde sie das nie gestehen. Das wäre schlecht für ihr Image. Deshalb hätte sie solche Erlebnisse nie gestanden, und ich werde es nie erfahren.« Er sieht mich herausfordernd an. »Das macht mir immer wieder klar, wie unterschiedlich wir voneinander Bescheid wissen: Ich habe in meinen persönlichen Notizen mein Leben mit Johanna und den anderen Frauen so ehrlich wie möglich geschildert. Sie hat dieses Ergebnis meiner Innenschau gegen meinen Willen gelesen …«

»Aber warum dann die Ehrlichkeit, wenn es gar nicht für Ihre Frau bestimmt war?«, hakt Doktor Wiener ein.

»Ich wollte vor mir selber ehrlich sein. Und Johanna wusste doch ohnehin alles. Ich glaube nicht, dass sie viel Neues erfahren hat. Meine Frau weiß über mein Innenleben sehr gut Bescheid, aber ich … ich habe das Gefühl, dass ich eigentlich keinen Zugang zu ihr habe, dass ich diesen Zugang nie hatte. Ich kenne Johannas ›Benutzeroberfläche‹ sozusagen, aber nicht mehr. Ich weiß nicht, was wirklich in ihr vorgeht und wie manche Behauptungen und Erklärungen zustande kommen – ob sie der Wahrheit entsprechen oder Ausflüchte sind. Meist bin ich skeptisch, besonders dann, wenn ihr Selbstwertgefühl, die Bedeutung ihrer Person, ihres Könnens, ihres Wissens eine Rolle spielt. Bei ihr gibt es keine Wahrheit, die gegen sie spricht. Das war damals ein Problem für mich und ist es heute noch. Stärker denn je!«

Ulrich sackt in seinen Sessel zurück und schlägt die Hände vors Gesicht, als würde er weinen.

Fünf Minuten schweigen wir.

»Warum sind Sie so überzeugt, dass es bei Ihrer Frau keine Wahrheiten gibt? Warum zweifeln Sie alles an, was von ihr kommt?«, fragt Doktor Wiener leise.

Ulrich sieht gequält aus. »Ich weiß es nicht.«

»Es gibt viele Dinge, die im Unklaren sind und die wir hier und jetzt nicht klären können. Aber Sie können etwas tun, Sie beide gemeinsam. Das Buch kann ein guter Ausgangspunkt sein, ein Redebegleiter sozusagen. Vielleicht sollten Sie das Buch Ihrer Frau noch einmal lesen, Herr Mertz, und sich die Liebe bewusst machen, die daraus spricht.« Sie sieht uns beide an, nahezu feierlich wie eine Priesterin. »Sie beide sollten sich diese Liebe bewusst machen, das große Potenzial Ihrer Liebe. Natürlich hat Ihre Beziehung viele Untiefen, aber auch viele Stärken. Sie müssen diese Untiefen ausloten, damit es Ihnen in Zukunft besser geht. Und ich denke, dafür sind Sie beide stark genug, Ihre Liebe ist stark genug. Heute sehr viel mehr als zu Beginn Ihrer Ehe. Sie sind an jedem einzelnen Schritt, jedem einzelnen Schmerz gewachsen. Das macht Sie stark, Sie beide für sich selbst und füreinander.«

Da war sie – ihre Brücke. Wir mussten nur einen Fuß daraufsetzen und über den reißenden Fluss hinwegschreiten. Es sah so leicht aus. So einfach und plausibel.

Teil II
Letzte Reise

Fünfzigster Geburtstag

Paris, Juli 2009

Le jour de gloire est arrivé! Von wegen. Ich fühle mich weder glorreich noch bewegt oder beflügelt, als ich mit Ulrich im Flugzeug von Lyon nach Paris sitze. Tränen steigen in mir hoch, ich tupfe sie dezent ab. Ulrich sitzt neben mir, in sich versunken. Er sieht zum Fenster hinaus, seine Augen blicken starr ins Nirgendwo. Was er wohl denkt? Ich will ihn nicht fragen, ich bin mit mir selbst beschäftigt, mit dem Abschiednehmen von ihm, meinem Haus an der Ardèche, meiner Familie, von allem, was bis jetzt mein Leben ausgemacht hat. Ich habe einen langen Kampf mit mir selbst ausgefochten, doch jetzt gibt es kein Zurück mehr. Mich erwarten ein neues Leben und ein neuer Mann auf Bali.

Es ist der 29. Juli, Michaels Geburtstag, wir wollen ihn im Kreise der Familie in Paris feiern. Doch der Kreis ist nicht vollständig. Anna und Paul werden nicht dabei sein.

Jetzt um die Mittagszeit ist es unerträglich heiß, und aus einem Grund, über den wir nichts erfahren, steht unsere Maschine ewig auf dem Rollfeld. Erst mit einer Stunde Verspätung landen wir in Paris.

Am Flughafen Charles de Gaulle empfängt uns ein Menschenmeer. Hilflos halten wir Ausschau nach unserer Familie, können zwar niemanden sehen, dafür aber hören. Man muss sich nur in die Richtung drehen, aus der das lauteste Geschrei kommt. Die Zwillinge entdecken uns als Erste und preschen laut »Öpi und Mamu« rufend auf uns zu. Das ist selbst für einen Schwerhörigen mit Ohrstöpseln nicht zu überhören. Ulrich und ich lassen die Koffer fallen und breiten die Arme aus. Ulrich hebt die etwas verschämte Silvana hoch, ich die freche Laura. Josephine steht wie immer schüchtern hinter ihren Schwestern.

»Mama ist schon ganz verzweifelt, weil ihr nicht gekommen seid«, brüllt Laura mir ins Ohr. »Warum seid ihr denn so spät hier?«

»Tut mir leid, mein Schatz. Wir können nichts dafür, das Flugzeug ist in Lyon nicht gestartet.«

Einen Augenblick später empfangen uns die Vorwürfe der anderen Familienmitglieder: »Wo bleibt ihr bloß?« – »Ihr habt den kürzesten Weg und seid als Letzte da.« – »Das fängt ja gut an!« – »Warum habt ihr kein früheres Flugzeug genommen?«

»Vielleicht wäre es für euch gar nicht so schlecht gewesen, ohne uns zu reisen«, scherzt Ulrich. »Jetzt habt ihr uns jedenfalls am Hals.«

Und schon lachen alle wieder.

»Michael«, sage ich und nehme meinen großen Sohn in den Arm. »Alles Gute zum Geburtstag! Der Rest kommt heute Abend im Restaurant.«

Ulrich klopft ihm mit einem kurzen »Meinen Glückwunsch« auf die Schulter.

Michael nimmt mir meinen Rollkoffer ab und wuchtet ihn auf einen der Gepäckwagen.

»Meine Güte, ist der schwer!«

»Du kennst doch deine Mutter und ihren Klamottentick«, sagt Ulrich. »Mein Koffer wiegt vierzehn Kilo, der deiner Mutter zweiundzwanzig. Keine Ahnung, wie sie es schafft, in die Tropen so viel Kram mitzunehmen.«

Ich sage nichts. Was soll ich auch antworten? Neben meinen Klamotten habe ich meine wichtigsten, liebsten Dinge eingepackt, von denen ich nicht Abschied nehmen wollte oder konnte.

»Und auf eine Urlaubsreise muss natürlich auch der Rechner mit«, nörgelt Ulrich weiter, für den der Laptop das unwichtigste Gepäckstück überhaupt ist.

»Papa, wir leben im einundzwanzigsten Jahrhundert«, interveniert Michael lakonisch. »Wir haben alle unsere Laptops dabei.«

»Na, wenn ihr alle so viel schleppen wollt, dann bitte. Hauptsache, glücklich.«

»Stell dir Rudolf ohne seinen Laptop vor«, sagt Ulrike. »Er kommt doch keine fünf Minuten ohne das Ding aus.«

Rudolf wirft seiner Frau eine Kusshand zu und lächelt besänftigend.

»Wollen wir nicht lieber mal raus aus dem Trubel und ins Hotel fahren?«

Im runden Flughafengebäude verirren wir uns wieder und wieder und laufen mit unseren zwanzig Koffern scheinbar endlos durch die Gänge. In letzter Minute steigen wir in den Zug nach Roissy, wo wir eine Übernachtung im Hotel Ibis gebucht haben. Die Zimmer im Hotel sind so klein, dass man sich kaum drehen kann. Für heute Abend hat uns Michael alle zu einem Geburtstagsessen eingeladen, und morgen setzen wir die Reise fort.

Michael hat ein Restaurant ausgesucht, das wie eine Parodie auf Disneyland anmutet: Die gesamte Dekoration ist in Rosatönen gehalten, das Mobiliar besteht aus Edelstahl und Plexiglas. Auf den Tischen, die aussehen wie Eiswaffeln, stehen dicke Kunstblumensträuße. Ein Projektor wirft ununterbrochen Bilder an die Wand, die schrill und komisch wirken wie in einem Comicfilm. Immerhin sind die Eierschalen-Sessel erstaunlich bequem.

Auch das Essen erscheint künstlerisch durchgestylt. Das Gemüse ist nur entfernt am Geschmack zu erkennen. Keine Kartoffel sieht natürlich aus, sie sind handgeschnitzt, mal lang, mal rund oder sogar quadratisch. Das Fleisch gibt es in Form von Haschee, als rosa Würstchen oder lila Fleischbällchen.

Unsere Geschenke sind fast genauso abartig. Ulrike schenkt ihrem Bruder ein fünfhundert Seiten starkes pornografisches Buch. Ich habe ein weißes T-Shirt besorgt, auf das ein Motorrad mit Fahrer gedruckt ist und darunter der Slogan »Mir braucht man noch nicht aufs Fahrrad zu helfen – ich schaff's alleine!«. Der Fahrer sieht aus wie ein Hundertjähriger, zerknittert und zusammengeschrumpft. Alle hier versammelten Familienmitglieder haben sich mit wasserfestem Filzstift auf dem Hemd verewigt. Michael wiehert vor Vergnügen. Wir trinken zusammen die eine oder andere Flasche Wein, und Ulrich hält eine kleine Rede.

»Als deine Mutter und ich geheiratet haben, warst du schon da, Michael. Du bist der Mensch in dieser Familie, den ich neben deiner Mutter am längsten kenne. Trotzdem kommt es mir seltsam vor, dass du schon fünfzig wirst. Die Zeit rast nur so dahin, und wir sollten deshalb jeden Moment genießen, in dem wir alle zusammen sind.« Er hebt sein Glas. »Auf dein Wohl, mein Sohn! Auf das Wohl unserer Familie!«

Rührung übermannt mich, doch ich gebiete ihr schnell Einhalt. Sie macht mich schwach und erhöht das Risiko, dass mich erneut Zweifel und Gewissensbisse überfallen. Es wird ein langer Abend. Ich bin heilfroh, als ich endlich in meinem Einmannbett liege. Der nächste Tag wird lang und anstrengend werden. Ulrich ist gleich eingeschlafen, ich bin hundemüde, doch mein Kopf will nicht zur Ruhe kommen. Morgen früh um zehn geht unser Flug nach Denpasar, mit einem Zwischenstopp in Singapur. Drei Wochen lang kann ich Abschied nehmen von meiner Familie, unser Rückflug wird wieder über Singapur gehen. Dort wird meine Reise ihr Ende finden und mein Leben mit Andreas beginnen.

Andreas bemüht sich, es mir leicht zu machen. Er hat einen romantischen Plan ausgetüftelt und will sich mit mir in Singapur treffen. Auf dem Dach des Flughafens, im Sunflower Garden. Von dort aus machen wir uns gemeinsam auf die Reise. »Wir beginnen unser gemeinsames Leben mit einer Hochzeitsreise, Johanna«, hatte Andreas geschrieben. »Der Alltag kann warten.«

Noch drei Wochen! Ich drehe mich in meinem schmalen Bett hin und her. »Auf Wiedersehen, Europa!«, murmele ich kurz vorm Einschlafen.

Die Insel der Götter

Bali, August 2009

Unser großer Vogel war so flach über dem Meeresspiegel dahingeschwebt, dass wir glaubten, gleich auf die Wellen zu klatschen. Die Insel der Götter begrüßt uns mit einem heftigen Wolkenbruch. Aber trotzdem verspüre ich auch dieses Mal den überirdischen Zauber, der von diesem Eiland ausgeht. Die Luft ist kühl, durchmischt mit undefinierbaren exotischen Düften, die ich tief in mich einsauge. Meine Müdigkeit ist schlagartig verschwunden. Als ich den Fuß auf den Boden meiner neuen Heimat setze, kommen mir fast die Tränen. Die kommenden drei Urlaubswochen werde ich noch ganz die Alte sein: Johanna Mertz, Ehefrau von Ulrich Mertz, Mutter von vier Kindern, Großmutter von sechs Enkeln. Und dann …

Ich kann es gar nicht erwarten, endlich in den Leihwagen zu steigen und den Tumult des Flughafens hinter mir zu lassen. Andreas hat sich vorsichtshalber auf eine Geschäftsreise nach Australien begeben. Die Möglichkeit, ihm überall begegnen zu können, hätte mir die letzten Tage mit meiner Familie zum Albtraum gemacht.

Im Moment ist der Albtraum sehr irdisch: Rings um die Hauptstadt Denpasar herrscht ein Wahnsinnsverkehr. Wir fahren in Kolonne, drei Geländewagen hintereinander: an der Spitze Michael, gefolgt von Rudolf, dann

Ulrich, Ingo und ich. Ulrich flucht ohne Unterlass, weil er links fahren muss und ständig den Anschluss verliert. Die Mofas und Fahrräder, die zu Dutzenden um uns herumschwirren, machen die Sache nicht leichter. Bremsen kreischen, wild hupende Fahrer wechseln von einer Spur auf die andere. Das reinste Chaos!

»So ein Schwachsinn, warum habe ich mich auf so was eingelassen?« Ulrich kann sich gar nicht beruhigen. »Mannomann, so was mach ich nie wieder! Beim nächsten Mal läuft die Sache anders. Da nehme ich das Organisatorische in die Hand.«

Das kannst du machen, denke ich im Stillen und male mir aus, wie seine und meine Urlaube in Zukunft aussehen werden. Jetzt irgendetwas zu antworten wäre sowieso lebensgefährlich. Ingo, der auf der Rückbank sitzt, legt seinem Vater beruhigend die Hand auf die Schulter.

»Nimm deine Finger weg«, zischt Ulrich. »Das kann ich gerade noch gebrauchen!« Ingo schweigt und rührt sich nicht mehr.

Irgendwann verlassen wir die Autobahn und fahren auf einer schmalen Landstraße weiter. Kleine Dörfer und leuchtend grüne Reisfelder, auf denen Menschen und Wasserbüffel arbeiten, ziehen an uns vorbei. In der Ferne erheben sich die Berge. Wir schalten die Klimaanlage aus, kurbeln die Fenster herunter und lassen die feuchtwarme und nach Früchten duftende Luft herein.

»Das ist Bali«, seufzt Ulrich erleichtert, »jetzt bin ich angekommen.«

Wir wohnen in der Nähe von Ubud, in einem kleinen Ferienresort, in dem Ulrich und ich schon einmal Urlaub gemacht haben. Unser Dorf heißt Nyuh Kuning, was »Gelbe Kokosnuss« bedeutet, und verdankt seinen skurrilen Namen den vielen Kokospalmen, die die Straße säumen. Durch den Affenwald von Ubud getrennt, liegt es eingebettet zwischen Reisfeldern und Palmenhainen. Die Fahrt über die Kokosnussstraße ist holprig, wir rattern durch ein Schlagloch nach dem anderen, finden aber unser Cottage Garden View schnell wieder.

»Selamat datang!«

Mr Jani, der dickbäuchige Chef, und seine sechsköpfige Mannschaft heißen uns wie alte Freunde willkommen. Mit zusammengefalteten Händen verbeugen sie sich vor uns, lachen fröhlich und bestaunen unsere Großfamilie. Alle Mädchen und Boys sind gleich gekleidet, sie tragen braun gemusterte Arbeitssarongs und darüber weiße T-Shirts. Lediglich die Frisuren unterscheiden sie. Die Mädchen haben ihre tiefschwarzen Haare zu einem Knoten zusammengebunden, die Boys ihr ölglänzendes und ziemlich langes Haar straff nach hinten gebürstet.

Auf einer grünen Wiese, versteckt hinter einer von Tropenpflanzen überwucherten Mauer, stehen unsere Reetdachhäuschen. Sie sind im typischen balinesischen Stil erbaut und mit äußerst dekorativen Schnitz- und Steinmetzarbeiten geschmückt. Jede Familie bezieht ein Haus, nur Ingo muss alleine in einem Zimmer im Haupthaus schlafen.

In majestätischer Ruhe begrüßen uns die steinernen Götter des Gartens. Einer der Boys öffnet uns die bunt bemalte Holztür zu Ulrikes und Rudolfs Haus. Staunend bewundern unsere Kinder das riesige Bett mit einem Himmel aus zarten Tüllwolken. Ein Stockwerk höher erleben wir das gleiche Schlafzimmerwunder.

»Hier schlaf ich«, brüllen die Zwillinge gleichzeitig und werfen sich mit Schwung auf die Matratze.

Ich muss lachen, als auch Moritz und Klara anfangen zu streiten.

Ulrich und ich lassen uns erschöpft in die gemütlichen Bambussessel auf der Terrasse unseres Hauses fallen. Die Boys schleppen unsere Koffer nach oben und bringen uns anschließend ein Tablett mit eisgekühltem Fruchtsaft. Wir stoßen auf unseren gemeinsamen Urlaub an und können nicht anders, als die Götter zu preisen, die so viel Schönheit erschaffen haben.

Ich bin schlapp, halb verdurstet und in seltsamer Verfassung. In mir brodelt eine Mischung aus Müdigkeit, Überdrehtheit und zaghaftem Glück. Ich komme mir vor wie im Kino, als würde ich das satte Grün, den azurblauen Himmel und die zwitschernden Vögel nur auf der Leinwand erleben. Weiße Reiher gesellen sich zu den gurrenden Tauben und lassen sich an einem der Wassergräben nieder. Eine fremde, zauberhafte Welt.

Mit der paradiesischen Ruhe ist es schnell vorbei. Die Kinder sind nicht zu halten. Sie reißen sich die verschwitzten Kleider vom Leib und springen kreischend in den tiefblauen Pool. Aus dem Wasserspeier schießt das Wasser hervor wie aus dem Maul eines brüllenden Tigers. Zum Glück sind wir die einzigen Gäste.

Willkommen auf Bali! Willkommen zu Hause!

Am Abend sitzen wir alle gemütlich zusammen auf der Terrasse und freuen uns auf drei lange Wochen Urlaub. Die Kinderbagage ist verschwunden. Michaels Hand liegt auf Angelas Knie, Ulrike und Rudolf sitzen eng aneinandergekuschelt.

»Wisst ihr eigentlich, dass wir eine Überraschung für euch haben?«, verkündet Michael plötzlich. »Wir hatten so gar keine Ahnung, was wir euch zur goldenen Hochzeit schenken sollten, weil ihr ja schon alles habt.« Er grinst. »Deshalb haben wir uns was Besonderes einfallen lassen. Darauf kommt ihr nie!«

»Oh, erzähl«, sage ich neugierig.

»Na, ratet mal!«

»Wir steigen auf den Gunung Agung«, schlägt Ulrich vor.

»Papa, das ist doch keine Überraschung, das ist Anstrengung«, sagt Ulrike.

»Wir schwimmen zur nächsten Insel«, werfe ich ein.

»Das kommt der Sache schon näher, du kleiner Schlauberger«, witzelt Michael.

»Also, nun sagt schon«, fordert Ulrich, der offenbar Spaß an diesem Versteckspiel hat.

»Wir haben uns wirklich den Kopf zerbrochen«, sagt Rudolf. »Es sollte ja etwas Besonderes sein und deshalb ...«

»Fahren wir mit euch auf die Hochzeitsinsel Lembongan«, vollendet Ulrike den Satz.

»Noch nie gehört«, sage ich überrascht. »Und warum heißt sie Hochzeitsinsel?«

»Weil wir sie für euch zur goldenen Hochzeit gekauft haben«, sagt mein Sohn und fängt lauthals an zu lachen. »Haha, Mama! Jetzt bist du platt, was?«

»Jetzt erzählt doch mal«, sagt Ulrich ungeduldig.

»Sie heißt Hochzeitsinsel, weil dort verliebte Paare heiraten. Es gibt keine Autos, keine Straßen, nur Häuschen für Verliebte. Ist das nicht eine tolle Überraschung?«

»Ja«, antworte ich etwas beunruhigt bei dem Gedanken. »Wie seid ihr nur auf so was gekommen?«

»Wir haben die Insel nicht nur für euch ausgesucht, sondern auch für uns. Wir können dort tauchen und schnorcheln und Motorrad fahren.«

Es ist dunkel geworden. Eine Lampe an der Hauswand verströmt ein bläuliches Licht, das gleichzeitig als Insektenkiller dient – zischend verglüht dort ein Insekt nach dem anderen.

»Wann fahren wir denn auf die Insel?«, will Ulrich wissen. »Hoffentlich nicht gleich morgen. Ich bin noch fix und fertig von dem langen Flug.«

»Nein, wir wollen uns alle erst mal ein paar Tage erholen. Und wir haben ja genügend Zeit«, antwortet Rudolf. »Das Schnellboot geht jeden Tag drei- oder viermal. Du kannst also morgen in Ruhe ausschlafen.«

»Wunderbar, dann gehe ich jetzt ins Bett.« Ulrich verbeugt sich langsam von rechts nach links, dreht sich um und verschwindet im Dunkeln.

»Der Papa«, sagt Ulrike und gähnt. »Aber mir geht es nicht anders. Also bis morgen, ihr Lieben.«

Ich selbst bin zu müde, um einschlafen zu können. Trotz des wirbelnden Ventilators an der Decke ist mein Körper von einem Schweißfilm bedeckt. Vermischt mit dem Hautöl fühlt er sich an wie eine saftige Frucht. Auf meinem Nachttisch steht ein Fläschchen mit Brem, den die Balinesen aus Reis herstellen. Ich nehme einen tiefen Schluck von dem hochprozentigen Gesöff und zwei Milligramm Noctamid aus Ulrichs Beständen. In mein Badetuch gewickelt lege ich mich aufs Bett, aber die Wirkung meines Schlafcocktails fällt anders aus als erwartet. Mein Gehirn läuft plötzlich auf Hochtouren, immer mehr Gedanken rollen auf mich zu wie schwere Brecher in einer aufgewühlten See. Mal tanze ich wie federleichter Kork ganz oben, mal werde ich mit voller Wucht ins Bodenlose gerissen. Jetzt einzuschlafen wäre so ähnlich, wie ertrinken zu müssen. Wie hypnotisiert starre ich durch den dünnen Betthimmel auf den Ventilator an der Decke. Irgendwo im Zimmer fiept ein Gecko: »Tokeee, tokeeee.«

Meine Gedanken verlieren an Tempo, als wäre das

»Tokee« ein Ruf in eine andere Bewusstseinsebene gewesen. In meinem benebelten Gehirn scheint plötzlich alles ganz klar. In dem Dickicht aus Trunkenheit und Müdigkeit manifestiert sich die Gewissheit, dass mein seit drei Jahren andauernder Liebeswahn erst dann Wirklichkeit werden kann, wenn es mir gelingen sollte, diesen überirdischen Mann in einen irdischen zu transformieren. Erst wenn ich alles loslasse, werde ich die wirkliche Freiheit gewinnen. Und im selben Moment weiß ich, wie sehr ich leiden werde: an den Erinnerungen, den Gefühlen, dem Verlust, der Entfernung von meinen Kindern, meinen Freunden …

Kann ich wirklich alles loslassen? Für einen Augenblick überkommt mich die Scham über meine Naivität. Meine idyllischen Träume werden sich womöglich blitzschnell in Schäume verwandeln. Ich bin mir bei all den erotischen Briefen so verrucht vorgekommen, dass ich nicht einmal weiß, ob ich wirklich in Andreas verliebt bin oder nur in der Rolle der Verliebten aufgehe. Außerdem kann ich wohl schwerlich davon ausgehen, dass mein Angebeteter, umgeben von den schönsten Frauen der Welt, in den letzten drei Jahren auf Bali wie ein Bettelmönch gelebt hat. Mein Freiheitsgefühl stößt plötzlich an seine Grenzen.

Mein Bett ist heiß, mein Körper glüht, und ich muss dringend aufs Klo. Aber dazu muss ich die steile Holztreppe nach unten steigen und Ulrichs Schlafzimmer durchqueren. Die Dielen knarzen bei jedem Schritt. Als ich die Badezimmertür öffne, werde ich geblendet vom kalten Mondlicht. Die Fliesen und die Natursteinmauer glänzen silbrig, in ihre Rundung schmiegt sich ein kleiner Pool, in dem das Wasser schwarz glitzert, so dass ich Lust bekomme hineinzusteigen. Ein schwerer, süßlicher Blumenduft schwängert die Luft und macht mich benommen. Im lauwarmen Wasser kann ich mich endlich entspannen.

Als ich aus dem Bad komme, höre ich Ulrichs Flüstern.

»Johanna …« Und dann noch einmal: »Johanna!«

Ich bleibe stocksteif stehen und warte. Meine Freiheit versteckt sich gerade in der Dunkelheit und lässt mich im Stich. Mit ausgestreckten Armen taste ich mich durchs Zimmer, ich suche im Tüll des Moskitonetzes nach dem Eingang, als Ulrichs Hände schon nach mir greifen und mich aufs Bett ziehen, auf seinen nackten, schweißnassen Körper.

Ulrich liebt es, wenn wir uns vom Kopf bis zu den Füßen berühren, meine Haare über ihn fallen, mein Mund seine Lippen berührt, er mit seinen Zähnen daran knabbern kann. In diesem Moment habe ich nichts von alldem hinter mir gelassen. Es ist ein Augenblick der Hingabe, der ungebremsten Lust … Doch Augenblicke sind Augenblicke, sie versprechen gar nichts, sie sind flüchtig, lassen sich nicht einfangen.

Als Ulrich wieder einschläft, lausche ich eine Weile seinem ruhiger werdenden Atem. Dann löse ich mich aus seiner Umarmung und klettere aus dem Bett. Ich achte darauf, keinem Moskito die Chance zu geben, sich blutrünstig auf seinen nackten Leib zu stürzen, und gehe für einen Moment an die frische Luft.

Die Nacht ist nicht still. Sie lebt und ist voller Tiere, die in den schillerndsten Tonarten beweisen wollen, wie schön das Leben ist. Das dumpfe Quaken der Ochsenfrösche vermischt sich mit dem Zirpen der Grillen und dem Sägen der Zikaden. In an- und abschwellenden Tönen stimmen auch die Fledermäuse ein. Gebannt lausche ich dieser kleinen Symphonie. Ich habe keine Angst mehr.

Das Eiland der Verliebten

Lembongan, August 2009

In der vierten Nacht schlafe ich tief und traumlos. Am frühen Morgen weckt mich ein kühler Luftzug. Ich spüre ein leichtes Frösteln und zugleich ein zartes Bächlein Glück, das durch meinen Leib fließt, sich in meinen Gliedern breitmacht und in meinem Kopf. Ich fühle mich so belebt, dass ich gleich aufstehe. Das Laken fest um meinen Körper gewickelt, lasse ich mich auf dem kleinen Balkon nieder und sehe fast andächtig dem Sonnenaufgang zu. Das Grau der Nacht verwandelt sich in violette Schatten, dann in ein dunkles Rosa, und schließlich taucht über dem Horizont die Sonne auf wie eine fette Orange. Das Wasser in den Reisfeldern glitzert wie flüssiges Blei, die hellgrünen Reisrispen schwanken sanft in der Morgenbrise.

Die Boys kehren mit ihren Bambusbesen fast lautlos die über Nacht gefallenen Blätter von der Wiese. Die Mädchen bringen kleine Körbe mit Reis und Hortensienblüten für die Steingötter neben unserer Haustür. Gierig sauge ich den Duft der Räucherstäbchen ein, die sie neben dem kleinen Altar entzünden. Heute fahren wir auf die Hochzeitsinsel, nach Lembongan.

Um acht Uhr sitzen alle am Frühstückstisch: drei aufgeregte Kleinkinder, zwei übernächtigte Teenager, ein schweigsamer Ingo, eine schon wieder schwitzende Ulrike, ein schlecht gelaunter Rudolf, eine sehr stille Angela, ein ernster Michael und ein mürrischer Ulrich. Klara hat eigene Pläne und kommt nicht mit. Sie schläft noch.

Die Fahrt zum Hafen in Sanur dauert über eine Stunde. Der Verkehr ist gnadenlos dicht, und an einer Ampel stoppt uns obendrein die Polizei, um unsere Führerscheine zu kontrollieren. Die Tickets für die Überfahrt sind nicht gerade billig, aber da wir so viele sind, haben wir eins der Schnellboote ganz für uns. Anfangs wundern wir uns über die tief liegenden Sessel, begreifen aber schnell, wofür das gut ist. Schon beim Start presst uns die PS-Gewalt in unsere Sitze, der Bug hebt sich aus dem Wasser, und das Boot schießt dahin wie eine Rakete. Jede einzelne Welle bekommen wir durch einen heftigen Stoß zu spüren, besonders auf den hinteren Plätzen. Unter die Begeisterungsrufe mischen sich immer mehr Töne, die Schmerzen ausdrücken. Michael und ich kriechen nach vorn und stellen uns an eine Haltestange geklammert hinter den Kapitän. Stehend lassen sich die Stöße leichter ausgleichen.

»Das kann ich nicht lange aushalten«, stöhnt Michael. »Das Gestampfe bricht einem ja das Kreuz.«

Von der Seite sehe ich sein schmerzverzerrtes Gesicht, finde sein Gejammere aber dennoch übertrieben.

Das Boot rast mit siebzig Stundenkilometern dahin. Rechts und links der Sitzreihen flattern Reste von Plastikvorhängen herum. Sie sind, wie so vieles in Indonesien, in marodem Zustand. Immer wieder schwappt Wasser ins Boot, durchnässt uns bis auf die Haut.

Eine Stunde später können wir den Fuß endlich wieder auf festen Boden setzen. Michael zieht einen Lageplan aus der Tasche und stellt fest, dass wir zu unserem Haus einen guten Kilometer laufen müssen. Durchgefroren und klatschnass machen wir uns auf den Weg. Doch nur eine Hälfte unserer Gruppe kommt mit. Rudolf ist mit Ulrike und den Mädchen in einer anderen Ecke der Insel untergebracht, zu der die Gäste mit Kutschen transportiert werden. Freudestrahlend besteigen sie eines der Gefährte und sind im nächsten Moment fröhlich winkend verschwunden. Ulrich und ich stapfen fluchend hinter den anderen her.

»Ihr macht es aber kompliziert«, meckere ich. »Warum wohnen wir denn nicht alle zusammen?«

»Weil alles total ausgebucht war«, antwortet Michael. »Wir haben genommen, was wir kriegen konnten.«

»Na, dann bin ich aber gespannt«, sagt Ulrich skeptisch.

Auf dem Weg zum Hotel gibt es keinen Baum und keinen Strauch. Wir laufen barfuß durch den Sand, über Muscheln, Steine und viel Tang hinweg. Das Frösteln vergeht uns bald, unsere Kleider sind immer noch nass, kleben uns am Leib, doch diesmal durchtränkt von heißem Schweiß. Das letzte Stück Weg führt bergauf auf einen Hang, wo unsere Hochzeitshütten liegen. Auf einem schmalen steinernen Pfad klettern wir durch ein Blumenmeer hindurch nach oben.

Die Häuschen sind bezaubernd – kein anderes Wort würde dazu passen. Der Weg hierher hat sich voll und ganz gelohnt. Der Blick von der Terrasse aus ist malerisch. Hinter dem azurblauen Wasser des Pools leuchtet die Insellandschaft in ihrer grünen Pracht wie eine Filmkulisse.

Die Palmen wiegen sich im Wind, und eine Hütte neben der anderen schmiegt sich an das Ufer der blauen

Lagune. Hier ist vielleicht was los. Es wimmelt nur so von jungen Menschen, den Brautpaaren vermutlich.

Michael hatte recht. Das Resort ist wirklich traumhaft, ein richtiger Garten Eden, ein kleines Paradies für Frischvermählte. Zu sanfter indonesischer Musik schlendern die Paare unter den Schatten spendenden Bäumen umher oder ruhen unter Palmen, auf dem Rasen zeigen sich weiße Reiher, in den Fischteichen tummeln sich Kois und andere Zierfische. Und die Balinesinnen sind wunderschön: zierliche Frauen mit leuchtenden dunklen Samtaugen, sinnlichen Lippen und einer weißen Frangipaniblüte in den pechschwarzen Haaren. In ihren handgewebten Sarongs sehen sie aus wie kleine Feen. Einzig ihre Füße bilden einen seltsamen Kontrast. Auch wenn die Bekleidung ein Vermögen gekostet hat, geben sie fürs Schuhwerk nichts aus. In Indonesien trägt man Flip-Flops, egal zu welchem Anlass.

Wir nehmen eine hölzerne Plattform in Beschlag, die auf Stelzen direkt am Meer steht. Die Erwachsenen machen es sich in Liegestühlen bequem, die Kinder setzen sich mit untergeschlagenen Beinen auf die Sitzkissen am Boden. Sie sind übermütig, lachen ununterbrochen und essen wie die Scheunendrescher Cap Cay, Bami Goreng und Nasi Goreng. Wir Großen fühlen uns wie die Römer, denen das Essen quasi ans Bett gebracht wird. Fehlt nur noch, dass man uns füttert.

Ulrike geht mit den Zwillingen an den Strand. Sogar aus zweihundert Metern Entfernung hören wir ihr begeistertes Kreischen. Zu Hause läuft normalerweise der Fernseher, im Auto das Radio, auf den Straßen sticht uns jeden Augenblick eine Reklame ins Auge, das Telefon bimmelt, die Waschmaschine rumpelt. Einem längeren Gedankengang zu folgen ist nahezu unmöglich, deswegen sind die Gedanken kurz. Aber hier gibt es keinerlei Reize, die den Geist in Unruhe versetzen.

Ich lasse mich treiben, als würde ich auf dem Rücken eines großen Vogels dahinschweben. Ich fühle mich so leicht wie noch nie.

In den Tropen ist die Dämmerung kurz. Der Tag geht mit der Sonne unter, die Nacht steigt mit dem Mond auf. Eine leichte Brise lässt uns die Hitze des Tages vergessen, und ein riesiger Pinsel malt die kitschigsten Farben an den Horizont: leuchtendes Rot, warmes Orange und dunkles Violett auf türkisfarbenem Grund. Der halbe Mond schwimmt darin wie ein Boot. Man könnte glatt erwarten, dass er in Flammen aufgeht.

Die Zwillinge haben sich ausgetobt und liegen eingerollt auf den Holzplanken, Josephine kuschelt sich in die Arme ihres Vaters. Die Großen sind in der Hotelbar beim Karaoke. Ulrich steht unbeweglich an das Geländer der Plattform gelehnt. Ich geselle mich zu ihm und lausche dem leisen Plätschern der Wellen zu unseren Füßen. Am Himmel erwachen die Sterne.

Ich betrachte Ulrichs scharf konturiertes Profil. Woran er wohl denkt? Ob er auch hin und wieder diesen Hauch von Glück spürt?

Ganz plötzlich finde ich mich in seinen Armen wieder. Er nimmt meinen Kopf in seine Hände und drückt gierig seine Lippen auf meinen Mund. Ein kurzer Rausch, dann stehen wir wieder einsam nebeneinander. Meine Gedanken wirbeln zurück in die Vergangenheit.

»Arme Johanna«, hatte meine Mutter gesagt, als sie, ohne anzuklopfen, in mein Zimmer kam und Ulrich und mich in einer leidenschaftlichen Umarmung antraf. Betroffen wankte sie wieder davon.

Warum sollte ich eine arme Johanna sein? Was hatte sie dagegen, dass ich gerade meinen Körper entdeckte und überwältigende Gefühle erlebte, die mir bis dahin völlig unbekannt waren? Zum ersten Mal in meinem Leben empfand ich Leidenschaft, Aufbruchsstimmung und unendliche Lust auf das Leben. Warum also tat ich ihr leid?

Vielleicht hat sie in einem prophetischen Moment die Person gesehen, die ich heute bin. Eine alte Frau, deren halb verdorrtes Herz sich immer noch nach Liebe und Leidenschaft sehnt. Denn dieses Sehnen wird nie verlöschen, es ist wie eine Krankheit, die unabänderlich an mir klebt. Ich werde auf meiner Suche die ausgetretenen Pfade verlassen und neue Wege erforschen. Noch bin ich nicht zu alt dazu.

Lautlos huschen die Kellner an uns vorbei, bringen Getränke und Papierlaternen. Ihr Licht beleuchtet die Gesichter meiner Kinder. Ingo schläft tief und schnarcht leise. Michael scheint ebenfalls zu schlafen, sieht aber dennoch angespannt aus. Liegt das daran, dass Angela zu nah an ihn herangerückt ist und seine Hand streichelt?

Bei Ulrike und Rudolf ist es genau umgekehrt. Hier ist es Rudolf, der Kontakt sucht, dessen Hand sanft über Ulrikes Körper wandert, streichelnd hier und da innehält. Ulrike nimmt es kaum wahr.

Meine Gedanken bewegen sich langsam von einem Kind zum nächsten, wie eine leichte Dünung. Wir denken ohne Unterlass, auch wenn wir glauben gedankenlos zu sein. Und gar zu gerne würde ich jetzt wissen, was jeder der anderen denkt.

Erst als der Mond untergegangen ist, die Grillen laut zu zirpen beginnen, gehen wir in unsere Hütte. Drinnen ist es heiß und stickig, und der Ventilator scheint es noch schlimmer zu machen. Ulrich liegt neben mir in dem riesigen Himmelbett und sägt sämtliche Urwaldriesen ab, die uns unterwegs begegnet sind. Irgendwann stehe ich auf und lege mich mit den Kissen von der Terrasse auf den Steinboden und schlafe endlich ein.

Am nächsten Morgen weckt mich Ulrich mit einem sanften Stupser. »Habe ich dich heute Nacht gestört, weil du da unten liegst?«, fragt er verlegen.

Ich schüttele den Kopf und ziehe ihn zu mir herunter. Doch mein Notlager ist ihm zu unbequem, er steht gleich wieder auf und streckt sich. Sein muskulöser Körper ist auch mit Mitte siebzig noch schön. Er geht ohne Badesachen in den Pool. Ich höre ihn planschen und vor Vergnügen grunzen.

Wir frühstücken in einer Hütte mit Palmendach direkt am Meer. Zwei Stunden halten wir es im Schatten aus, dann machen sich alle selbstständig. Moritz und Clemens wollen eine Rundfahrt um die Insel machen, Angela mietet sich ein Pferd, mit dem sie durch den Sand reiten will. Michael zieht einen Liegestuhl am Meer vor, und Ulrich und ich wandern stundenlang an der Küste entlang.

Neben ihrer prächtigen Mutter Bali wirkt diese Insel wie ein vernachlässigtes Kind. Eine Schönheit ist sie nicht, aber frisch vermählte Paare haben ja ohnehin nur Augen für sich selbst. Wir kommen an ärmlichen Hütten vorbei, sehen den Männern zu, die bis zu den Hüften im Wasser stehen und Algen sammeln. Wir hatten angenommen, dass die Küste von Algen »verseucht« wäre, aber da sie die Lebensgrundlage für die einheimische Bevölkerung sind, werden sie angebaut wie Getreide auf dem Land. Die Kosmetikindustrie fabriziert daraus teure Cremes für verwöhnte Frauen wie mich.

Am Nachmittag stehen wir mit vielen Frisch- und Langvermählten Schlange am Hafen. Der Hochzeitstag ist vorüber, die Jungen strahlen vor Glück, die Alten sehen eher verschlossen aus. Es ist Ebbe, die Boote haben weit vom Strand entfernt ihre Anker geworfen. Das Gepäck über dem Kopf, schlittern wir barfuß über die glitschigen Steine. Die Jungs sind längst beim Boot und lachen sich halb tot über unseren unsicheren Gang. Rudolf hat Josephine huckepack genommen, Angela hat sich Silvana auf die Hüfte gehievt, und ich schleppe, ständig mit dem Gleichgewicht kämpfend, Laura zum Boot.

»Warum lässt du deine alte Mutter so viel schleppen?«, fauche ich Michael an. »Du bist doch viel kräftiger als ich.«

»Tut mir leid, Mama. Ich habe einen gewaltigen Hexenschuss und bin froh, wenn ich den Weg alleine schaffe.«

Tatsächlich muss er heftige Schmerzen haben, denn er geht ganz gekrümmt. Und Ulrich scheint für all das taub und blind zu sein.

Geheimnisse

Bali, August 2009

Auch im Garden View schlafe ich nicht viel besser als auf der Hochzeitsinsel, sondern geistere durch meine Träume. Sie sind wie ein zweites Leben. Ich liebe diese Träume, weil sie spannender sind als mein Alltag. Dort gibt es kaum Hürden und Hindernisse und auch keine Bewusstseinsgrenzen. Tagsüber bin ich ein Wesen mit eingezogenen Fühlern, nachts eine Fantastin. Mein auf Hochtouren laufendes Unterbewusstsein entwirft eine Seite von mir, die mich beunruhigt, verstört und fasziniert. Manche Träume will ich sofort vergessen, andere will ich weiterträumen.

Der Traum dieser Nacht gehört nicht zu denen, die ich weiterträumen will. Ich bin umringt von lauter Menschen, die mir völlig fremd sind. Sie kreisen mich ein, kommen näher und näher, bis ich aus meinem Bett hochfahre und angstvoll in das Dunkel starre. Aber da ist niemand. Ich lege meinen Kopf in beide Hände und lausche in die Stille der Nacht.

Als sich das erste Licht der Dämmerung ins Zimmer schleicht, ziehe ich meinen Bikini an und steige im Morgenmantel leise die Treppe hinunter. Der Tumult der Nachttiere ist verstummt, die kurze Spanne zwischen Nacht und Sonnenaufgang ist geräuschlos. Erst ganz allmählich beginnen die Vögel ihr Morgenkonzert. Barfuß tapse ich durchs feuchte Gras. Es fühlt sich an wie Samt. Die tief liegenden Strahlen der aufgehenden Sonne streifen über die Wiese und entzünden ringsum ein märchenhaftes Glitzern und Glänzen. Tausende kleine Wassertropfen verwandeln sich in schimmernde Edelsteine. Ein Diamantenhändler hätte seine wahre Freude daran gehabt. Ach, Andreas … Ich muss mich unbedingt mit ihm in Verbindung setzen.

Der Pool liegt noch im Schatten einer Jakaranda. Ein paar heruntergefallene Blüten treiben träge auf der Wasseroberfläche, der Wasser speiende Tiger schläft noch. Ich setze mich auf die unterste Stufe des Pools und lasse mir eine ganze Weile das lauwarme Wasser um den Körper spülen. Dann tauche ich unter und schwimme auf das offene Tigermaul zu.

Die Sonne steigt langsam höher und verwandelt das dunkle Blau des Wassers in einen irrlichternden Smaragd. Ich schließe die Augen vor so viel Glanz. Als ich sie kurz vor dem Tiger wieder öffne, bleibt mir vor Entsetzen die Luft weg. Meine Arme sind wie gelähmt, und ich sacke einfach ab. Als ich schnaubend wieder hochkomme, hat sich nichts geändert. Von dort aus blicken mich tatsächlich vier Augen an. Die des steinernen Tigers und die einer sehr lebendigen Schlange, die sich Zentimeter für Zentimeter nach vorn schiebt. Das da ist kein harmloses kleines Reptil. Die Schlange ist dick und nach allem, was ich sehen kann, bestimmt einen Meter lang. Während ich vor Angst ganz starr bin, bleibt das Tier völlig unbeeindruckt. Sie rollt sich mit ruhiger Selbstverständlichkeit auf der Platte neben dem Tiger zusammen. Sie ist hier zu Hause. Ich bin der Störenfried, nicht umgekehrt. Ich verhalte mich möglichst ruhig und sehe sie mir an. Ihre glitzernden Augen sehen bösartig aus, aber das ist bei Schlangen nun mal naturgegeben. Sie können uns schlecht ein freundliches Lächeln schenken. Hoffentlich ist es keine Wasserschlange, denke ich, aber sie macht keine Anstalten, zu mir in den Pool zu kommen. Sie senkt den Kopf und streckt sich genussvoll in der Sonne aus. Vorsichtig schwimme ich zurück zum Beckenrand. Bei dem Gedanken daran, was passiert wäre, wenn ich meine Hand mit geschlossenen Augen in das Maul des Tigers gelegt hätte, werden mir noch einmal die Knie weich.

Sollte ich einen der Boys bitten, sie zu entfernen? Aber die Kinder würden sie sicher sehen wollen, eine richtige Giftschlange sieht man schließlich sonst nur im Terrarium.

Ich ziehe mir etwas über, schnappe mir meinen Computer und gehe barfuß hinüber zum Haupthaus. Die Halle ist noch verwaist. Doch obwohl ich kaum ein Geräusch mache, taucht plötzlich der Kopf von einem der Boys hinter der Rezeption auf. Er sieht noch ein bisschen verschlafen aus, begrüßt mich aber dennoch fröhlich: *»Selamat pagi ibu. Apa kabar?«* – Guten Morgen, Mutter. Wie geht es Ihnen?

Ich muss lächeln. »Danke, gut!«, antworte ich auf Indonesisch. Es ist mehr als vierzig Jahre her, dass wir in Java gewohnt haben, aber ein paar Worte sind mir geblieben. Gerade so viel, dass ich eine simple Unterhaltung führen kann. Aber je länger ich hier bin, desto leichter wird mir das fallen.

»Mau café?«, fragt er.

Oh ja!

Lächelnd weist er mir den Weg zur Terrasse. Über zwei Säulen wölbt sich ein riesiges Bambusdach. In die Wände sind Reliefs eingelassen, deren dunkles Gestein

Landschaften, Menschen und Götter in einer unglaublichen Vielfalt zeigt. Etwas Vergleichbares habe ich bisher nur in den Gärten des Alcázar oder der Alhambra in Granada gesehen. Die Tische schmücken farbige Batikdecken und frische Blumen. Auch hier bekommen die Götter jeden Tag eine Frangipani- oder Hibiskusblüte hinters Ohr gesteckt.

Ich bin froh, allein hier zu sein und endlich in Ruhe meine E-Mails checken zu können, ohne dass ich Angst haben muss, dass Ulrich mir über die Schulter schaut. Wir sind schon fast eine Woche hier, und ich habe mich noch nicht bei Andreas gemeldet. Er müsste in den nächsten Tagen von seiner Geschäftsreise zurückkommen und hat mir sicher schon geschrieben.

Mit jeder Stunde rückt der Neuanfang näher und damit auch der Abschied von meiner Familie. Ingo muss schon in ein paar Tagen zurück auf seine Baustelle, obwohl er die Erholung nötiger hat als alle anderen. Auch Angela und Clemens werden eher abreisen. Angela muss zu Hause eine Kollegin vertreten, und Clemens hat noch andere Urlaubspläne.

Ich fahre den Laptop hoch und warte ungeduldig darauf, dass sich das Mailprogramm öffnet. So kurz vor dem Ziel wächst meine Unruhe mit jedem Tag. Ich habe Angst, dass im letzten Augenblick etwas schieflaufen könnte. Die zwei Nachrichten von Andreas klingen nicht weniger beunruhigt. Er ist bereits zurück auf Bali. Seit gestern.

Nur noch wenige Tage trennen uns, mein Schatz! Ich bin fast wahnsinnig vor Aufregung. Unsere Träume werden wahr. Sei bitte vorsichtig! Ich kann mir gut vorstellen, dass Dich Gewissensbisse plagen, Dich in Unent-

schlossenheit werfen – aber lass ja nichts mehr dazwischenkommen. Ich brauche Dich!
Ich habe es nicht ausgehalten, länger auf Reisen zu sein, während Du hier bist. Aber keine Angst, ich werde Dir nicht »nachstellen«. Außerdem fahrt ihr ja ohnehin bald in den Norden zum Tauchen. Ich will nur einfach etwas mehr in Deiner Nähe auf den Tag unseres Wiedersehens warten. Das beruhigt mich und macht mich glücklich – allein der Gedanke, Dich in wenigen Tagen in den Armen zu halten ... Ach, Johanna!
Übrigens noch ein kleiner Vorschlag für Dein Gepäck: Wenn Du am Flughafen eincheckst, geht Dein Koffer auf direktem Weg zurück nach Paris. Das heißt, Du würdest in Singapur mit leeren Händen dastehen, und all die Dinge, die Dir am Herzen liegen, wären verloren. Also kauf Dir eine Reisetasche, mach sie so voll wie möglich und bringe sie nach Ubud ins Café Wayan. Das kennst Du doch, oder? Die Besitzerin ist eine gute Freundin von mir. Sie wird Deine Tasche entgegennehmen und an mich weitergeben.

An das Problem mit dem Gepäck habe ich auch schon gedacht. In meinem Schrank liegt eine fertig gepackte Tasche. Aber bisher habe ich konsequent vermieden, jemanden in meine Pläne einzuweihen. Geschweige denn Ulrich darauf vorzubereiten, dass ich nicht mehr mit ihm zurückreisen werde. Wie soll ich die Tasche also ungesehen ins Café Wayan kriegen?

Rudolf gesellt sich zu mir, ebenfalls mit seinem Laptop unterm Arm. Auch er genießt ganz offensichtlich die erste friedliche Stunde des Tages ohne Kindergeschrei und die missbilligenden Blicke seiner Frau, wenn sie ihn vor dem Gerät sitzen sieht. Wenig später kommt Michael, und wir bilden eine kleine frühmorgendliche Laptop-Gemeinde. Die entspannte Atmosphäre ändert sich, als Angela und Ulrike auftauchen.

»Heute ist Ruhetag, habt ihr das vergessen?«, nörgelt Ulrike. »Es wäre doch nett, wenn ihr mal einen Vorschlag machen würdet, was wir heute unternehmen.«

»Du sagst es«, witzelt Rudolf zurück, »wir haben heute Ruhetag. Ihr könnt machen, was ihr wollt.«

Angela greift den Vorschlag begeistert auf. »Ulrike, dann können wir heute mal ganz ungestört shoppen. Wir könnten zusammen auf den Markt gehen und dann gleich Eintrittskarten für den Affentanz im Palast kaufen.«

»Also ich habe vor, zur Massage zu gehen«, sagt Michael. »Mein Kreuz macht mir ziemlich zu schaffen. Mama, hast du irgendwelche Schmerzmittel dabei?«

»Immer noch der Hexenschuss? Das sollte doch durch die Wärme langsam vorbei sein. Vielleicht hast du dich im Wasser verkühlt?« Ich streiche ihm über den Arm. »Ich hole dir Ibuprofen-Tropfen, die helfen bestimmt.«

Dann wird es lebhaft auf der Terrasse. Die Zwillinge kommen angestürmt und fallen mir, noch feucht vom Schwimmen, um den Hals. Offenbar hat sich die Schlange verzogen, denn sie erwähnen sie nicht. Nach ihnen kommt Ulrich angeschlendert, sein nasses Haar klebt ihm an den Schläfen. Er sieht vergnügt aus und legt mir zur Begrüßung die Hand auf die Schulter. »Warum stehst du immer so früh auf?«

»Weil es mir hier draußen besser gefällt als im Bett«, sage ich und lächele ihn an.

»Chacun à son goût«, murmelt Ulrich und setzt sich an den Frühstückstisch. Heißhungrig verschlingt er ein opulentes Frühstück: Obstsalat, Spiegeleier, Pfannkuchen mit Honig, Toast und Marmelade.

Ich gehe hinüber zu unserem Bungalow, um das Ibuprofen zu holen. Ich nutze die Gelegenheit, um mich ein bisschen zurechtzumachen und zu schminken und ein türkisgrünes Hängerchen mit Spaghettiträgern anzuziehen.

Als ich zurückkomme, sitzt auch Mr Jani, der Hotelchef, auf der Terrasse. Er steht auf, um mich mit vor der Brust gefalteten Händen zu begrüßen. In seinem schwer verständlichen Englisch erzählt er von der Gründung der Bungalowanlage und davon, wie er es vom einfachen Bauernjungen bis zum Hotelchef geschafft hat. Zwanzig Jahre habe er in Singapur geschuftet, bis ihm ein amerikanischer Investor einen Kredit über zwanzig Jahre gab.

»Und all das hier«, sagt Mr Jani stolz, »habe ich mit meinen eigenen Händen geschaffen.«

Was wir ihm nicht so ganz glauben. Mr Jani ist ein fetter Mann, den wir noch nie bei der Arbeit gesehen haben. Die Fingernägel seiner linken Hand sind einige Zentimeter lang, was im Allgemeinen bedeutet: Ich bin wohlhabend und brauche keine körperliche Arbeit zu verrichten. Die zwanzig Angestellten in Mr Janis Bungalowanlage, die die eigentliche Arbeit leisten, bekommen zwanzig Dollar im Monat. Keiner von ihnen ist krankenversichert, und wenn mal keine Touristen da sind, kriegen sie keinen Lohn, sondern nur eine Schale Reis am Tag. Wem das nicht passt, der kann gehen. »Und was hast du heute vor?«, sage ich an Ulrich gewandt, um Mr Janis Redefluss zu unterbrechen.

Ulrich scheint die Frage zu irritieren. Er kann ja nicht wissen, dass ich unbedingt einen »freien Tag« brauche.

»Papa, hast du keine Lust, mit mir zur Massage zu gehen?«

Michaels Frage kommt wie gerufen, ich hätte ihn am liebsten umarmt. Ulrich ist sofort Feuer und Flamme.

Als alle unterwegs sind, mache ich mich auf, um meinen Plan in die Tat umzusetzen. Bis nach Ubud sind es nur ein paar Kilometer, und ich habe Lust auf einen Spaziergang durch den Affenwald. Aber ich kann die Tasche nicht den ganzen Weg mitschleppen, erst recht nicht bei dreißig Grad. Missmutig stehe ich mit meinem Gepäck an der Rezeption, um mir ein Taxi zu bestellen. Aber dann kommt mir der Boy von heute Morgen entgegen, strahlend wie immer, und mir fällt etwas Besseres ein. Ich strahle zurück und frage ihn, ob er mal kurz mit seinem Moped zum Café Wayan fahren könnte, um eine Tasche für Herrn Seraphim abzugeben.

»Kein Problem«, sagt er freundlich.

Seraphim

Bali, August 2009

Der Gang durch den Affenwald tut mir gut, er beruhigt meine Nerven. Ein ganzer Strom von Touristen ist mit mir auf dem breiten, schattigen Trampelpfad unterwegs, so dass ich mir hin und wieder andere Wege suche, um allein zu sein. Um die Affen nicht neugierig zu machen, trage ich weder Schmuck noch Brille und habe auch den Fotoapparat in meiner Tasche verstaut. Ich setze mich eine Weile auf einen alten Holzklotz und schaue den Affen beim Spielen zu. Und sie spielen ununterbrochen. Wenn die Affenmütter nicht gerade ihre Jungen stillen oder die Männchen eines der Weibchen begatten, lausen sie sich, balgen sich übermütig, bespritzen sich mit Wasser und kreischen ohne Unterlass. Auch in dem steinernen Tempel, der von Rhododendren und Lianen umschlungen hier mitten im Wald steht, tummelt sich eine Affenfamilie.

Auf der Monkey Forest Road herrscht ein ähnliches Getümmel, nur dass es hier die Touristen sind, die an den Boutiquen und Restaurants entlangflanieren. Es müssen Tausende von kleinen Läden sein, die hauptsächlich Kleinkunst aus Holz, Keramik, Metall oder Stoff anbieten. Ich sehe den einkaufswütigen Flaneuren zu wie vorher den Affen. Ich habe so viele Dinge hier gekauft und in Frankreich zurückgelassen, und jetzt fühle ich mich schon kaum noch als Touristin. Ich trotte fröhlich vor mich hin, der Schweiß läuft über meinen Körper, meine Schritte sind beschwingt.

Als ich im Café ankomme, ist meine Reisetasche schon da. Ibu Prativi, die Besitzerin, erkennt mich wieder und begrüßt mich freudig. Wo denn der *bapak* sei, möchte sie wissen. Es ist die höfliche Anrede, die man hier allen über Dreißigjährigen angedeihen lässt: *bapak* und *ibu*, Vater und Mutter.

»Er kommt später nach«, sage ich zurückhaltend und hoffe, dass sie keine Gelegenheit haben wird, Ulrich zu treffen. Vorsichtshalber sage ich ihr, dass die Tasche einer Freundin gehört und Herr Seraphim sie später abholen würde.

»Oh, Mr Seraphim was already here, yesterday … Maybe he'll come also today.«

Ich bekomme weiche Knie. Damit hätte ich natürlich rechnen müssen, aber irgendwie hatte ich den Familienurlaub gedanklich so sehr von meinem Leben danach abgekoppelt, dass ich die Möglichkeit einer Begegnung überhaupt nicht in Betracht gezogen hatte. Aber das wird schon nicht passieren, so viele Zufälle auf einmal gibt es nicht. Ich verziehe mich in den hintersten Winkel des Cafés, von wo aus ich den ganzen Raum überblicken kann. Zwischen Farnen, Palmen, Cycas und Helikonien gibt es Ruhebänke mit vielen weichen Kissen darauf. Der Tisch, besser gesagt eine schmale lange Platte, schwebt so dicht über dem Boden, dass man dort liegend oder im Schneidersitz schreiben und essen kann. Ich betrachte die vielen Brunnen und Götter in den Nischen und die bescheidene und schlicht gekleidete Ibu Prativi. Niemand würde in der fast Sechzigjährigen eine clevere Geschäftsfrau vermuten. Neben ihren jungen, bildhübschen Angestellten wirkt sie so unauffällig wie ein armes, verhuschtes Aschenputtel. Aber ihr Café ist eine der Topadressen in der Gegend, und das ist ihr Verdienst. Ihre Küche ist vorzüglich, aber noch besser sind die Backwaren. Obwohl hier Traveller aus der ganzen Welt herkommen und nicht nur deutsche Touristen, hat sie sich auf die deutsche Backkunst spezialisiert. Und so kann man mitten im indonesischen Dschungel Käsekuchen oder Apfelstrudel essen, Bienenstich, Erdbeertörtchen, Schneckennudeln, Mohnbrötchen, Brezeln und vieles mehr.

Ich bestelle mir ein großes Glas Mangosaft und schlage mein Reisetagebuch auf. Meine Finger fliegen nur so über das Papier und notieren alles mir Wichtige. Doch meine Gedanken schweifen immer wieder ab, und mein Blick geht unruhig zur Tür.

Ich bin der Spion, der aus der Kälte kommt, mache ich mich innerlich lustig über mich selbst. Ich bin so gespannt darauf, Andreas zu sehen, schließlich ist es Monate, nein, Jahre her, dass wir uns zuletzt gegenübergestanden haben. Womöglich hat meine Fantasie inzwischen einiges hinzugedichtet.

Ich sehe eine Weile den Sonnenstrahlen zu, die durch die Palmenwipfel schlüpfen und über meine Beine tanzen – und dann kommt er tatsächlich zur Tür herein. Mir bleibt fast das Herz stehen. Andreas!

Aber er ist nicht allein, sondern in Begleitung von einem Mann und einer Frau. Er trägt eine Khakihose und darüber ein kariertes Hemd. In einer Menschenmenge wäre er mir vielleicht gar nicht aufgefallen. Er ist nicht besonders groß, kräftig, mit einem kleinen Bauch und einem von der Sonne geröteten Gesicht. Aber seine wilden blonden Locken ziehen nicht nur meine Blicke auf sich. Ich habe Mühe, nicht gleich aufzuspringen und seinen Namen zu rufen. Das Herz schlägt mir bis zum Hals. Ich werde so sehr von meinen Emotionen überwältigt, dass mir fast schwindlig wird. Ich kann keinen klaren Gedanken fassen und sitze da wie gelähmt. Den Moment, spontan auf Andreas zuzugehen, habe ich bereits verpasst. Also bleibe ich sitzen und sehe ihm zu.

Die drei lassen sich an einem der Tische am Fenster nieder und nehmen die Frau in die Mitte. Sie ist sehr jung und sehr schön, eine Balinesin in durchsichtiger Spitzenbluse und einem farbenfrohen Batiksarong. Ihr balinesischer Begleiter ist klein und schlank und trägt den typischen Haarschmuck: ein weißes Tuch, das kunstvoll um die schwarzen Haare gewunden ist. Das Mädchen legt ihre kindlich zarten Handflächen vor der Brust gegeneinander und dreht den Kopf von einem Mann zum anderen. Beim Lachen enthüllt sie ein kleines Raubtiergebiss. Die drei scheinen sich gut zu kennen. Neugierig und mit einer leichten Beklemmung, die schon fast an Eifersucht grenzt, beobachte ich jede ihrer Bewegungen. Andreas legt für einen Moment seine Hand auf ihren Arm, aber sonst passiert nichts Alarmierendes, und ich beruhige mich wieder.

Es ist Mittagszeit, und die beiden Balinesen sind wahrscheinlich seine Angestellten. Trotzdem halte ich dieses passive Zuschauen nicht länger aus. Ich stehe auf, sammele meine Sachen ein und schlendere ganz langsam an Andreas' Tisch vorbei. Fast streife ich ihn, fast hätte ich mich umgedreht, um sein aufgeregtes Gesicht zu sehen, aber auch diesen Moment verpasse ich und gehe langsam auf den Ausgang zu. An der Kasse begleiche ich meine Rechnung und bin schon fast auf der Straße, als ich hinter mir seine Schritte höre. Eine Sekunde später legt sich ein Arm um meine Taille.

»Johanna, Johanna!« Seine Stimme ist ganz heiser vor Aufregung. »Ich fasse es nicht, du bist gerade eben an mir vorbeigegangen, ganz nah.« Er dreht mich zu sich um und tritt einen Schritt zurück. Prüfend sieht er mich an und strahlt dann über das ganze Gesicht.

Freude wallt in mir hoch, drängt aus allen Poren aus mir heraus. Schließlich kann ich nicht länger widerstehen, ich breite die Arme aus und drücke einen Kuss auf seine Lippen. Mir ist vollkommen egal, was die Leute um uns herum darüber denken.

»Ich weiß, ich habe mich benommen wie ein alberner Teenager, aber ich habe mich einfach nicht getraut, euch zu stören. Wer weiß, wer die junge Schöne bei dir am Tisch ist, sie könnte ja deine Freundin sein.«

»Johanna, Johanna«, sagt Andreas noch einmal, so als wäre es ein wundersames Mantra. »Wofür hältst du mich?!«

»Komm wieder mit rein und setz dich zu uns! Dann kannst du gleich meine Angestellten kennenlernen. I Made arbeitet als Goldschmied bei mir, und Indah ist meine Verkäuferin. Du wirst in den nächsten Jahren immer wieder mit ihnen an einem Tisch sitzen.« Er lacht.

Doch ich lehne ab, dieses erste Zusammensein will ich mit niemandem teilen. Ich will ihn ganz allein betrachten und mich an ihn gewöhnen. Ich will mich nicht beherrschen und mit fremden Leuten Konversation machen müssen. Andreas sieht enttäuscht aus. Seine bettelnden Augen bringen mich zum Lachen.

Und wieder ist mir völlig egal, was die Leute denken, ich drücke mich an ihn, schlinge die Arme um seinen Hals und sauge seinen Duft ein, eine Mischung aus Schweiß und Aftershave.

»In meiner Tasche ist ein Brief an dich.« Ich küsse ihn

sanft aufs Ohr. »Wir sehen uns dann in Singapur. Uns trennen nur noch wenige Tage …«

Ich laufe davon, ohne mich umzudrehen. Wenn ich sehe, wie er mir nachschaut, werde ich womöglich schwach. Aber nicht jetzt, jetzt noch nicht.

Unterwasserwelten

Bali, August 2009

Michael und Rudolf sehen aus wie zwei Froschmänner, finster und bedrohlich. Halb fluchend, halb lachend zwängen sie sich in die engen Gummitauchanzüge. Bei Michael überwiegt das Fluchen, keine Größe scheint ihm zu passen, solche Riesen wie er sind selten. Mit den Sauerstoffflaschen auf dem Rücken watscheln die beiden ins Wasser. Sie haben schon seit ein paar Jahren einen Tauchschein, aber kaum Praxis. Bevor sie ins Meer durften, mussten sie ein paarmal im Pool herumtauchen.

Seit zwei Tagen sind wir in Pemuteran, um unseren Kindern auch diesen Teil der Insel zu zeigen. Der Abschied von Garden View war wirklich bewegend. Die Boys und Girls waren den Tränen nah, was hoffentlich nicht nur den großzügigen Trinkgeldern zuzuschreiben ist, die wir hinterlassen haben.

Angela, Ingo und Clemens haben die Heimreise angetreten, und wir haben uns mit dem Auto zur nächsten Station aufgemacht. Die Fahrt hat sechs Stunden gedauert, viel länger, als wir gedacht hatten. Aber unser Tauchresort Pondok Sari liegt auch ziemlich versteckt in einem dichten Wald, der bis ans Meer reicht. Pondok Sari heißt so viel wie Froschteich, und zwar nicht so sehr wegen der Froschmänner, sondern wegen der kleinen Amphibien selbst. Sie begrüßten uns mit einem so lauten Konzert, dass ich mich bestürzt fragte, wie hier wohl die Nächte aussehen würden. Ich hatte Angst, hier wegen des tausendfachen Quakens keine Nacht ruhig schlafen zu können.

Unser Familienhaus liegt wie ein verwunschenes Schloss auf einer kleinen Insel mitten in einem See. Es ist ein so skurriles und farbenprächtiges Gebäude, dass man an Hundertwasser oder Gaudí denken muss. Es sieht aus wie eine Riesenlotosblüte, die aus dem See herauswächst. Zum Eingang gelangt man über eine kleine Brücke und tritt natürlich nicht durch eine normale Tür, sondern durch ein zwei Meter großes Froschmaul.

Im Inneren fühlt man sich wie auf dem Grunde eines Sees, die Wände sind lichtgrün bemalt und mit Zeichnungen von Wassertieren übersät. Überall tummeln sich Frösche, Lurche, Schlangen oder Wasserschnecken. Auf den Zimmertüren sind es Libellen und Schmetterlinge. Die Betten sind rund und so riesig, dass mindestens vier Mann hineinpassen würden. Den Mittelpunkt unseres Hauses bildet ein runder Raum mit einem kleinen Badetümpel in der Mitte, in den sich die Kinder gleich nach unserer Ankunft begeistert gestürzt haben. Aus dem Tümpel wächst ein mächtiger Stamm in die Höhe und trägt das Dach wie eine Art Riesensonnenschirm. Von unten betrachtet, sieht es aus wie ein dunkles Himmelszelt, auf dem goldene Sterne flimmern. Durchsichtige feinmaschige Netze schweben von der Decke herab, um den Moskitos das Eindringen zu verwehren.

Ulrike und ich liegen dösend am Strand. In der Ferne sind die Konturen der großen Nachbarinsel Java erkennbar, hohe Berge von Wolken umgeben. Der Strand ist noch recht leer, ein paar Boote liegen vertäut im Wasser und schaukeln sanft in der Brandung. Josephine baut nackt eine Sandburg nach der anderen, sammelt Muscheln für uns und ist hochzufrieden. Von Michael und Rudolf ist nichts zu sehen.

Ulrich kommt mit Flossen in der Hand angeschlendert und hat einen kleinen Tauchgang vor. Er spuckt in die Brille und verreibt die Spucke, damit das Glas nicht anläuft. Heftig paddelnd verschwindet auch er im Meer.

Ulrike schlägt vor, ein bisschen am Strand entlangzulaufen, vielleicht bis zum nächsten Dorf. Um die Zwillinge brauchen wir uns keine Sorgen zu machen. Sie haben unter den Kindern im Hotel Freunde gefunden und toben mit ihnen in einem riesigen Schwimmbecken mit Rutschbahnen und kleinen Wasserfällen herum. Sie sind ganz in ihrem Element. Klara und Moritz sind nach Clemens' Abreise wieder zusammen unterwegs. Stundenlang tollen auch sie im Wasser herum, schnorcheln oder laufen am Strand entlang, um die anderen Resorts auszukundschaften.

Wir cremen uns noch einmal ein und hüllen uns in unsere Sarongs. Dann stehen wir eine Weile am Ufer und halten von der Sonne geblendet Ausschau nach unseren Männern. Doch die See gibt keine Antwort, das blaue Wasser liegt vollkommen ruhig vor uns und glänzt, als wäre es mit einer dünnen Ölschicht überzogen. Rudolf und Michael kann man natürlich nicht sehen, doch Ulrich ist nur mit einem Schnorchel unterwegs. Er müsste eigentlich hin und wieder auftauchen, aber ich sehe ihn nicht.

»Weißt du, wie lange die da unten bleiben?«, frage ich.

Ulrike zuckt mit den Schultern. »Vielleicht eine halbe Stunde oder auch eine ganze. Ich habe keine Ahnung. Aber mach dir keine Sorgen, Mama! Die von der Tauchschule werden schon aufpassen.« Sie dreht sich nach Josephine um. »Komm jetzt, wir laufen ein bisschen am Strand entlang.«

Josephine hat nur Augen für die winzig kleinen Muscheln, die sie sorgfältig abputzt und in ein kleines Täschchen steckt.

»Was willst du denn mit den Muscheln machen?«, frage ich.

»Eine Kette.« Sie strahlt mich an. »Mama macht Löcher in die Muscheln und zieht eine Schnur durch.«

Der Sand glüht, und das Meer glitzert. Wir schwitzen schon nach wenigen Metern und ziehen unsere Hüte tief ins Gesicht. Aber wir sind ziemlich neugierig auf das Dorf, das sich aus europäischer Sicht weitab von jeder Zivilisation befindet, sozusagen am Arsch der Welt.

Am Arsch der Welt stinkt es zum Himmel. Es kommt von einem schwarzen Rinnsal, das sich tief in den Sand eingegraben hat – die Dorfkloake. Ein paar Fischer ziehen gerade ihre Auslegerboote an Land. Die schmalen Rümpfe der Schiffe sehen merkwürdig aus, sie sind an Heck und Bug elegant nach oben gebogen und leuchten rot und blau. Die Ausleger sind mit langen Bambusstangen verbunden, so dass eine große waagerechte Fläche entsteht, wie ein Floß. Die Männer ziehen den Fang aus den Netzen und werfen ihn in große geflochtene Körbe. Sie sind scheu und trauen sich kaum, uns anzuschauen. Doch als Ulrike ihr Tuch vom Kopf nimmt und ihr blondes Haar auf die Schultern fallen lässt, reißen sie ihre zahnlosen Münder auf und lachen und lachen.

Einer der dunkelhäutigen Fischer versucht, uns irgendetwas zu erklären, und gestikuliert dabei wild. Ich kann nur ein paar Bruchstücke verstehen und vermute, dass er uns von seinem guten Fang berichten will. Eine Weile sehen wir den Dorfbewohnern bei der Arbeit zu: den gemüseputzenden Frauen und den netzeflickenden Männern. Ein paar der Männer ruhen auf einer auf Stelzen stehenden Plattform, im Schatten darunter suhlen sich Schweine, Muttersäue mit etwa zehn Ferkeln. Kleine Kinder und Tiere spielen im Dreck. Die größeren Kinder rennen splitternackt ins Meer, sie springen, tauchen und kreischen. Für die Einheimischen ist das wahrscheinlich eine Idylle, für uns irgendwie befremdlich. Josephine findet es unheimlich und klammert sich an Ulrikes Hand. Sie glaubt, dass wir bei Räubern gelandet sind.

»Mama, komm, wir gehen. Hier stinkt es so«, sagt sie und zerrt uns weiter. Sie hat ja recht. Wir stehen hier und begaffen die Einwohner eines Fischerdorfes wie Tiere im Zoo.

Als Josephine anfängt zu quengeln, dass sie getragen werden will, wirft sich Ulrike das Kind über die Schulter und trabt wie ein Lasttier mit ihr zurück zu unserem sauberen Touristenstrand. Ulrich ist schon da und liegt schlafend auf einer Liege. Ulrike legt Josephine vorsichtig neben ihn.

Inzwischen hält auch sie beunruhigt Ausschau nach Rudolf und Michael. Immer wieder suchen wir das Meer nach ihnen ab und sind total erschrocken, als sie plötzlich direkt vor uns auftauchen. Wie zwei Meeresungeheuer. Sie ziehen sich die Masken vom Gesicht und grinsen fröhlich. Aber Michael sieht man an, dass er noch immer Schmerzen hat. Als ich ihm helfen will, lehnt er ab.

»Das war das letzte Mal, dass ich diesen Tauchanzug anziehe«, sagt er mit einem schiefen Lächeln. »Vor allem die Gewichte halte ich nicht aus. Irgendwas ist mit meinem Kreuz nicht in Ordnung.«

Erschöpft lässt er sich in den warmen Sand fallen und

schließt die Augen. Sein Gesicht ist blass, sein Mund ein dünner Strich. Ich habe das Bedürfnis, ihn zuzudecken wie ein Kind, aber er weist mich unwirsch ab.

»Lass mich in Ruhe, Mama! Ich brauche einfach eine halbe Stunde Ruhe.«

Also sorge ich mich im Stillen.

Ulrich geht mit Josephine los und sammelt die Samen eines riesigen Baumes ein.

»Das soll ein Buddha-Baum sein«, berichtet er, als er zurückkommt. »Vielleicht wächst er ja auch bei uns an der Ardèche, was, Johanna? Aber wir werden es wohl kaum noch erleben, dass er zehn Meter hoch wird und eine stattliche Krone bekommt.«

»Nein, sicher nicht«, sage ich nachdenklich.

Bis zum Abend bleibe ich danach allein am Strand. Als die Sonne untergeht, springen silberne Fische aus dem Wasser. Es wird dunkel, so dunkel, wie eine tropische Sommernacht nur sein kann. Das Mondlicht verwandelt die lebhaften Farben des Tages in die dunkelblaue Monochromie der Nacht und macht aus der Meeresoberfläche eine geisterhafte Schönheit.

Der letzte Abend. Die drei Urlaubswochen sind wie im Flug vergangen. Wenn ich die Insel das nächste Mal betrete, wird es kein Urlaub mehr sein. Morgen früh wollen wir zeitig aufbrechen. Um acht Uhr abends geht unser Flieger. Um Mitternacht werde ich bei Andreas sein.

In diesem Moment spüre ich nichts von der Erholung, weil der innere Aufruhr in meinem Körper tobt. Bis zum Schluss habe ich keinem etwas gesagt, dabei hatte ich genügend Zeit und Gelegenheit. Aber alles war so schön, so harmonisch. Ich habe es einfach nicht geschafft. Und ich habe keine Ahnung, wie ich es morgen schaffen soll.

Mir auszumalen, wie ich Ulrich endlich verlassen würde, ist sehr viel einfacher, als es wirklich zu tun.

In den vergangenen Tagen bin ich ihm meistens aus dem Weg gegangen. Wir haben nur zweimal miteinander geschlafen, und unser Schweigen war durch die Anwesenheit der Kinder nicht so bedrückend wie sonst. Die Kinder …

Als ich zurückkomme, schlafen sie schon. Unsere Koffer stehen gepackt an der Wand. Meinen werde ich nicht wiedersehen, er wird ohne mich in Paris landen. Mir bleiben nur noch die vier Stunden Flug von Denpasar bis Singapur, um meinem Noch-Ehemann endlich reinen Wein einzuschenken.

Ich lege mich zu Ulrich aufs Bett. Er schläft nicht, sein Fuß streicht an meinem Bein hoch und wieder hinunter. Ich will nicht mit ihm schlafen und rühre mich nicht, lasse es dann aber doch zu. Meine Gefühle sind wie eingefroren, klirren wie Eiswürfel durch meine Adern. Ich spüre Ulrichs heißen Atem in meinem Nacken, höre sein Seufzen und seinen ruhigen Atem, als er wieder einschläft.

Jetzt kann ich erst recht nicht schlafen. Ich wälze mich stundenlang im Bett herum, stopfe mir Ohropax in die Ohren, schwitze und bekomme klaustrophobische Anwandlungen. Ulrich schläft ruhig und friedlich, als wäre es ihm auf geheimnisvolle Weise gelungen, seine Schlafstörungen abzuschütteln und auf mich zu übertragen. Der Gedanke macht mich noch verrückter.

Morgen beginnt der Rest meines Lebens. Wie schwer dieser Abschied ist! Dieser Lebewohlurlaub war eine verdammt blöde Idee. Aber die Reue kommt zu spät, die Uhr läuft. Und jeder Augenblick ist unwiderruflich in meine Erinnerung eingebrannt.

Die Flucht

Singapur, August 2009

Die Insel der Götter verabschiedete sich von uns mit einem Feuerwerk an Farben. Die Sonne war kurz davor, ins Meer einzutauchen, und ließ die Wolkenbüsche am Himmel leuchten. Für meine Familie war es ein Abschiednehmen von einem wundervollen Urlaubsdomizil, für mich der Aufbruch in ein neues Leben. Trotzdem erscheint mir die Vorstellung, dass diese Insel in Kürze meine Heimat werden würde, vollkommen unwirklich.

Ulrich und ich sitzen in der Businessclass, in Sitzen, die aussehen wie geköpfte Ostereier. Wenn man schlafen will, genügt ein Knopfdruck. Dann verwandelt sich der Sitz in eine Liege, und das Ei schließt sich um einen herum mit seiner schützenden Schale. Aber mir ist nicht nach Schlaf. Ich bin viel zu aufgeregt. Ich weiß noch immer nicht, wie ich Ulrich beibringen soll, dass unsere gemeinsame Reise kurz vor ihrem Ende steht. Vier Stunden sind zweihundertvierzig Minuten. Ich zähle jede einzelne Sekunde. Ich kann weder lesen noch fernsehen, nicht nachdenken. Ich kann nicht reden und nichts essen.

Ulrich versucht ständig, mich zu animieren: »Komm, iss was! Trink doch was! Was ist denn los mit dir?«

Als ich nicht antworte, zuckt er mit den Schultern und fängt sprudelnd zu sprechen an: »Was für ein herrlicher

Urlaub, Johanna! Das war wirklich eine gute Entscheidung, und die Sache war jeden Cent wert. Ich glaube, den Kindern hat es sehr gefallen, meinst du nicht?« Er strahlt mich an.

»Ulrich, ich …«

»Ja, ja, ich weiß. Ich war mal wieder miesepetrig. Ich konnte mir einfach nicht vorstellen, dass so ein Urlaub so harmonisch verlaufen kann.«

Er redet und redet, und mein fester Vorsatz fällt in sich zusammen wie ein Kartenhaus. Es geht einfach nicht.

Nach zwei Stunden Flug gehe ich nach hinten zu den Kindern. Die Zwillinge sitzen zusammen mit Josephine in einer Sitzreihe und sehen fern. Als ich sie anspreche, lächeln sie, signalisieren jedoch gleichzeitig, dass sie nicht gestört werden wollen. Michael und Moritz sitzen direkt hinter ihnen. Michael lehnt mit dem Kopf am Fenster und hat offenbar Schmerzen.

»Alles in Ordnung?«, frage ich vorsichtig.

»Mir tut der Rücken weh, und mein Hals ist steif«, stöhnt er. »Hast du vielleicht noch eine Ibuprofen bei dir?«

Blitzartig kommt mir eine Idee. Das ist die Lösung, zumindest bis nach Singapur. »Lass uns die Plätze tauschen, Michael. Neben Papa sitzt du viel bequemer und kannst dich sogar hinlegen, wenn du willst. Ich möchte noch ein bisschen bei den Kindern sein, denn morgen seid ihr alle weg. Wer weiß, wann ich sie wiedersehe.« Das ist zumindest nicht ganz gelogen.

Michael lächelt dankbar. »Danke, Mama, ich weiß nicht, was ich habe, diese Schmerzen machen mich noch verrückt.«

Ulrike lässt sich auf dem Sitz neben mir nieder. Sie ist braun gebrannt und sieht erholt aus. Genau wie Ulrich schwelgt sie in Erinnerungen an diesen herrlichen Urlaub. »Mama, das müssen wir wiederholen! Nur schade, dass Anna nicht dabei war. Das wird ihr ewig leidtun!«

Wir schwatzen eine Weile über weniger wichtige Dinge, bis der Kapitän die bevorstehende Landung ankündigt. Meine Verzweiflung steigt. Ich habe keine Chance, mich zu verabschieden, meine Kinder in den Arm zu nehmen … Ich bin wie versteinert vor Schmerz.

»Ich hab dich lieb, Ulrike«, sage ich und greife nach ihrer Hand.

»Ich weiß, Mama«, antwortet sie und sieht mich angesichts des plötzlichen Gefühlsausbruches verwundert an.

Unmittelbar nach der Landung eile ich zurück zu meinem Platz in der Businessclass, gebe meinem Sohn einen Kuss auf den Mund, frage ihn nach seinen Schmerzen und versichere ihm, dass er den ganzen Rückflug neben Papa bleiben kann. Dann zerre ich meine schwere Handtasche und den Laptop aus dem Gepäckfach. Ulrich trägt eine gut verpackte, sechs Kilo schwere Holzskulptur unter dem linken Arm, in der rechten Hand hängt sein schwerer Pilotenkoffer.

Jetzt bleiben mir noch wenige Sekunden. Die Kinder laufen zehn Meter vor uns und folgen in einem Menschenpulk den Transit-Hinweisschildern. Ich konzentriere mich ganz darauf, wenigstens Ulrich nicht aus den Augen zu verlieren. Er läuft mit großen Schritten vor mir her, obwohl wir es überhaupt nicht eilig haben. Als ich ihn endlich erreiche, tue ich so, als würde ich stolpern, und rempele ihn an.

»Kannst du nicht aufpassen!«

Er sieht mich verärgert an, und in diesem Augenblick sage ich langsam und sehr deutlich: »Ulrich, ich komme nicht weiter mit. Ich drehe um. Ich werde nicht mit euch zurückfliegen. Ich bleibe hier. Ich steige aus. Für immer.«

Er sieht mich fassungslos an. Sein Koffer fällt ihm aus der Hand, und seine Stimme ist dunkel vor Zorn. »Dann scher dich zum Teufel!«

Ich drehe mich um und renne los. Immer wieder stoße ich mit Leuten zusammen, die mir in allen Sprachen dieser Welt Schimpfworte hinterherrufen. Erst in der großen Abfertigungshalle werde ich langsamer. Ich bin blind vor Tränen, und der Rotz läuft mir aus der Nase. Ich lasse mich mitsamt meinem Gepäck auf eine leere Stuhlreihe fallen. *Dann scher dich zum Teufel!* Der Satz klingt in meinen Ohren nach.

»Sunflower Garden«, sage ich immer wieder vor mich hin, als wäre das die Beschwörungsformel, mit der ich mich aus diesem Albtraum retten kann. »Sunflower Garden.« Dort wartet Andreas auf mich, Andreas und mein neues Leben.

Ganz langsam werde ich ruhiger. Ich krame mein Schminkkästchen hervor und erschrecke über den Anblick in dem kleinen Spiegel. Schwarze Streifen laufen über mein verquollenes, gerötetes Gesicht. Ich sehe aus wie eine Vogelscheuche.

Den Weg zum Sunflower Garden auf dem Dach des Flughafengebäudes werde ich nie vergessen. Noch nie in meinem Leben hat sich etwas so zwiespältig angefühlt. Ich denke voller Sehnsucht an meine Kinder und Enkelkinder und habe Angst, sie viel zu lange nicht mehr wiederzusehen. Ulrich wird es ihnen erklären müssen, und ich bin mir sicher, dass er kein gutes Haar an mir lassen wird. Werden sie mit mir brechen, genau wie Anna? Ich will diesen Gedanken gar nicht zu Ende denken.

Die Rolltreppen rollen langsam, mein Körper brennt

vor Aufregung wie vor einem großen Auftritt. So müssen sich Schauspieler fühlen, bevor sie die Bühne betreten. In meinem Kopf wirbeln die vielen E-Mails, die erotischen Wünsche, die Andreas und ich einander geschrieben haben. Wird dieses neue Leben die Probe bestehen?

Ich komme mit ziemlich viel Verspätung an unserem Treffpunkt an. Andreas steht am Eingang des Gartens. Er wirkt besorgt, doch als er mich sieht, strahlt er. Er rennt auf mich zu, er umarmt mich, nimmt mein Gesicht zwischen beide Hände und küsst mich. Dann sieht er mich zärtlich an, und dieser Blick bringt mich wieder zum Weinen.

»Mädchen, Mädchen, wo warst du denn so lange? Ich habe schon fast nicht mehr geglaubt, dass du kommst.«

Er hält mich umschlungen, streichelt meinen Rücken, hinauf und hinunter. »Es ist doch alles gut gegangen, du bist hier, wir sind zusammen.« Dann lässt er mich los, tritt einen Schritt zurück, holt ein Taschentuch aus der Hosentasche und tupft mir die Tränen ab. Inzwischen ist es mir egal, wie ich aussehe, sogar ein Lächeln bringe ich zustande.

»Hast du Lust, ein bisschen im Park herumzulaufen?«, fragt er.

Bis jetzt habe ich noch kein einziges Wort gesagt, mein Hals war wie zugeschnürt, und als ich jetzt antworte, klingt meine Stimme wie das Krächzen eines Papageis. »Andreas, ich bin so froh, dass ich hier bin und dass du da bist, aber ich glaube, ich kann keinen einzigen Schritt mehr machen.«

Andreas ergreift meine Tasche, wir gehen zur Rolltreppe, und in dieser kurzen Minute kriecht die Angst wieder in mir hoch. Andreas ist ein fremder Mann für mich.

Unsere erste gemeinsame Nacht ist eine Nacht der Zärtlichkeit. In unserem Himmelbett im Raffles Hotel liege ich erschöpft in seinen Armen, er streichelt meinen Körper, küsst mich sanft, behandelt mich wie einen Säugling, der nur Nähe sucht. »Schlaf, mein Engel, flieg, denk nicht nach, alles wird gut.«

Als ich zehn Stunden später die Augen aufschlage, liegt Andreas nackt neben mir. Ich bewege mich vorsichtig, um ihn nicht gleich zu wecken. Doch er ist im Halbschlaf und legt seine Hand auf meine Brust. Dann rückt er näher und lässt sanft seine Hand über meinen Körper gleiten. Helle Lichtstreifen durchqueren das Zimmer, auf dem dunklen Teakholz der Möbel tanzen die Staubkörnchen. Ich blicke in Andreas' verliebtes Gesicht, unsere Körper sehen rosig und jung aus. Ich kuschele mich an ihn, lege meinen Kopf an seine Schulter, und Andreas beginnt von unserer Reise zu schwärmen. »Morgen sind wir in Sumatra … für mich ist das die schönste Insel der Welt«, sagt er mit verträumtem Gesicht. »Ich will dir alle Schönheiten zeigen, ich will mit dir auf die Berge steigen, ich zeige dir die Seen … Du wirst dich in diese Insel verlieben, so wie ich in dich verliebt bin.«

Unbekannte Wesen

Sumatra und Samosir, September 2009

Von der Reling aus blicken wir Abschied nehmend auf die Insel Penang. Das Fährschiff ist nicht besonders groß, es fasst vielleicht dreihundert Personen und eine Menge Gepäck. Andreas ist gleich mit unseren Reisetaschen im gekühlten Leib des Schiffes verschwunden. Ich bleibe auf dem Verladedeck und beobachte die schwitzende Mannschaft beim Verstauen der unzähligen Kisten und Koffer. Auch Waschmaschinen, Betonmischer und Säcke sind darunter. Was die Leute so alles mitschleppen! Mittendrin liegt mein neuer blauer Metallkoffer. Er war das Erste, was ich gekauft habe, nachdem ich arm wie eine Kirchenmaus in meinem neuen Leben in Singapur gelandet bin. Er ist prall gefüllt mit schweren Büchern und leichter Kleidung, denn frieren würde ich in der Nähe des Äquators gewiss nicht.

Mit achtunddreißig Knoten rauschen wir durch den Indischen Ozean, über die Straße von Malakka, wie die Meerenge zwischen Sumatra und Malaysia genannt wird. Wir sind auf dem Weg nach Sumatra. Penang war unsere erste Station.

Nur durch Bewegung und Lesen kann ich mich selbst auf andere Gedanken bringen. Die Erinnerungen an die letzten Tage werden sich auflösen wie Schaumkronen auf dem Meer. Ich spüre den Fahrtwind im Haar. Eben noch war das Meer spiegelglatt, nun ist es ziemlich bewegt. Unser Boot erzeugt eine riesige Bugwelle, auf der hin und wieder ein Delfin herumtanzt. Ganz plötzlich beginnt es zu tröpfeln, und genauso schnell hört es wieder auf.

Abgesehen von Andreas und mir sind nicht viele Ausländer an Bord: zwei Holländer, ein australisches Ehepaar und eine Deutsche. Jedenfalls vermute ich das wegen des Buchs, das sie liest: Philip Roths *Der menschliche Makel.* Eine anspruchsvolle Lektüre für ein junges Mädchen, sie sieht aus, als wäre sie noch nicht mal zwanzig. Die beiden Holländer, ein Pärchen mit Dreadlocks und Batikklamotten, sitzen in einer Ecke und knutschen ununterbrochen.

Ein bisschen später mache ich einen Rundgang an Deck und steige dann nach unten. Ein paar Matrosen liegen in ihrer nass geschwitzten Arbeitskleidung neben dem Gepäckberg und schlafen mit offenen Mündern.

Je tiefer man in den Bauch des Schiffes hinuntersteigt, desto kälter wird es. Der Klimaanlage sei Dank. Andreas sitzt ganz unten und friert in seinem dünnen Hemd. Er ist völlig darin vertieft, die Einreiseformulare für Sumatra auszufüllen. Sein Mund bewegt sich ständig, als läse er sich etwas vor. Er strahlt, als er mich sieht, steht auf und drückt mich an sich.

»Wie herrlich warm du bist! Komm, setz dich neben mich und wärme mich.«

»Doch nicht in diesem Eiskeller!«, protestiere ich.

Ein halbes Stockwerk höher ist es warm, es gibt einen kleinen Kiosk mit Tee und Chips und einen Fernseher. Andreas lässt sich sofort in den Bann des Films ziehen, der dort gerade läuft, irgendein schreckliches Machwerk. Als ein riesiges Krokodil einen kleinen Jungen bei lebendigem Leib auffrisst, wird mir übel.

»Das schau ich mir nicht länger an«, sage ich. »Ich geh wieder hoch.«

Andreas nickt kurz und küsst mich auf die Wange.

Oben strahlt die Sonne. Über die Reling gebeugt sehe ich den Fliegenden Fischen zu und einem Schwarm Vögel, der das Schiff begleitet. Alles ist so friedlich, dass man sich überhaupt nicht vorstellen kann, in einem berüchtigten Piratengebiet unterwegs zu sein. Aber für so ein kleines Schiff werden sie sich hoffentlich nicht interessieren. Die Sonnenstrahlen explodieren auf dem Meer, und ich muss die Augen für einen Moment schließen.

Im Hafen von Belawan gehen wir an Land. Medan, die Hauptstadt Sumatras, ist fünfzig Kilometer entfernt. Die Landung ist das reinste Chaos. Hilflos stehen wir in einem Gewühl von Menschen. Die Stauer knallen das Gepäck wahllos aufs Pflaster. In dem Kofferberg lässt sich meine leuchtend blaue Neuerwerbung leicht ausmachen. Als ich den Koffer herausziehe, kommt mir ein junger Mann zu Hilfe. Noch bevor ich reagieren kann, läuft er in einem Affentempo mit meinem Koffer davon.

»Wait a minute, wait a minute!«, schreie ich. *»We have more luggage.«*

Er dreht sich nur kurz um und ruft zurück: *»Come with me, the bus is waiting.«*

Ich sehe mich nach Andreas um, der mit wütendem Gesicht die beiden Reisetaschen schleppt. Auch er ruft mir irgendetwas zu, aber ich verstehe ihn nicht. Mein freundlicher Helfer wuchtet inzwischen den Koffer in den schon voll besetzten Bus und stellt ihn im Mittelgang ab. *»Sit down«*, weist er mich an und hilft dann dem nächsten Passagier.

Als Andreas endlich im Bus ist, trennt uns eine halbe

Buslänge voller Koffer und Passagiere. Er versucht noch immer, mir irgendetwas mitzuteilen, und gestikuliert wild.

»No problem, no problem«, ruft unser Helfer von vorn. *»We will find a good hotel for you.«*

Erst da geht mir ein Licht auf. Wir sind in die Hände eines Schleppers geraten. Der Bus hält eine halbe Stunde später irgendwo am Stadtrand, wo es weder ein Hotel noch ein Taxi gibt.

»No problem, no problem«, versichert der Fahrer und winkt ein Auto heran. Ob wir wollen oder nicht, wir steigen ein und lassen uns erneut ins Nirgendwo kutschieren. Er setzt uns in einem unbekannten Viertel von Medan ab und bringt uns in einem ziemlich heruntergekommenen Mittelklassehotel unter. Statt in einer Suite im wunderschönen Dharma Deli Hotel im Stadtzentrum landen wir auf einer schäbigen Pritsche.

Ulrich wäre das nicht passiert. Er hätte getobt und sich an der Rezeption ein Taxi bestellen lassen. Doch Andreas ist anders. Er hat die Ruhe weg, er lacht, statt zu toben, und sagt: »Ich glaube, ich bin noch nie in meinem Leben so reingelegt worden.«

Ich enthalte mich eines Kommentars, schließlich habe ich den Stein ins Rollen gebracht.

»Nimm es nicht zu schwer, mein Schatz«, sagt er und zieht mich an sich. »Diese armen Leute versuchen alles, um an ein paar Rupiahs zu kommen. Lass uns für eine Nacht hierbleiben. Morgen organisiere ich uns ein Auto und zeige dir Sumatra in seiner ganzen Schönheit. Na komm, mach kein so saures Gesicht. Mach dich lieber schön, dann können wir ins Stadtzentrum fahren.«

»Und was machen wir da?«, frage ich.

»Viel können wir da nicht tun, aber wenigstens etwas essen gehen. Was meinst du?«

Ich nicke und verschwinde im Bad. Als ich fertig bin, beginnt es zu regnen. Es schüttet, blitzt und donnert. Andreas scheint auch das nichts auszumachen, im Gegenteil. Er zieht sich aus, setzt sich nackt aufs Bett und streckt die Arme nach mir aus.

»Komm, leg dich zu mir. Genießen wir diesen gottgegebenen Regen.«

Ich kann seinen Humor nicht teilen, meine Stimmung hängt so tief wie die Wolken. Andreas zieht mühelos das kleine Hängerchen über meinen Kopf und streift mein Höschen nach unten. Er zieht mich aufs Bett, doch das Wiegen in seinen Armen entfacht kein Feuer. Auch jetzt, obwohl mein Körper sich etwas erholt hat, spüre ich wenig Erregung und Lust, höchstens Verwunderung darüber, dass mein Körper anders reagiert als mein Kopf. Mir wird bewusst, dass ich mir etwas vormache. Ich kenne die immense Kraft einer Apassionata, die Müdigkeit und Schwäche hinwegfegt und Zeit und Raum vergessen lässt.

Unbeteiligt sehe ich seinem Schwanz zu, der wild vor meinem Bauch auf und ab wippt. Ob Andreas meine abnehmende Begeisterung erraten hat? Er ist behutsam und zärtlich, und es dauert nicht lange. *Verdammt, Johanna, du hast es doch so gewollt. Willst du etwa gleich bei den ersten Schwierigkeiten aussteigen?*

Nein, setze ich mein stummes Selbstgespräch fort. *Aber ich muss hier raus, raus aus dieser Stadt und diesem billigen Hotel! Ich brauche Luft, ich brauche Natur. Vielleicht wird dann alles besser. Und vor allem muss ich eine Nacht lang tief schlafen.*

Als wir ein paar Stunden später in die Stadt fahren, tröpfelt es nur noch. Wir steigen am größten Platz Medans aus, wo sich eine riesige Menschenmenge gebildet hat. Zwei Prediger stehen nur wenige Meter voneinander entfernt jeder auf einem Schemel und rufen der Menge mit Lautsprecherverstärkung ihre Heilsversprechen zu. Der eine auf Englisch, der andere auf Indonesisch. Abgesehen von dem immer wiederkehrenden »Jesus« und »Allahu akbar« verstehen wir in beiden Sprachen so gut wie gar nichts. Doch die Menge johlt begeistert. Als uns die Stimmung zu brenzlig wird, bahnen wir uns einen Weg durch die Masse und suchen uns ein Stück entfernt ein Restaurant.

Schweißgebadet werfen wir uns in gemütliche Korbsessel. Wir bestellen zwei große Gläser Bier und eine Platte mit Meeresfrüchten und bleiben die nächsten zwei Stunden dort sitzen. Draußen setzt der Regen wieder ein, lange Autokolonnen ziehen vorbei und schwängern die Luft mit Benzindämpfen. Nicht ganz der Odem des Orients, den ich mir vorgestellt habe.

Im Fernsehen berichtet eine Nachrichtensendung über ein Bombardement im Kundus. Viele kleine Punkte bewegen sich auf dem Bildschirm, die vermeintliche Ansammlung von Taliban-Kämpfern. Doch diese Punkte sind Kinder, Bauern, Taxifahrer, Schäfer, Menschen aus den umliegenden Dörfern, die in der Nacht zu den beiden liegen gebliebenen Tanklastern aufgebrochen sind, um etwas Benzin in ihre Kanister zu füllen.

»Was für eine Scheiße«, sagt Andreas. »Was haben die Deutschen überhaupt in Afghanistan zu suchen?«

Unser neues Hotel liegt in einem wunderschönen Park, mitten in der Stadt. Der anstrengende Tag hat uns müde gemacht, und wir gehen gleich ins Bett. »Schlaf gut, mein Schatz, erhol dich, morgen ist auch noch ein Tag«, sagt Andreas, gibt mir einen Gutenachtkuss und schläft sofort ein. Es ist erst halb neun, die Nacht wird lang werden.

Während ich mit einem Buch in der Hand versuche, müde zu werden, seufzt Andreas neben mir im Schlaf. Er schnarcht ein bisschen und murmelt irgendetwas Unverständliches. Ich stopfe mir Ohropax in die Ohren und nehme eine Rohypnol, um endlich einmal durchschlafen zu können. Ich muss *fit for fun* sein. Aber es klappt nicht, trotz der Kühle im Zimmer wird mein Körper immer heißer, mein Kopf scheint immer größer zu werden, ich habe das Gefühl, dass er gleich platzen wird. Ich sehe meine Familie wie in einem Film, eine Szene nach der anderen macht mich verrückt. Ulrich steht vor mir mit einem verzerrten Gesicht, hundertmal höre ich seine heisere Stimme sagen: *Scher dich zum Teufel.* Ich glaube in die entsetzten Gesichter meiner Kinder zu sehen, in ihre aufgerissenen Augen. Kurz vor dem Morgengrauen schlummre ich ein.

Andreas' lautes Lachen weckt mich. Orientierungslos sehe ich mich um und brauche eine Weile, bis ich wieder weiß, wo ich bin.

»Steh auf, du Faulpelz! Das Auto steht vor der Tür. Jetzt geht's los, Sumatras Schönheit wartet auf uns.«

Medan hat ungefähr drei Millionen Einwohner und offenbar genauso viele Autos. Jedenfalls hat man auf den vier- oder sechsspurigen Straßen dieses Gefühl. Alles schiebt und drängt sich durcheinander. Wir sind auf dem Weg nach Samosir, einer kleinen Halbinsel im Tobasee. Eine Vierstundenfahrt, die aber zum Glück auch über die Landstraße führt, wo allerdings nicht weniger Verkehr herrscht. Hier sind nicht nur Autos und dicke Lastwagen, sondern auch Fahrräder, Rikschas und Bemos unterwegs, akustisch begleitet von ständigem Hupen und kreischenden Bremsen. Andreas macht die Fahrerei genauso kribbelig wie Ulrich auf Bali. Fluchend und schwitzend fährt er in einem holprigen Stop-and-go. Erst als der Dschungel beginnt und die Urwaldriesen Schatten spenden, werden wir beide ruhiger.

Andreas' muskulöse Arme liegen lässig auf dem Lenkrad, seine helle Haut ist leicht gerötet, die blonden Härchen kräuseln sich im Schweiß. Er trägt einen Dreitagebart, was blonden Männern weniger gut steht als den Dunkelhaarigen. Es sieht ungepflegt aus und nicht wirklich attraktiv.

Andreas lehnt sich bequem zurück, schaltet die Klimaanlage aus und lässt den heißen Fahrtwind zum Fenster herein. »Ich habe dir ein Paradies versprochen und werde mein Versprechen auch halten«, sagt er und legt eine Hand auf mein Knie. »Und zu Hause wartet auch ein kleines Paradies auf dich. Du wirst sehen! Solange wir weg sind, wird renoviert. Dein Zimmer bekommt ganz neue Möbel. Ich überlasse dir mein Schlafzimmer und habe dir einen Schreibtisch gekauft. Er steht direkt vor dem Fenster, du kannst von dort aus über die Schlucht schauen, die Berge sehen und den Fluss rauschen hören. Mein Zimmer liegt direkt daneben.« Er wirft mir einen verliebten Blick zu.

Mir kommt es seltsam vor, von einem Zuhause zu reden, das ich noch nie gesehen habe. Der Gedanke daran sollte mich glücklich machen, aber er nährt meine Zweifel.

»Ich bin wahnsinnig gespannt auf das Haus«, erwidere ich, um überhaupt etwas zu sagen. »Du hast mir ja so viele Bilder geschickt, dass ich das Gefühl habe, schon einmal da gewesen zu sein.«

»Es wird dir gefallen, Johanna. Da bin ich mir sicher. Und wer weiß, ob nicht in meinem alten Schlafzimmer dein nächster Roman entsteht.«

Am späten Nachmittag erreichen wir Parapat. Die kleine Stadt liegt in einer idyllischen Bucht am Tobasee, der dreimal so groß ist wie der Bodensee. Auf dem dunkelgrünen Wasser schaukelt ein alter Kahn, der uns mitsamt Auto auf die Insel bringen soll. Über eine breite Rampe holpern wir an Deck, steigen aus und stellen uns an die rostige Reling. Andreas steht hinter mir, er legt seine Hände auf meine Schultern, ich spüre seinen heißen Körper, aber seine Nähe bringt nicht das, was ich mir wünsche.

Der See ist umgeben von Bergen, deren schwarze Flanken Tausende von Metern in die Höhe ragen und am anderen Ende im See zu versinken scheinen. Vor ein paar Jahrhunderten haben diese Berge wochenlang Feuer gespien und weite Flächen Sumatras unter Schutt und Asche begraben. Dabei sehen sie harmlos aus.

Ein paar kleine nackte Jungen springen von der Reling aus kopfüber ins kristallklare Wasser und tauchen nach Münzen, die wir hineinwerfen. Das Wasser glitzert silbern. Am Ufer ziehen kleine Dörfer und mit Blumen geschmückte Veranden vorbei.

Da ist es, das Paradies.

Wir übernachten in einem der Häuser, die für diese Gegend so typisch sind. Sie sehen aus wie eine Barke, »Bug« und »Heck« des Daches sind nach oben gebogen, die Aufbauten aus Holz mit bunt bemalten Schnitzereien verziert. Aus den kleinen Fenstern flattern Gardinen. Ringsherum wiegen sich die Palmen im Wind, über allem liegt ein betörender Blumenduft.

Weiter draußen schaukeln kleine Boote, Fischer werfen ihre Netze aus. Die Insel wird von den Batak bewohnt, die vor der Missionierung angeblich ein Volk der Kopfjäger waren.

Im Cottage gibt es einen Computer, aber offenbar keine Verbindung. Eine halbe Stunde schlage ich mich mit der »Connection« herum, dann schreibe ich offline einen langen Brief an meine Kinder. Ich erkläre ihnen, was ich getan habe, lege meine Beweggründe dar und lasse sie wissen, dass mein Entschluss endgültig ist. Der Boy an der Rezeption verspricht mir, die Mail abzuschicken, sobald eine Verbindung da ist. Aber ob sie jemals ihre Adressaten erreichen wird?

Am Abend gibt es ein Grilldinner. Das Restaurant ist voll besetzt mit Holländern und einigen Franzosen. Heißhungrig stürzen wir uns auf Fisch, Hähnchen und Schwein vom Grill. Wir lernen einen der Männer an unserem Tisch kennen, den ich für einen Engländer halte, aber auch er kommt aus Holland. Er spricht fließend Indonesisch und erzählt uns, dass er nach Kriegsende auf Indonesien inhaftiert wurde und bis 1949 hier im Gefängnis saß. Ich frage ihn erstaunt nach seinem Alter und erfahre, dass er achtundsiebzig ist. Er wirkt erheblich jünger, was vielleicht an seiner Frau liegt, die neben ihm sitzt und kaum älter als zwanzig ist. Er hat sie im vergangenen Jahr geheiratet, wie er uns erzählt, und ist nun hier, um sie mit nach Holland zu nehmen. Auf diese Weise bekommt er eine billige Krankenpflegerin, und sie ist vielleicht mit fünfundzwanzig Jahren eine vermögende Witwe. Kein schlechter Deal.

Ein Batak-Orchester betritt die kleine Bühne, Männer mit nackten Oberkörpern, Flip-Flops an den Füßen und Sarongs aus Batikstoff um die Hüften. Sie singen ihre alten, traurigen Lieder und machen ab und zu ein paar Tanzschritte. Ihre Stimmen sind rau und nicht unbedingt melodiös, abgesehen von einem Sänger, der aus dem

Ensemble heraussticht. Er ist größer als die anderen und trägt im Gegensatz zu ihnen ein weißes Hemd, um das er eine breite Schärpe geschlungen hat. Ich bin begeistert von seinem Gesang, der so weich ist wie der einer Frau, mit einer nie gehörten Sehnsucht in der Stimme. An ihm ist ein Countertenor verloren gegangen.

Nach dem Ende des kleinen Konzerts tanze ich drei oder vier Minuten mit ihm. Ich spüre das Vibrieren seines Körpers und merke, dass ich dafür nicht unempfänglich bin. Eine bekannte Glut steigt in mir hoch, heiß und wild fließen mir heftige Begegnungen mit Ulrich durch den Kopf ... warum passiert mir das nicht mit Andreas? Jeder Brief, den Andreas mir schickte, erregte mich, seine lüsternen Wünsche las ich mit Wonne. Was hat mir meine Fantasie nicht alles vorgegaukelt! Aber in der Wirklichkeit reagiert mein Körper nicht auf ihn. Es kostet mich jedes Mal Überwindung, die leidenschaftliche Geliebte zu spielen. Ich tue es in der Hoffnung, dass doch noch ein Wunder geschieht, und schiebe es auf meine augenblickliche Verfassung.

Obwohl wir Tag und Nacht zusammen sind, scheint Andreas meine Traurigkeit nicht zu bemerken. Er ist berauscht von unserem Zusammensein, er ist verliebt und sieht in mir seine Zukunft. Immer wieder erzählt er mir von seinen Ideen und Plänen, von seinem Atelier, das er vergrößern will, von seinen Geschäften, davon, dass ich ihn nach Australien oder Ceylon begleiten könnte, wo er seine Rohdiamanten kauft.

»Was für ein Glück habe ich, mit dir zusammen zu sein!«, sage ich zärtlich. »Ich kann es noch gar nicht fassen. Es kommt mir noch vor wie ein Märchen.« Und das ist keine Lüge. Immer noch hoffe ich auf ein Wunder. Er gibt sich so viel Mühe, behandelt mich wie eine Prinzessin. Ich habe endlich Gelegenheit, das zu tun, was ich schon immer tun wollte: reisen und lesen.

Andreas nimmt mir mein Buch von den Knien, um mich zu küssen. Es ist *Zeiten des Aufruhrs* von Richard Yates.

»Was findest du nur so interessant an Büchern?«, fragt er mich nach einer Weile, als hätte er meine Gedanken gelesen.

Was für eine Frage! »Es gibt nichts Schöneres«, sage ich. »Ich kann mich am Lesen berauschen, auf eine große Reise gehen und meiner Fantasie freien Lauf lassen. Ich versuche, mich in die Psyche der Charaktere hineinzuversetzen, denen ich in den Büchern begegne, und in ihrer Welt zu leben. Je geheimnisvoller und unvollständiger diese Welt ist, desto mehr wird meine Fantasie beflügelt. Deshalb lese ich ungern oberflächliche Schriftsteller, die mir auf jeder Seite mit einer spannenden Handlung kommen und mir keine Möglichkeit geben, selbst ein bisschen nachzudenken.«

»Das sehe ich anders«, wendet Andreas ein. »Wozu soll ich mir Gedanken um das Leben fremder Menschen machen? Alles, was die Natur mir bietet, regt mich an und macht mich froh. Warum sollte ich also in andere Charaktere hineinschlüpfen und mir vorstellen, was sie tun und denken. Hmmmm … nein, das liegt mir nicht.« Er nimmt meine Hand und küsst sie sanft. »Mir reicht es voll und ganz, dich kennenzulernen, du unbekanntes Wesen.«

Auf dem Vulkan

Sumatra, September 2009

Ganz früh am Morgen nehme ich Abschied von der Insel und gehe hinunter zum Strand. Die Pflanzen glänzen taufrisch, das dunkelgrüne Seewasser schwappt rhythmisch gegen die Kaimauer. Ein paar einheimische Kinder planschen am Ufer, die Touristen schlafen noch, auch Andreas.

Ich schwimme weit hinaus. Bunt bemalte Boote schaukeln an mir vorbei, ein Dampfer tutet warnend. Ich drehe mich auf den Rücken und schaue hinauf zum Himmel und zu den Bergen. An diesen wunderschönen Ort werde ich wohl kaum ein zweites Mal kommen. Übermorgen werden wir »nach Hause« fahren, nach Bali.

Unsere letzte Station heißt Brastagi. Es ist kein nennenswerter Ort, aber Andreas hat ein besonderes Highlight im Sinn. Dort befindet sich der Sibayak, der im Moment aktivste Vulkan auf Sumatra. Er gilt als gefährlich, und das reizt ihn besonders, aber die Strapazen will er wohl vor allem deshalb auf sich nehmen, weil ich eine begeisterte Bergsteigerin bin. Allerdings entpuppt sich schon der Weg dorthin als mühselig, denn der »Sumatra Highway« ist eine üble Schlaglochfalle. Aus Angst vor einer Panne, die in diesen Breiten zum Albtraum werden kann, versucht Andreas, so gut wie möglich den Schlaglöchern auszuweichen oder zumindest sanft hindurchzufahren. Außer uns ist kaum jemand unterwegs, der uns im Ernstfall helfen könnte. Wir begegnen lediglich einer überfahrenen Python und einem Gürteltier.

Je weiter wir fahren, desto mehr verändert sich die Landschaft. Der Urwald hört auf, rechts und links der schnurgeraden Straße tauchen sanfte Hügel, Felder und Bauern auf. Karren mit Wasserbüffeln kommen uns entgegen. Es ist Erntezeit. Sumatra ist die reichste Insel Indonesiens, sie kann nicht nur ihre knapp fünfzig Millionen Einwohner ernähren, sondern auch das sehr viel dichter besiedelte Java.

Am Nachmittag verdunkelt sich der Himmel. Der Regen kommt wie aus Kübeln geschüttet vom Himmel und zwingt uns dazu, im Schritttempo zu fahren. Die Sicht ist so schlecht, dass wir den Moment verpassen, in dem wir den Äquator überqueren. Erst das Transparent über der Straße weist uns darauf hin: *You crossed the equator.* Wir springen beide fast gleichzeitig aus dem Auto, stellen uns unter die herabstürzenden Wassermassen und tanzen und zappeln wie die Wilden. Ich hätte nie gedacht, dass es am Äquator regnen könnte, sondern habe mir immer eine Wüste vorgestellt und brütende Hitze.

Andreas zieht sich ein Handtuch über den Kopf, hält die Kamera darunter und macht ein Bild von mir als tanzendem Derwisch.

Aus den im Reiseführer angegebenen vier Fahrtstunden bis zu unserem Ziel werden sechs. Halb verhungert kommen wir in der Dämmerung in Brastagi an. Wir entscheiden uns für das erstbeste Restaurant und bestellen jede Menge *Padang food*: Schälchen mit Hühnerkeulen, Fisch am Stück oder Filet, Krabben, Gemüse, alles in sauscharfen Tunken, die uns fast die Speiseröhre wegätzen.

Vor dem Schlafengehen sitzen wir noch eine Weile auf dem kleinen Hotelbalkon. Nebenan sieht man einen halb nackten Mann, die Beine im Lotossitz kunstvoll verknotet, das Kreuz durchgedrückt, den Kopf weit in den Nacken gelegt. Es sieht eher kompliziert als entspannt aus.

»Mach das mal nach!«, sage ich und grinse Andreas an.

»Du wirst lachen«, antwortet er, »aber ich kann das. Wenn wir in Bali sind, werde ich dir meinen Yogameister vorstellen. Aber bis dahin kann ich dir gern noch ein paar andere Entspannungsübungen zeigen. Ich kenne ein paar, die man wunderbar im Bett machen kann.« Er lacht.

In der Nacht bekommt Andreas Bauchkrämpfe. Sein Kopf ist heiß, seine Füße sind eiskalt. Ich kühle ihm die Stirn mit nassen Handtüchern und schlafe erst kurz vor dem Morgengrauen ein. Als mich die Rufe des Muezzins wecken, habe ich das Gefühl, überhaupt nicht geschlafen zu haben. Wenig später stimmen auch die Gänse und Enten auf dem Nachbargrundstück ein.

»Wie geht es dir?«, frage ich verschlafen.

Andreas stöhnt. »Ich glaube, jetzt ist alles raus. Aber eine Vulkanbesteigung ist trotzdem nicht drin.«

»Du Armer, wie schade! Es wäre ein toller Abschluss unserer Reise gewesen, aber dann ruhen wir uns halt ein bisschen aus.« Ich lege ihm fürsorglich meine Hand auf die Stirn.

»Wenn du allein gehen willst, dann mach das einfach«, sagt er und richtet sich ein bisschen auf. »Höchstwahrscheinlich wirst du nie wieder die Chance haben, auf einen tätigen Vulkan zu steigen.«

»Ist das Altruismus, oder willst du mich loswerden?«,

frage ich scherzend. »Ganz ungefährlich ist das ja sicher nicht.«

»Du nimmst dir einen Führer, und der wird schon auf dich aufpassen.«

Nein, darauf habe ich keine Lust. Ein Alleingang ist mir lieber, aber das sage ich natürlich nicht.

Von unserem Schlafzimmerfenster aus kann ich den Vulkan sehen. Hoch und mächtig ragt er in den Himmel, über seinem Gipfel schwebt eine Rauchfahne. Beim Frühstück studiere ich in unserem *Lonely Planet* die Routenbeschreibung und packe dann meine Siebensachen zusammen: Rucksack, Goretex-Jacke, Schirm, Sonnencreme, Höhenmesser, Wasser, Cola und ein paar Kekse. Andreas ist wieder eingeschlafen. Ich lege ihm einen Zettel hin und rufe mir ein Taxi.

Es ist kurz nach zehn. Ich lasse mich an der Westflanke des Berges absetzen und bitte den Fahrer, mich um halb drei auf der anderen Seite in Hot Springs wieder abzuholen. Der Mann wackelt besorgt mit dem Kopf. *»It's dangerous, Madam. In the jungle are a lot of animals and tigers.«*

Doch die gefährlichen Tiere halten mich nicht ab. Ich nehme meinen Rucksack und marschiere los. Schon nach wenigen Höhenmetern empfängt mich der Atem des Schwefels. Es riecht eher nach Drachen als nach Tiger.

Mit jedem Schritt wird der Weg schmaler, und urplötzlich hört er ganz auf. Drei dicke Felsbrocken versperren mir den Weg. In großen blauen Buchstaben steht etwas in Indonesisch darauf geschrieben, das ich nicht entziffern kann. Doch ein unmissverständlicher Pfeil weist in Richtung Urwald. Ich klettere über die Felsbarriere, in die Stufen geschlagen sind, und folge ungefähr eine Stunde lang einem Trampelpfad. Rechts und links berührt mich der Wald. Als er mich aus seinen Fängen entlässt, liegt der Krater vor mir. Über mir ragt eine steile Felswand in die Höhe. Beim Blick nach oben wird mir fast schwindlig. Der Schwefelgestank ist widerlich, und ein lautes Zischen lässt mich zusammenschrecken. Nur wenige Meter entfernt werden drei hohe gelblich gefärbte Rauchfontänen sichtbar, die mit großer Geschwindigkeit aus ihren Schloten geschleudert werden. Ich schieße ein paar Fotos und mache, dass ich weiterkomme. Trotzdem will ich unbedingt bis ganz nach oben.

Der Grat zum Gipfel ist schmal und schlüpfrig. Wenn ich hier abrutsche, bin ich verloren, denke ich, schaffe es aber ohne Zwischenfall bis auf zweitausend Meter Höhe. Der Ausblick ist unglaublich! Unter mir liegt das Batak-Karo-Land ausgebreitet wie ein buntes Tuch, durch das sich Flüsse und Seen wie silberne Fäden ziehen.

Nur einen Augenblick später tauchen am Himmel auf einmal schwarze Vögel auf, und ich stelle beunruhigt fest, dass dunkle Wolken im Anmarsch sind. Sie ziehen einen feuchten Nebel hinter sich her. Ich bekomme Angst. Im vergangenen Jahr ist ein Trupp Touristen auf diesem Berg spurlos verschwunden. Dazu will ich nun nicht gehören. Ich halte nach den roten Tüchern Ausschau, von denen ich im Reiseführer gelesen habe. Sie sollen den Einstieg in den Urwald kennzeichnen, und tatsächlich kann man sie kaum übersehen.

Der Abstieg ist schwierig, der Boden lehmig und rutschig, so dass ich schon darüber nachdenke, umzukehren und denselben Weg zurück zu nehmen, aber der Fahrer erwartet mich auf der anderen Seite. Also versuche ich, meine Angst im Zaum zu halten und nicht hinunter in die Schlucht zu blicken.

Zweihundert Meter weiter wird der Weg besser, aber

er ist immer noch rutschig, und es geht steil nach unten. Ich schlittere bergab wie auf einer Skipiste und rausche buchstäblich in den Urwald hinein. Meine Panik verwandelt sich in Begeisterung. Der Blättertunnel, die Geräusche, Vögel, Zikaden und Affen machen mir keine Angst mehr. Ich höre ein Röhren, vielleicht von einem Elefanten oder einem Tiger, und dann Stimmen. Vor mir tauchen vier Personen aus dem Dickicht auf, zwei einheimische Führer und zwei Touristen. Sie sind genauso überrascht wie ich.

»You walk alone?«, fragt einer der Führer.

Ich nicke strahlend, und sie strecken die Hand mit erhobenem Daumen aus: Sehr gut! Das Touristenpärchen sieht mich ungläubig an, sprachlos über so viel Wagemut. Wir gehen ein Stück der Strecke gemeinsam, und die Führer zeigen mir einige seltene Vögel, die ich sonst bestimmt nicht entdeckt hätte. Den Abstieg von 850 Höhenmetern schaffe ich in eineinhalb Stunden. Für den Aufstieg habe ich deutlich länger gebraucht.

Ich hatte angenommen, Hot Springs wäre ein Dorf, aber es besteht nur aus einer Hütte mit zwei verrotteten Korbstühlen und einem Plastiktisch. Hinter dem Haus gibt es gekachelte Becken mit heißem Schwefelwasser. Ich bezahle eine Rupiah, umgerechnet etwa zwanzig Cent, und lege mich nackt in das fünfundvierzig Grad heiße Wasser. Nach zehn Minuten steige ich in das zweite Becken mit vierzig Grad und von dort ins dritte mit fünfunddreißig. Dann bin ich völlig erledigt. Ich ziehe mich wieder an und versuche, mit dem Schwefelwasser meine lehmverschmierten Stiefel und Hosen etwas sauberer zu kriegen.

In dem kleinen Restaurant gibt es nichts anderes als

Nudelsuppe mit Ei und Gemüse, aber ich habe trotzdem das Gefühl, nie etwas Köstlicheres gegessen zu haben. Gierig verschlinge ich eine zweite Portion. Als mein Taxifahrer auftaucht und sich freut, mich wohlbehalten hier anzutreffen, fühle ich mich so glücklich, dass ich ihn am liebsten umarmt hätte.

Eine halbe Stunde später liege ich stattdessen in Andreas' Armen. Er küsst mich ungestüm und flüstert mir unverständliche Worte ins Ohr.

»Was hast du gesagt?«

Er wiederholt es nicht. Er zieht mich ins Zimmer, reißt mir die verschwitzten Klamotten vom Leib und wirft mich aufs Bett. Er dringt mit einer Heftigkeit in mich ein, dass es mir fast wehtut. Ich drehe mich auf die Knie, so dass er mich von hinten vögeln kann, was ihn so sehr antörnt, dass er viel zu früh kommt.

»Tut mir leid, Schatz«, sagt er und sinkt über mir zusammen. »Ich habe mich zu sehr auf dich gefreut. Aber wir haben ja noch die ganze Nacht.«

»Ich bin ohnehin völlig erledigt«, sage ich versöhnlich und schmiege mich an seinen Bauch.

»Schlaf ein bisschen, ruh dich aus«, flüstert er zurück.

Und tatsächlich schlafe ich zwei Stunden lang tief und fest, bis mich die Rufe des Muezzins wieder wecken.

Die Nachricht

Bali, Ende September 2009

Die erste Nacht in meinem neuen Zuhause verbringe ich allein in meinem Himmelbett, allein mit meinen Erinnerungen. Ich bin so erschöpft, dass ich kaum etwas anderes spüre, als den Wunsch zu schlafen. Aber mit der Rückkehr auf die Insel der Götter kommen auch die Erinnerungen zurück. Alle Familienmitglieder gesellen sich zu mir, setzen sich an mein Bett, bevölkern meine Träume, reden und reden und machen mir das Atmen schwer.

Am nächsten Morgen werde ich noch vor Sonnenaufgang wach. Neugierig mache ich einen kleinen Rundgang durch das Haus und schleiche mich dann in Andreas' Zimmer. Sein Schlaf ist so leicht, dass er sofort aufwacht, als ich zu ihm ins Bett krieche.

»Guten Morgen im Paradies!«, murmelt er und zieht mich an sich. »Hast du gut geschlafen?«

»Ja«, sage ich mit einem fröhlichen Gesicht und kuschele mich an ihn, ich will ihm den Tag nicht verderben. Seine Nähe, sein warmer Körper, seine streichelnden Hände beruhigen mich. Dieser erste Tag soll ein fröhlicher Tag werden, Andreas soll mich glücklich sehen, ich will ihm nicht die Freude verderben, sondern ihm all das schenken, worauf er so lange gewartet hat. Ich will mir sein Haus zeigen lassen, seine Welt.

Zunächst legen wir uns gemütlich in eine riesige Badewanne im Garten. An der hohen Mauer um uns herum hängen Farne, Orchideen und allerlei duftende Blumen, über uns dehnt sich ein dunkelblauer tropischer Himmel. Langsam entspanne ich mich und erhole mich von der unruhigen Nacht. Wir spielen mit unseren Füßen, berühren und stupsen uns sanft. Andreas sieht glücklich aus.

Als wir aus dem Wasser steigen, ist auf der Terrasse der Frühstückstisch gedeckt. Rechts und links beschützen uns zwei steinerne Götter. Zwei zierliche junge Mädchen im Sarong tragen Tabletts herbei. Sie stellen sie auf dem Tisch ab und verneigen sich scheu vor mir: *»Selamat datang«* – Willkommen. Freudestrahlend erwidern sie mein Lächeln und stellen mit fliegenden Händen Schälchen und Töpfchen vor uns hin.

Nach dem Frühstück nehme ich mein Zimmer in Besitz. Ich verstaue meine wenigen Habseligkeiten in dem bunt bemalten Schrank und stelle meinen Laptop auf den wunderschön geschnitzten Schreibtisch. Hier also werde ich weiterschreiben können, hier in diesem Paradies.

Aber erst mal wende ich mich den irdischen Dingen zu und checke meine Mails. In meinem Outlook begrüßt mich eine ellenlange Liste von E-Mails. Das meiste ist unwichtiges Zeug, nur eine Nachricht ist von meinen Kindern. Sie kommt von Ulrike und ist kurz und bündig.

Hallo Mama,
wo Du auch bist – komm nach Hause. Michael liegt im Sterben. Man hat Pankreaskrebs bei ihm festgestellt – unheilbar.
Ulrike

Vor meinen Augen beginnt der Bildschirm zu flimmern. Ich versuche verzweifelt, die Nachricht noch einmal zu lesen. Es gelingt mir nicht, ich bin wie blind. Mein Körper gehorcht mir nicht mehr, das Atmen fällt schwer. Ein dumpfer Schmerz steigt in mir hoch, ein Schmerz, den man nicht beschreiben kann, der schlimmer ist als alles zuvor Erlebte. Michael stirbt, Michael stirbt.

Ich kann mich nicht rühren und bleibe einfach sitzen, ich starre auf meinen Laptop, als könnte er mir weitere Antworten geben oder alles ungeschehen machen.

Irgendwann kommt Andreas ins Zimmer und rüttelt mich sanft. »Johanna, was ist denn? Johanna, sag doch was!«

Als ich nicht antworte, liest er die Nachricht auf meinem Bildschirm. »Mein Gott«, murmelt er erschrocken. »Mein Gott, das darf doch nicht wahr sein!« Dann zieht er mich vom Stuhl, schleppt mich zum Bett und sinkt mit mir zusammen auf die Matratze. Er wiegt mich hin und her wie ein Kind, flüstert mir beruhigende Worte zu und trocknet meine Tränen, die unaufhaltsam fließen. »Was kann ich nur für dich tun, Johanna? Sag doch was!«

Er kann gar nichts tun, gar nichts.

Ich will allein sein, will mich bewegen, stundenlang laufen, bis ich todmüde bin, nichts mehr spüren, nichts mehr denken.

Ich renne ohne ein weiteres Wort aus dem Haus. Meine Füße bewegen sich von alleine, mein Körper reagiert wie ein Automat. Eine innere Energie treibt mich voran, lässt mich Kilometer um Kilometer durch Reisfelder und Schluchten laufen. Irgendwann lasse ich mich erschöpft an den Straßenrand sinken und wünsche mir nur noch eins: einzuschlafen und beim Aufwachen festzustellen, dass alles nur ein böser Traum war.

»Anda sakit?« – Bist du krank?, fragt mich eine alte Frau, die vorbeikommt.

Ich schüttele den Kopf und bringe mit letzter Kraft das Wort Taxi heraus.

»Lurus« – Geradeaus, sagt sie und weist mir mit dem Arm die Richtung.

Als ich nach Hause komme, ist es stockdunkel. Es ist fast ein Wunder, dass ich mich an die Adresse erinnern konnte, schließlich bin ich noch nicht mal einen Tag hier. Andreas ist vollkommen außer sich, er hat den ganzen Tag nach mir gesucht.

»Ich bin fast verrückt geworden vor Sorge, Johanna! Warum bist du einfach so weggelaufen?«

»Ich konnte nicht anders, Andreas. Kennst du das Gefühl, wenn sich plötzlich ein tiefer Abgrund vor dir auftut?« Ich kann nicht verhindern, hemmungslos zu weinen. »Ein Abgrund, aus dem ich nicht mehr herausfinden werde. Mein schöner großer Sohn wird sterben …«

Nur einen glücklichen Tag auf Bali haben wir zusammen erlebt, alles, was wir geplant haben, müssen wir vergessen. Ich breche erneut in Tränen aus.

Andreas zieht mich an sich und streicht mir übers Haar. »Wie kann ich dir helfen, Johanna?«

»Du kannst mir nicht helfen, und ich kann nicht bei dir bleiben, Andreas. Ich muss nach Hause, mit dem nächsten Flieger. Ich muss zu Michael, verstehst du?«

Nun beginnt auch Andreas zu weinen. »Wirst du zu mir zurückkommen?«, fragt er schluchzend.

»Ich weiß es nicht, ich kann dir darauf jetzt keine Antwort geben.«

In dieser Nacht lieben wir uns verzweifelt und schlafen dann aneinandergeklammert in meinem Himmelbett ein. Wir wissen beide, dass es vermutlich das letzte Mal ist.

Letzte Hoffnung

München, Oktober und November 2009

Ich lande an einem frühen Sonntagmorgen in München. Zwanzig Stunden lang bin ich unterwegs gewesen, ohne auch nur eine Minute zu schlafen. Der Himmel ist grau, es nieselt leicht, und ich friere in meiner dünnen Goretex-Jacke. Ich fahre mit dem Taxi direkt zu Angela und Michael. Angela öffnet mir im Nachthemd die Tür, sie sieht blass aus und sehr traurig, scheint aber nicht sehr erstaunt, mich zu sehen. Wir umarmen uns schweigend. Dann geht sie voraus.

Michael liegt auf der Couch im Wohnzimmer. Bei seinem Anblick breche ich fast zusammen. Vor fünf Wochen habe ich mich von einem athletischen, dynamischen Mann verabschiedet, jetzt ist nur noch ein Häufchen Elend übrig. Michaels Gesicht ist eingefallen, seine Hände hängen schlaff herab. Er sieht mich mit stumpfem Blick an. Ich knie neben ihm nieder und will ihn umarmen, doch er wehrt ab.

»Mama, ich kann mich nicht aufrichten«, sagt er schleppend. Auch seine Stimme ist verändert, irgendwie weicher. »Es ist ein furchtbares Martyrium, weißt du. Meine Kreuzschmerzen sind die Hölle, mehrere Wirbel sind inzwischen gebrochen.« Er versucht zu lächeln, und ich küsse ihn vorsichtig auf die Stirn.

»Ich kann das einfach nicht glauben«, sage ich und ziehe mir einen Stuhl heran. »Im Juli hast du noch ganze Lastwagen voll Kies abgeladen, du hast geschreinert und gemauert. Hast du da überhaupt nichts gespürt?«

Michael schüttelt den Kopf. »Überhaupt nichts.«

Ich streiche ihm vorsichtig übers Haar und bemühe mich um Fassung. »Wenn es euch recht ist, dann bleib ich bei dir. Ich möchte dir helfen. Was sagst du, Angela?«

Sie nickt. »Ich bin froh, dass du da bist. Du kannst oben in Michaels Bett schlafen.«

Angela geht in die Küche und macht Kaffee. In der Zwischenzeit beginnt Michael zu berichten: »Du weißt ja, dass ich schon auf Bali starke Schmerzen hatte. Nach einer Weile wurde mir klar, dass das kein Hexenschuss sein konnte, aber ich bin trotzdem nicht gleich zum Arzt gegangen. Aber irgendwann war es so schlimm, dass Angela mich in die Klinik gebracht hat. Fünf Stunden habe ich mich dort mit Schmerzen gequält, bis man mich untersucht hat. Der Befund kam dann ziemlich schnell. Auf dem MRT war der Tumor ganz deutlich erkennbar. Er sitzt an der Bauchspeicheldrüse, nicht operabel.« Er streicht mir vorsichtig über die Hand, als wäre ich es, die getröstet werden muss. »Ich muss ihn schon länger haben«, fügt er hinzu. »Das Ding hat gestreut, ich habe im ganzen Körper Metastasen. Seit drei Tagen bekomme ich Bestrahlungen, sie sollen das Wachstum im Rücken stoppen und auch die Schmerzen.«

Ich kann meine Tränen nicht länger zurückhalten.

Michael hat nicht mehr genügend Kraft, um selbst zu gehen. Ich begleite ihn jeden Morgen in die Klinik, schiebe ihn im Rollstuhl bis zum Auto, helfe ihm heraus und wieder hinein und hieve das sperrige Vehikel in den Kofferraum. Michael ächzt bei jeder Bewegung vor Schmerzen, macht aber dennoch Witze. »Jetzt schiebst du deinen fünfzigjährigen Sohn im Rollstuhl spazieren. Umgekehrt wär's mir lieber gewesen.«

Mit der Zeit lernen wir die anderen Patienten kennen, weil sie genau wie wir jeden Tag herkommen. Einer von ihnen wird in Handschellen hergebracht. Seine beiden Begleiter in Uniform nehmen ihm die Dinger erst ab, wenn die Schwestern ihn ins Behandlungszimmer schieben. Was der Arme wohl verbrochen hat?

Michael ist im Anschluss an die Behandlung meistens speiübel. Dann schiebe ich ihn in den Klinikpark, an die frische Luft. Es ist kalt, die Blätter der Bäume leuchten rot. Oft muss Michael sich übergeben und will dann unbedingt flach liegen. Ich helfe ihm vorsichtig aus dem Rollstuhl heraus und lasse ihn auf die mit Blättern übersäte Wiese sinken. Dann decke ich ihn mit einer Decke zu und warte. Manchmal dauert es eine halbe Stunde, bis es ihm besser geht.

Nach der zehnten Bestrahlung weigert sich Michael weiterzumachen, aber sein behandelnder Arzt rät ihm dringend, jetzt auch mit der Chemo zu beginnen. Die Tumormarker haben sich in den letzten Tagen vervielfacht. Angela grast hektisch eine Klinik nach der anderen ab auf der Suche nach der bestmöglichen Behandlungsmethode. Michael entscheidet sich schließlich für eine Chemo in München. Er wird stationär aufgenommen, und ich lebe von nun an im Krankenhaus. Mein Tag beginnt um neun Uhr morgens und endet am Abend, wenn Angela von der Arbeit kommt. Obwohl Angela todmüde ist, macht sie sich daran, ein Essen für uns zu kochen.

»Kannst du dir vorstellen, Mama, dass ich in zwei Monaten tot bin?«, fragt Michael, während ich ihn wie jeden Morgen wasche und rasiere.

Nein, das kann ich nicht.

Zwei Wochen später schon. Bei einer der letzten Bestrahlungen wurde die Speiseröhre verletzt. Michael kann jetzt weder trinken noch essen. Er bekommt einen Tropf, aber erst Tage später einen Port.

Ich habe das Gefühl, um alles kämpfen zu müssen, und bin wütend und frustriert über so viel Ignoranz des Personals. Erst viel später sehe ich die Dinge anders. Die Schwestern wissen, dass Michael ein Todeskandidat ist. Je schneller die Erlösung kommt, desto besser. Aber das ist in diesem Moment undenkbar.

Michael verliert schnell an Gewicht und bekommt nach ein paar Tagen Probleme mit dem Stuhlgang, sein Bauch ist hart wie eine Trommel. Ich bitte eine der Schwestern, etwas zu unternehmen.

»Trinken Sie doch einfach mehr Wasser«, schimpft sie, obwohl sie genau weiß, dass Michael nicht mehr schlucken kann.

Ich bleibe hartnäckig, bis sie einen Einlauf machen. Nur Minuten später entleert sich Michaels Darm auf dem Laken. Sie haben ihm nicht mal einen Schutz ins Bett gelegt. Als ich die Schwester rufen will, hält mich Michael zurück und bittet mich, ihm zu helfen. Er will sich alleine säubern.

Ich helfe ihm, sich aufzusetzen. Sein ganzer Unterkörper ist mit Kot bedeckt, es stinkt fürchterlich. Ich lege seinen Arm um meine Schulter und schleife ihn mehr oder weniger die paar Meter bis zum Bad. Er setzt sich auf den Stuhl unter der Dusche und ist zu schwach, um sich die Unterhose selbst auszuziehen. Während ich ihn ausziehe und wasche, fließen meine Tränen, und Michael weint mit mir.

An diesem Nachmittag sprechen wir das erste Mal über den Tod.

»Ich habe Angst vor dem Ende, Mama. Weniger davor, dass irgendwann Schluss ist, sondern dass es für alle unerträglich wird. Die Schmerzen, dieses Elend …« Er sieht mich fast flehend an. »Würdest du mir helfen, Mama, wenn ich nicht mehr kann? Du und Papa, würdet ihr für ein friedliches Ende sorgen?«

Die Vorstellung ist schrecklich, und doch kann ich seinen dringenden Wunsch verstehen. Ich würde es vermutlich nicht anders machen wollen.

»Und wenn es so weit ist, Mama, dann will ich, dass ihr beide da seid, Papa und du. Bitte sprich mit ihm! Du musst ihn anrufen.«

»Ich weiß, Michael. Das hätte ich schon längst tun sollen.«

Sein Gesicht entspannt sich. Wir machen ein Sudoku zusammen, und er kann sogar ein bisschen lachen. »Weißt du noch?« ist der Slogan des Nachmittags. Wir graben in unseren Erinnerungen, bis Michael müde wird. Auch als er schon lange schläft, sitze ich noch neben ihm und halte seine Hand.

Dann setze ich mich in meine Ecke, schaue hinaus auf den Park, in dem die vielen Ahornbäume rote Blätter bekommen, es sieht aus, als brennte der Wald.

Als Michael seine erste Chemo bekommt, nimmt sich Angela einen Tag frei. Wir sitzen zu zweit im Krankenzimmer und sehen zu, wie die Schwester die kleine Flasche mit dem lebensrettenden Inhalt über Michaels Bett aufhängt und Tropfen um Tropfen in seine Venen rinnt.

»Vielleicht habe ich Glück«, sagt Michael mit einem entspannten Lächeln, »vielleicht gehöre ich zu dem kleinen Prozentsatz an Patienten, die überleben.«

Angela und ich lächeln zurück. Wir möchten das so gern glauben.

Ich nutze Angelas Anwesenheit für einen kleinen Spaziergang durch den Klinikpark, außerdem hat Michael einen Wunsch geäußert. Er möchte unbedingt eine Mango essen. Vielleicht kann ich die irgendwo auftreiben. In der Nähe des Krankenhauses gibt es keine Geschäfte, nur einen kleinen Tante-Emma-Laden, der natürlich keine Mangos hat, aber immerhin Mangosaft und Dosenfrüchte.

Ich streife eine Weile durch die Alleen mit ihren bunt gefärbten Ahornbäumen, Autos fahren an mir vorbei und Radfahrer, eine alte Frau lässt ihren Hund an einen Baum pinkeln. In diesem alltäglichen Leben ist kein Platz mehr für Michael, er wurde in dieses Leben geboren und muss es nun wieder verlassen – das ist der Lauf der Welt. Aber wie soll ich damit fertig werden?

Zwei Tage lang sind wir alle in euphorischer Stimmung. Michaels Werte zeigen eine deutliche Verbesserung. Doch am dritten Tag ist alles vorbei. Die Chemo hat nicht angeschlagen.

Als ich todmüde in Michaels Bett liege, überfallen mich schreckliche Gedanken. Ich kann nicht vermeiden, ununterbrochen an Ulrich zu denken, ich stelle mir vor, wie er in unserem großen Haus völlig vereinsamt herumtigert, keinen Kontakt zu Freunden aufnimmt. Ich kenne ihn schon fünfzig Jahre und habe schreckliche Angst vor einer Begegnung mit ihm, es graut mir davor, um Vergebung bettelnd vor ihm zu stehen.

Auch an Andreas muss ich häufig denken, und ich versuche herauszufinden, was mich an ihn bindet. Sind es die vielen erotischen Briefe, die wir uns geschrieben haben? Mir wird bewusst, dass Schreiben nicht unbedingt glücklich macht. Es waren Phrasen, die aus Mündern kamen, die sich noch nicht geküsst hatten. Andreas ruft mich immer wieder an und will wissen, wie es mir geht, aber er ist einfach zu weit weg, um mir ein seelischer Halt zu sein. Womit ich nicht die räumliche Entfernung meine. Die Nähe, die ich mir erhofft habe, fehlt auch jetzt oder jetzt erst recht. Michaels Krankheit ist in unsere Pläne gedonnert wie das strafende Schwert Gottes.

Mein Leben kommt mir überflüssig vor, das Glück hat mich verlassen ... War ich überhaupt in meinem Leben richtig glücklich ... kann man solche Schicksalsschläge überhaupt überleben?

Ich habe Angst davor, mit Ulrich Kontakt aufzunehmen. Aber es muss sein. Unbedingt! Unser Kind stirbt, wir haben ihn in Liebe gezeugt, und wir müssen nun auch im Sterben an seiner Seite sein. Nicht nur weil ich es Michael versprochen habe.

Als ich endlich zum Hörer greife, zittern mir die Knie. Das Telefon klingelt eine halbe Ewigkeit, dann meldet sich Ulrichs Stimme. Sein Bariton klingt tiefer, als ich ihn in Erinnerung habe.

»Ja, bitte«, sagt er, und als ich nicht sofort antworte: »Wer ist am Apparat?«

»Ich bin's«, sage ich vorsichtig. »Ich bin in München, bei Michael.«

Schweigen. »Und?«

»Wir müssen miteinander reden, Ulrich.«

»Es gibt nichts zu besprechen.«

Bevor er auflegen kann, sprudele ich los wie ein Wasserfall. »Ulrich, lass uns aufhören mit diesem Unsinn.

Das hat doch alles überhaupt keine Bedeutung mehr. Unser Sohn liegt im Sterben.« Ich beginne zu weinen. »Wir müssen uns sehen, Ulrich. Unser Sohn braucht unsere Hilfe. Michael braucht dich, und ich brauche dich auch …«

Ich muss Ulrich nicht erklären, was mit Hilfe gemeint ist. Er hat sofort verstanden.

»Sag ihm, er kann sich auf mich verlassen.«

»Das solltest du ihm lieber selbst sagen.«

Erneutes Schweigen in der Leitung. »Ich bin in zwei Tagen in München. Der Flug ist schon gebucht. Ich schicke dir die Daten per E-Mail.«

»Okay«, bringe ich hervor, dann legt er auf.

Abstand

München, November 2009

Michael wird mit jedem Tag weniger, während die Schmerzen stärker werden. Vier Wochen lang kämpft er in der Klinik um sein Leben und lässt geduldig eine Untersuchung nach der anderen über sich ergehen. Die Ärzte schieben ihm einen Schlauch in die Lunge und spritzen ihm Kontrastmittel in die Venen. Der Krebs ist überall. Er ist der Stärkere und wird gewinnen.

Seit ich wieder in Deutschland bin, habe ich meine anderen Kinder noch nicht wiedergesehen. Es wird hart werden, und ich habe Angst davor. Schließlich treffen alle gleichzeitig in München ein. Ulrike aus Ulm, Ingo aus Landsberg, Ulrich aus Lyon und sogar Anna und Paul. Wir treffen uns alle im Krankenhaus, in Michaels Zimmer. Michael ist aufgekratzt, seine eingefallenen Wangen röten sich, fast sieht er aus wie ein gesunder junger Mann. Dem Morphium sei Dank.

Ulrike ist als Erste da. Sie begrüßt mich mit einem kühlen »Hallo« und umarmt ihren Bruder stürmisch.

»Sei nicht so wild, ich hab's am Kreuz«, versucht Michael zu scherzen.

Ulrike bricht sofort in Tränen aus. Michael streicht ihr tröstend über den Kopf.

Anna und Paul sind die Nächsten. Fast ein ganzes Jahr

haben wir uns nicht mehr gesehen und stehen uns nun verlegen gegenüber wie Fremde. Das ist alles zu viel für mich, ich kann das nicht aushalten. Ich gehe auf Anna zu und umarme sie. Auch Anna beginnt zu weinen, und schließlich weinen wir alle.

Als Angela und Clemens eintreffen, bemühen wir uns um Fassung. Clemens ist noch nie bei seinem Vater im Krankenhaus gewesen, weil seine Mutter ihn vor dem Schlimmsten bewahren wollte, aber irgendwann muss auch ein Siebzehnjähriger den Tatsachen ins Auge blicken. Die Erschütterung in Clemens' Gesicht ist für mich eines der schmerzlichsten Erlebnisse der letzten Wochen. Vater und Sohn sprechen kein Wort, Clemens setzt sich neben das Bett und hält die Hand seines Vaters.

Ingo und Ulrich kommen fast gleichzeitig. Ingo ist der Einzige, der zuerst auf mich zugeht. Er ist so groß und kräftig, wie Michael es auch einmal war. Er drückt mich an sich, und ich schlinge meine Arme um ihn.

Ulrich hält eine deutliche Distanz. Er hat kurz mit dem Kopf genickt und sitzt nun bei Michael auf der Bettkante. Ich betrachte die beiden, die ihre Köpfe so dicht zusammenstecken, dass sich ihre Wangen fast berühren. Als Ulrich aufsteht, kommt er nicht auf mich zu, sein Gesicht ist wie versteinert, alt geworden und faltig. Seine Augen sehen an mir vorbei, und ich weiß, dass er unversöhnlich ist, dass er mir nie verzeihen wird.

Anna und Paul haben einen Gruß aus dem Garten mitgebracht und legen ihn Michael in die Hand. »Das sind Dahlienknollen. Wir haben sie gestern aus der Erde geholt.« Michael lässt sie durch seine Hände gleiten. »Wir haben für jeden von uns eine Knolle mitgebracht, Michi. Wir werden sie in unsere Gärten pflanzen und bei ihrem Anblick immer an dich denken.«

»Mal sehen, bei wem sie am besten wachsen«, sagt Ulrike, bemüht, dem Moment die Schwere zu nehmen.

Michaels Augen leuchten, er findet die Idee offenbar gut. Aber Anna hat noch eine weitere Überraschung in petto. Sie stellt einen Radiorekorder auf den Tisch und fordert uns auf, einen Kreis zu bilden und einander bei der Hand zu nehmen. Dann drückt sie die Starttaste. Leise beginnt ein Chor mit ergreifendem Gesang. Ich habe die Musik schon mal gehört, es ist die *Misa Criolla*. Sally hat sie mir vor einem Jahr zu Weihnachten geschenkt. Die Stimme von Mercedes Sosa ist hypnotisierend, so weich wie Samt und Seide. Alle stehen wir versunken da und summen leise mit. Es ist, als würde elektrischer Strom durch unsere Hände hindurchjagen. Ein seltsames Gefühl von Schwerelosigkeit überkommt mich, ich glaube zu schweben.

Ulrichs Blick begegnet dem meinen. Er sieht durch mich hindurch. Oder doch nicht? Neben ihm steht Anna, so klein, so zart. Immer trägt sie Schwarz, sommers wie winters. Sie schüttelt sich ihre langen rotblonden Haare aus dem Gesicht und beginnt urplötzlich mitzusingen. Ihr heller Sopran und der tiefe Alt von Mercedes Sosa hören sich an wie ein Traum – unwirklich, überirdisch.

Mir wird schwarz vor Augen, meine Beine beginnen zu zittern. Ich bin kurz davor, ohnmächtig zu werden, und löse mich aus dem Kreis. Ich stürze nach draußen auf den Gang, lasse mich auf den nächstbesten Stuhl fallen und weine haltlos.

Eine Weile später kommt Anna. Sie kniet sich vor mich hin und umarmt mich. »Mama, es ist ganz wichtig, dass du jetzt dabei bist«, sagt sie. »Michaels Arzt ist da, und wir möchten alle zusammen etwas besprechen.« Sie legt einen Arm um meine Schulter und zieht mich in die Höhe.

Der Arzt sitzt neben Michael auf der Bettkante, so als würde er zur Familie gehören. Anna holt mir einen Stuhl.

»Ihr Sohn möchte von mir eine Auskunft, wie es mit ihm weitergeht«, sagt der Arzt an mich gewandt.

»Ich muss eine Entscheidung treffen, ob ich die Chemotherapie weitermachen will oder nicht«, ergänzt Michael. »Und ich will es heute entscheiden. Hier mit euch. Aber ich möchte vorher wissen, ob mir die Chemo hilft und wie lange sie hilft.«

»Das kann ich Ihnen natürlich nicht mit hundertprozentiger Sicherheit sagen. Mithilfe der Chemotherapie können Sie Ihr Leben vielleicht um zwei Monate verlängern, aber die Schmerzen werden bleiben. Wenn Sie damit aufhören, geht es schneller. Sie werden an Organversagen sterben.«

Im Grunde wissen wir das alle, aber trotzdem hat das bisher kein Arzt so klar ausgesprochen. Was mag nur jetzt in Michaels Kopf vorgehen? Michaels Antwort kommt schnell. »Ich will keine Chemo mehr, es soll schnell gehen«, sagt er mit glühendem Blick.

Angela springt auf. »Das darfst du nicht! Du darfst uns nicht so schnell verlassen, denk doch auch an uns!«

Ich weiß, dass Angelas Reaktion egoistisch ist, aber ich fühle genauso. Ich kann und will mir einfach nicht vorstellen, dass mein Sohn in wenigen Tagen nicht mehr leben wird.

Aber Michaels Entschluss bleibt unumstößlich. Angela organisiert schließlich alles für die Heimpflege und verwandelt den großen Wintergarten ihres Hauses in ein Krankenzimmer.

Michael ist glücklich darüber, zu Hause sterben zu dürfen. Er kann nicht mehr aufstehen, aber von seinem Bett aus den Garten sehen und die herbstliche Blätterpracht bewundern. Er hat seine Familie um sich und seine Tiere: den Papagei, den Hund und die Fische im Aquarium. Sein Laptop liegt fast immer bei ihm im Bett.

Auf dem Nachttisch stapeln sich die Medikamente, der Morphiumtropf senkt die Schmerzen auf ein halbwegs erträgliches Maß. Dreimal am Tag kommt ein Pflegedienst, wechselt die Flaschen am Tropf und die Windeln.

Auch Freunde kommen zu Besuch und sitzen an Michaels Krankenbett, selbst wenn er schläft. Wenn er wach ist, spielen sie ihm Musik vor, manchmal auf der Gitarre, ein anderes Mal per CD. Er bekommt Bücher und Zeitschriften, Plüschtiere und Blumen. Mit jedem Tag sieht das Zimmer mehr nach einem Gemischtwarenladen aus. Sein ältestes Plüschtier, ein Affe, den wir ihm zum zweiten Geburtstag geschenkt haben, liegt abgenutzt und haarlos neben seinem Kopfkissen.

Angela hatte die wunderbare Idee, an der Lampe über Michaels Bett unzählige Fotos, Zettel, Briefe und Gedichte aufzuhängen, die sich langsam im Aufwind der Heizung drehen.

Ulrich und die Kinder sind abgereist, aber am kommenden Wochenende werden sie wieder hier sein, denn es gibt etwas zu feiern. Michael und Angela werden heiraten. Nach zwanzig Jahren des Zusammenlebens ohne Trauschein wollen sie sich zum Schluss das Jawort geben. *In guten wie in schlechten Tagen …*

Michaels verletzte Speiseröhre hat sich erstaunlicherweise wieder erholt. Er bekommt plötzlich Heißhunger auf Maultaschen, auf Nudeln, auf Suppen, auf Eis – auf alles, was leicht hinunterrutscht. Er liebt es, von mir gestreichelt zu werden wie ein Kind. Wir sind uns sehr nah in diesen Tagen.

Angela schmückt das Wohnzimmer, hängt Girlanden an die Decke und stellt überall rote Rosen auf. Wir backen zusammen Kuchen und kaufen eine Menge Champagner. Am Tag der Hochzeit ziehen wir Michael festlich an, weißes Hemd und rote Fliege. Angela stutzt ihm den Bart und kämmt seine schütteren Haare.

Das Zimmer ist fast zu klein für uns alle. Auch Angelas Eltern und Geschwister sind gekommen. Der Standesbeamte hält eine kurze Rede, Angela setzt sich zu ihrem Mann aufs Bett, sie küssen sich lange und weinen, bevor sie die Papiere unterschreiben. Ingo legt Musik auf, und wieder regnen Hildegard Knefs rote Rosen auf uns herab. *Die Welt sollte sich umgestalten und ihre Sorgen für sich behalten …*

Anna und Ulrike beginnen, mit ihren Ehemännern zu tanzen. Innig und heftig aneinandergedrückt. Weinend filme ich mit meiner Videokamera. Ulrich vermeidet es, mir nahe zu kommen, er steht in einer Ecke und wischt sich die Tränen ab. Später sitze ich mit einem Glas Champagner auf Michaels Bett und stoße mit ihm an. »Auf ein schönes Leben im Himmel«, sage ich schluchzend.

Michael lächelt. »Ist schon gut, Mama. Da oben sehen wir uns ja wieder.«

Heimkehr

München, November 2009

Ich schaffe es nicht. Am Tag nach der Hochzeit ziehe ich zu Sally um. Ich kann das Kind, das ich geboren habe, nicht sterben sehen.

Sally ist bei Eduard, und ich habe die Wohnung erneut für mich. Dank einer notablen Dosis Schlaftabletten schlafe ich sogar mal wieder eine Nacht durch.

Ganz früh am Morgen, es ist noch dunkel draußen, setze ich mich an meinen Laptop und schreibe einen Brief an meinen Sohn.

Mein geliebter Michi,
ich weiß nicht, wie ich Dir sagen soll, wie sehr ich Dich liebe. Ich möchte Dir seitenweise von dem Reichtum erzählen, der mir zugefallen ist, als ich Dich in mir wachsen fühlte und Dich dann überglücklich in den Armen halten durfte. Dieses Glück Deiner Anwesenheit war mir immerhin über fünfzig Jahre lang vergönnt. Ich empfinde das als großes Geschenk, und ich habe in jedem einzelnen Moment das Band gespürt, das uns immer noch verbindet wie eine Nabelschnur.
Ich spüre Deinen Schmerz. Ich bin mit Dir gemeinsam schiffbrüchig auf einer kleinen Insel im Meer und warte auf Rettung. Ich habe oft darüber nachgedacht, wie see-

lenverwandt wir beide sind, wie sehr wir die Harmonie im Zwischenmenschlichen brauchen und wie schwer wir uns beide damit tun und getan haben, glücklich zu werden.
Du hast so lange so tapfer gekämpft und dabei oft davon gesprochen, wie schrecklich es sein muss, ganz alleine zu sterben – ohne Freunde und Familie. Ich bin froh, dass wir bei Dir sein konnten, mein Schatz. Und Du weißt, dass Du umgekehrt immer bei uns bleiben wirst.
Ich bin nicht gläubig, ich glaube nicht an einen Himmel und an ein Paradies, und dennoch tröstet mich der Gedanke, dass wir uns wiedersehen werden. Vielleicht als Wassertropfen in einem Fluss oder als Fische im Meer oder als Sonnenblumen auf einer Wiese.
Ich küsse Dich, auf Deine Wangen, Deine Stirn, Deinen geschundenen Körper. Ich nehme Dich in den Arm, wie ich Dich als kleines Kind in den Arm genommen habe. Daran werde ich immer denken.

Auf ewig, Deine Mama

An Michaels Todesabend liege ich auf Sallys Couch. Der Fernseher läuft, neben mir auf dem Tisch brennen fünfzig Kerzen. Um Viertel vor elf spüre ich, dass Michael stirbt. Ich halte nichts von Telepathie, aber mir wird die Brust eng, ich bekomme keine Luft mehr. Der Zustand ist unerträglich, ich stehe auf und tigere unruhig im Zimmer umher – dann wird mir urplötzlich leichter zumute. Michaels Sterbebett taucht vor meinem inneren Auge auf. Ich sehe sie alle dort stehen – ganz deutlich: Ulrich, Anna, Ulrike, Ingo, Angela und Clemens. Ich sehe ihre Gesichter, ich sehe Michaels Gesicht. Die Nabelschnur zwischen ihm und mir zerreißt.

Dann klingelt das Telefon. Mein schöner, starker Sohn ist tot. Ich wünschte, ich wäre es auch.

Drei Tage später fliege ich mit Ulrich zurück nach Frankreich. Wir schweigen und sehen uns kaum an. Wie viel leichter könnte es sein, wenn wir uns gegenseitig trösten könnten. Aber auch der grenzenlose Schmerz kann die Mauern zwischen uns nicht zum Einsturz bringen. Sie sind da und überwuchert von einem zähen Gewächs, das sich Verbitterung nennt.

Ich habe wenig Gepäck dabei, nur das, was ich von meinem kurzen Ausflug in ein neues Leben übrig behalten habe. Meinen kleinen blauen Koffer und eine blaue Leinentasche, die Michael mit nach Bali genommen hatte. Sie ist jetzt der Hort für alles, was mich an ihn erinnert: Briefe, Fotos, ein Hemd, die CD mit der *Misa Criolla* und eine DVD mit *Out of Africa*, meinem und Michaels Lieblingsfilm.

Ich versuche, mich jetzt, wo es ihn nicht mehr gibt, an jede Kleinigkeit zu erinnern: an seine ersten zarten Bewegungen in mir, an meine Gefühle, die ich dabei hatte, an die Jahre seiner Kindheit, an jeden seiner Besuche. Doch die Filmrolle der Erinnerungen hat viele Risse, sie lässt sich nicht mehr abspulen. Es sind nur noch Fragmente geblieben, und an die klammere ich mich verzweifelt.

Ein paar Monate später, es ist Frühling, treffen wir uns alle an der Burg wieder. Angela hat Michaels Werkstatt unberührt gelassen. Vor unserer Reise nach Bali hat er hier wie ein Wilder geschuftet, und alles liegt noch so da, als würde er gleich wiederkommen: seine Handschuhe, sein Werkzeug, eine benutzte Kaffeetasse. Sein Feldbett sieht aus, als hätte er die Nacht davor darin gelegen. Ich lasse mich auf die Laken sinken und habe seinen Geruch in der Nase. Ich würde dieses Bett am liebsten mitnehmen und immer darin schlafen.

Im Garten blühen die Mimosen und scheinen sich gegenseitig in ihrer Pracht überbieten zu wollen. Ich schneide zusammen mit Anna und Ulrike ein paar Zweige ab, aus denen wir Kränze flechten. Die Zwillinge pflücken einen Korb voll Gänseblümchen.

Clemens hat den Platz ausgesucht, an dem wir Michaels Asche verstreuen werden. Direkt am Fluss, wo er und sein Vater oft angeln waren. Wir stehen ein bisschen oberhalb auf einer Klippe. Clemens hält die Urne im Arm. Wie ein Schleier fällt der Ascheregen auf den Fluss. Dann werfen wir einer nach dem anderen einen Kranz ins Wasser und sehen zu, wie sie auf den Wirbeln des Wassers davontanzen. Die Mädchen winken ihnen nach, und Silvana sagt: »Heute schwimmt Michi noch im Fluss, morgen ist er im Mittelmeer, dann im Ozean und dann ist er frei.«

Lore

Frankreich, 2011

Mit der Trauer zu leben, darüber zu schreiben, wie ich mit ihr lebe, grenzt ans Unmögliche. Die Trauer ist mein Feind, der mich ständig attackiert und quält, der mich in das aufgewühlte Meer der Gefühle schleudert, donnernd ans Ufer wirft und dann wieder zurück ins wirbelnde Wasser zieht. Ich muss ununterbrochen kämpfen und um Atem ringen. Der Feind lässt mich erst aus seinen Fängen, wenn ich vor lauter Erschöpfung aufgebe.

Nach Michaels Tod bekam ich Angst vor den Menschen, ihren Umarmungen, ihren Mitleidsbekundungen. Sie bereiteten mir Unbehagen und erschreckten mich. Ich zog es vor, mich in Schweigen zu hüllen, mich einzuspinnen wie eine Raupe in schalldichte Schichten, eine über die andere. In diesem Kokon sah ich nichts, hörte nichts, fühlte nichts. Wie es Ulrich in dieser Zeit erging, entging mir. Fast zwei Jahre waren wir nahezu sprachlos, nicht fähig, uns in unserer Trauer zu helfen, und gingen einander aus dem Weg. Ein ganzes Jahr bekam ich Briefe von Andreas, ich machte sie auf, las fast befremdet die zärtlichen Worte des Mannes, der mich glücklich machen wollte, doch ich antwortete ihm nicht, er musste mich vergessen.

Aber zum Glück gibt es Lore. Ohne sie würde ich das

alles überhaupt nicht aushalten, und sie half mir, mich von den schützenden Hüllen zu befreien.

Lore hat mit der Trauer Freundschaft geschlossen und betrachtet sie als Verbündete, die sie Tag für Tag daran erinnert, welches Glück ihr beschieden war. Dass sie fast vierzig Jahre mit Georg verbringen konnte, sei das größte Geschenk ihres Lebens gewesen, von dem sie noch immer zehrt. Ich glaube ihr das.

Lore und Georg sind vor sechs Jahren hierhergezogen. Nahezu die Hälfte ihres Ehelebens haben die beiden an der Elfenbeinküste verbracht, bevor sie sich diesen Lebenstraum erfüllt haben: ein kleines von Weinreben umranktes Gehöft an den Ufern der Ardèche. Georg hat hier den besten Wein der Umgebung gekeltert, und Lore hat mit sechzig Jahren ihr Talent als Malerin entdeckt. Was für mich das Schreiben ist, ist für sie die Malerei. Wir sind zwei Spätberufene, und das verbindet uns, genauso wie die Tatsache, dass sie ihren Mann verloren hat und ich meinen Sohn.

Freundin von Lore zu sein ist ein Privileg. Sie lässt nur wenige Menschen an sich heran. Und es ist nicht ganz leicht, ihren wechselnden Stimmungslagen einfühlsam zu begegnen. Ich gehöre zu den Auserwählten, Lore und ich haben uns gefunden. Sie ist meine »französische Sally«.

Heute hat Lore zur großen Vernissage eingeladen. Ich bin gespannt, wie mir unsere Freunde begegnen werden. Es ist das erste Mal seit meiner Heimkehr, dass ich mich wieder unter Menschen wage. Ich habe versprochen, Lore bei den Vorbereitungen zu helfen, und stehe nun in ihrer komfortablen Küche, um ungefähr zweihundert Canapés zurechtzumachen. Hin und wieder kommt sie vorbei, ist aber viel zu nervös, um selbst mit Hand anzulegen.

Wie die Königin von Saba rauscht sie durch die Räume. Ein leuchtend grüner Kaftan umwallt ihre füllige Figur, und bei jeder Bewegung klimpern die silbernen Reifen an ihren nackten dunklen Armen. Sie sieht umwerfend aus, und das weiß sie.

Als ich fast fertig bin, zündet sich Lore eine Montecristo an und gießt uns zwei Gläser Sekt ein.

»Bist du nervös?«, fragt sie besorgt, wohl wissend, wie viel Überwindung es mich gekostet hat, mein Schneckenhaus zu verlassen.

Ich schüttele den Kopf. »Auf dich!«, sage ich und hebe mein Glas. »Darauf, dass du möglichst viele Bilder verkaufst!« Das schwache Aroma des Tabaks hängt in dem sonnenhellen Raum.

»Hör besser auf mit den Canapés«, sagt sie. »Vielleicht kommt überhaupt niemand.«

»Mal den Teufel nicht an die Wand!«

»Im schlimmsten Fall habe ich Canapés für eine ganze Woche.« Lore lacht.

Ich lasse den Blick durch das ehemalige Herrenzimmer schweifen, das sie für heute Abend zum Showroom gemacht hat. Etwa zehn ihrer großformatigen Bilder hängen dort, für die der eine oder andere Schrank weichen musste.

»Fällt es dir eigentlich leicht, dich womöglich von deinen Bildern zu trennen? Du hängst doch sicher an ihnen«, werfe ich ein.

Lore zuckt die Schultern. »Ich hänge nicht an ihnen, ich liebe sie! Am liebsten würde ich mich von keinem einzigen Bild trennen.«

Einen kurzen Moment sieht sie traurig aus, strahlt jedoch gleich wieder und schlingt mir die Arme um den Hals. »Wünsch mir viel Erfolg«, sagt sie übermütig und küsst mich auf den Mund, »wenn ich drei Bilder verkaufe, kann ich mir eine Reise in die Vergangenheit leisten.«

»Von welcher Vergangenheit sprichst du?«, frage ich überrascht. »Warum nicht in die Zukunft?«

»Weil ich mit der Vergangenheit vertraut bin, weil sie schön war, weil ich mit ihr lebe … Vor der Zukunft habe ich ein bisschen Angst, sie ist mir fremd. Ich kann mich auf nichts verlassen, alles ist vorläufig, nicht vorstellbar. Vielleicht verkaufe ich das Haus hier und ziehe wieder an die Elfenbeinküste.«

Noch bevor ich antworten kann, treffen die ersten Gäste ein.

Eigentlich hasse ich Vernissagen: das ewig lange Herumstehen, in einer Hand ein Glas Sekt, in der anderen einen Teller mit Häppchen, das Herumwandern von einem zum anderen, das Partygewäsch, das nie zu einer Unterhaltung wird. Aber heute habe ich einen Logenplatz. Von meiner Küchentheke aus kann ich den Jahrmarkt der Eitelkeiten beobachten, das ganze Volk, das sich in den vergangenen Jahren hier angesiedelt hat: ein hochkarätiges Publikum, polyglott, gebildet, stinkreich und einigermaßen hochnäsig. Deutsche, Engländer, Holländer und Franzosen, die ringsum die wunderschönen Landschlösschen oder *maisons des pierres dorées* gekauft haben und sich alle gut kennen. Es sind Juristen, Ärzte, Mathematiker, Ingenieure, Wissenschaftler, Kaufleute, die ihre Karrieren hinter sich haben und nun den »wohlverdienten Ruhestand« genießen. Die Männer haben im Schnitt sechzig Stunden die Woche gearbeitet, die Frauen drei bis fünf Kinder geboren und so ihren Teil geleistet. Fast alle sind zwischen sechzig und siebzig, die Männer ergraut, die Frauen mit einer Haarpracht in den leuchtendsten Farbtönen.

Um meine Bartheke herum versammeln sich im Laufe des Nachmittags etwa fünfzig Personen. Ich werde hundertmal geküsst, rechts, links, von den Holländern sogar dreimal. Die Männer duften nach teuren Wässern, die Frauen nach Parfum. Meine Freundinnen Claire, Virginie und Elaine gesellen sich zu mir und tun so, als wäre überhaupt nichts geschehen. Als wäre es nicht das erste Mal, dass wir nach so langer Zeit wieder miteinander zu tun haben. Alle drei sind ziemlich aufgebrezelt. Claire zeigt in einem tief dekolletierten Kleidchen stolz ihren Busen und erntet bewundernde Blicke der Männer. Ihr glänzendes geglättetes Goldhaar fällt ihr über die Schultern. Nach der zierlichen Elaine dreht sich eher selten jemand um. Sie sieht in ihrem dunkelblauen Kostüm aus wie ein Schulmädchen. Und Virginie mit ihrem unglaublichen Mundwerk schart die Männer um sich, weil sie sich in Politik und Wirtschaft bestens auskennt und ebenso gut plaudern kann wie diskutieren. *Chacun à son goût!*

Die drei bewundern mein dunkelblaues Chantillyspitzenkleid.

»Die Farbe passt wunderbar zu deinen rotblonden Haaren und deinem hellen Teint, Johanna. Von welchem Designer ist das?«

»Ich habe es selbst genäht.«

Sie lachen und halten das für eine besonders originelle Antwort. Während ich ununterbrochen Gläser mit Sekt fülle, unterrichten sie mich über die neuesten Neuigkeiten.

»Weißt du schon, dass wir Zuwachs bekommen haben?«, will Virginie wissen. »Ein Brite. Er wohnt seit einigen Wochen ganz in eurer Nähe und ist ungefähr in unserem Alter. Die Immobilienpreise in England sind offenbar immens in die Höhe geschnellt. Vermutlich werden noch einige von ihnen über den Kanal zu uns kommen.«

»Ist er nett?«, will ich wissen.

»Sehr nett, ich habe ihn heute mitgebracht.« Virginie zeigt irgendwo in die Menschenmenge und fängt an zu winken. Der Arm eines Mannes winkt zurück. Im selben Moment entdecke ich Ulrich. Er ist in ein Gespräch mit den Ehemännern meiner Freundinnen vertieft und nicht zu übersehen, weil er die Franzosen um Haupteslänge überragt. Jetzt beginne auch ich zu winken, allerdings ohne gesehen zu werden.

Seit einiger Zeit trägt Ulrich seine halblangen eisgrauen Haare streng nach hinten gekämmt. Mit seiner Habsburger Nase erinnert er im Profil an einen spanischen Granden. Er sieht gut aus.

Elaine, Claire und Virginie weichen mir nicht von der Seite. Früher haben wir uns fast jedes Wochenende gesehen, wir haben uns gegenseitig zum Essen eingeladen, sind zusammen wandern gegangen oder schwimmen. Manchmal sind wir auch gemeinsam für ein Konzert nach Montpellier oder Lyon gefahren, haben dort in guten Restaurants gegessen und oft irgendwo übernachtet. Auf jeden Fall hatten wir viel Spaß zusammen.

Die Tatsache, dass ich Ulrich verlassen habe, dass ich ihn aus heiterem Himmel alleinließ, um mich in die Arme eines jungen Lovers zu stürzen – das muss ein Schock für sie gewesen sein. So was tut man nicht als fast Siebzigjährige, das ist schlechter Geschmack. Wäre ich vierzig oder fünfzig gewesen, hätten sie das vermutlich in Ordnung gefunden, denn schließlich leben viele von uns mit dem zweiten Partner zusammen.

Aber heute erwähnen sie das mit keinem Wort. Die Sache wird unter den Teppich gekehrt, Schmutz darf nicht sichtbar sein. Ihren Andeutungen, kleinen Gesten und Mitleidsbekundungen in Ulrichs Richtung kann ich sehr wohl entnehmen, dass sie bestens informiert sind. Meine wahren Motive dürften ihnen ohnehin schnurz sein oder sie würden sie mir nicht glauben.

Gleichzeitig behandeln sie mich zutiefst verständnisvoll: »Wir verstehen deinen Kummer, Johanna ...« – »Was kann schrecklicher sein, als ein Kind zu verlieren.« – »Trauer ist wichtig, aber das Leben geht weiter.« Sie reden und reden und reden.

Ich kann ihnen nicht länger zuhören. Erst haben sie mich ziemlich deutlich geschnitten, jetzt bin ich plötzlich wieder Everybody's Darling. *C'est incroyable!* Lore muss ihnen gut zugeredet haben, anders kann ich mir diesen Sinneswandel nicht erklären.

Ich stürze zwei weitere Gläser Sekt hinunter und mache mich auf die Suche nach meinem Ehemann, kann ihn aber nirgends finden. Hat er sich schon abgeseilt? Nicht, dass ich ihn sehr vermissen würde, aber ich wüsste doch gern, wie ich später nach Hause komme – barfuß mit den Stöckelschuhen unter dem Arm. Als ich an der offenen Terrassentür vorbeikomme, sehe ich zwei Schatten eng nebeneinander an der Brüstung lehnen. Meine Augen bohren sich kurz in das Dunkel der Nacht. Es sind die Umrisse von Ulrich und Claire. Ich erschauere über das Gefühl, das bei diesem Anblick in mir aufwallt. Eigentlich dachte ich, von der Eifersucht längst kuriert zu sein. Aber sie sticht wie eh und je mit tausend Nadeln auf mich ein. Werde ich denn niemals gegen sie immun sein?

»Do you like the paintings?«, fragt im selben Moment eine weiche männliche Stimme hinter mir, und ich weiß sofort, wer es ist. Als ich mich umdrehe, stehe ich dem

Neuen gegenüber. Er ist der einzige Mann ohne graue Haare und Anzug im Raum. Er trägt Jeans und ein weites bunt kariertes Hemd, als käme er gerade von einer Wanderung. Eine seiner tiefschwarzen Locken fällt ihm in die Stirn, wodurch sein schmales Gesicht umso heller wirkt. Er ist fast so groß wie Ulrich, aber jünger, und er sieht wirklich nett aus.

»Enchanté«, begrüßt er mich mit einem Lächeln und einem angedeuteten Handkuss. *»Je suis Nelson Epstein, anglais. Excusez mon français.«*

»Willkommen an der Ardèche!«, antworte ich ihm auf Englisch. »Ich bin Johanna Mertz. Und Sie werden sicher schnell Französisch lernen. Ich habe gehört, Sie wohnen ganz in der Nähe?«

»Ja, auf derselben Flussseite wie Sie. Ich habe Sie schon öfter gesehen, wenn Sie mit Ihren Hunden durch die Lavendelfelder gestreift sind.«

»Haben Sie auch Hunde?«

»Einen Hund, einen Labrador.«

»Das sind tolle Tiere, die mögen das Wasser. Da müssen Sie sicher aufpassen, dass er nicht in den Fluss springt.«

Er lacht amüsiert und meint, dass ihm in einem solchen Fall wohl nichts anderes übrig bleiben würde, als hinterherzuspringen.

Wir gehen gemeinsam durch die kleine Ausstellung. Ich mag Lores Bilder, nicht nur weil sie meine Freundin ist, und stelle begeistert fest, dass auch andere sie mögen. An einigen der Gemälde kleben bereits rote Punkte. Die Reise an die Elfenbeinküste ist also gebongt.

»Am liebsten würde ich mir dieses Bild kaufen«, sage ich und zeige Nelson eine dralle Bäuerin, die sich mitten im Lavendelfeld ein Ruhelager gemacht hat. Mit offenem

Mieder und einem nach oben geschobenen Rock blickt sie in den Himmel. Sie wirkt müde und doch sehr zufrieden. Es ist ein idyllisches und zugleich erotisches Bild. Auch meinem Gesprächspartner scheint es zu gefallen.

»Ich würde gerne wissen, was ein Maler empfindet, bevor er mit dem Malen beginnt«, sagt er mit Blick auf die Bäuerin. »Was in seinem Kopf ist, wenn er das Bild schon vor seinem inneren Auge sieht und es auf ein Stück Leinwand projizieren will.«

»Darüber habe ich auch schon oft nachgedacht«, antworte ich. »Es muss eine Mischung sein aus der leuchtenden Sonne Südfrankreichs, den berauschenden Düften der Lavendelfelder und dem azurblauen Himmel … Alles das, wodurch Generationen von Malern, wodurch Matisse, Gauguin oder van Gogh inspiriert worden sind.«

Meiner Stimme muss man die Begeisterung angemerkt haben, denn Nelsons Lächeln wird breiter. Und dieses Lächeln lässt meine Stimmung deutlich steigen.

Turbulenzen

Frankreich, 2011

Als ich aus dem Schlaf schrecke, ist es draußen dunkel. Im ersten Moment weiß ich nicht, wo ich bin. Dann erkenne ich den Vorhang vor dem halb geschlossenen Fenster, der sich in einem zarten Windhauch bauscht. Der süßliche Duft der Kastanienblüten dringt in mein Zimmer. Mein Kopf schmerzt höllisch. Ein Schauer läuft über meinen Körper; ich weiß, dass ich einen Albtraum hatte, kann mich aber Gott sei Dank nicht an Details erinnern.

Ob Ulrich da ist? Und wenn ja, wie sind wir nach Hause gekommen? Ich taste nach dem Lichtschalter. Der Wecker auf dem kleinen Schreibtisch vor dem Fenster zeigt kurz nach halb zehn. Wie lange bin ich schon hier? Ich habe noch immer mein Cocktailkleid an, und meine Kehle ist vollkommen ausgetrocknet – eine Folge des Alkohols. Meine bleiche Haut wirkt aufgedunsen, die Härchen an meinen Armen kleben eklig an der Haut.

Bei dem Versuch aufzustehen scheinen meine Gliedmaßen wie gelähmt, meine Finger baumeln herab wie verwelkte Blumen. Mein Körper gehorcht mir nicht. Es kostet mich ungeheure Anstrengung, ihn zu bewegen. Als ich endlich stehe, wird mir schwindelig. Es fühlt sich an, als würden Tausende von Ameisen an meinen Beinen hinauflaufen.

Langsam tapse ich durch den Gang zu Ulrichs Zimmer. Schon von Weitem weiß ich, dass er da ist. Die Lautstärke, die Schwerhörige beim Fernsehen brauchen, hört man auch durch die Tür. Ulrich sitzt in seinem Ohrensessel und schnarcht. Als ich das Gerät abschalte, weckt ihn die plötzliche Stille. Erschrocken richtet er sich auf und sieht mich verständnislos an. Ich besuche ihn fast nie am Abend in seinem Zimmer.

»Keine Angst, ich tu dir nichts!«, versuche ich zu scherzen. »Ich möchte eigentlich nur wissen, wie ich nach Hause gekommen bin. Ich erinnere mich an gar nichts mehr.«

»Das glaube ich gern«, gibt Ulrich trocken zurück. »Du warst voll wie eine Haubitze. Ich habe dich fast tragen müssen. Warum machst du auch so einen Mist!« In seinem faltigen Gesicht macht sich ein Lächeln breit. Was für ein Wunder!

»Kannst du mir vielleicht verraten, was für einen Mist ich gemacht habe?«, frage ich vorsichtig, während ganz langsam zarte Erinnerungsgespinste auf mich zuschweben. Mir wird ganz heiß. Oh Gott, was ist da nur passiert!?

Von Ulrich kommt keine Antwort, sondern nur ein böses Knurren. Also drehe ich gleich wieder um und verabschiede mich mit einem Gutenachtgruß in Richtung Küche. Das kalte Wasser, das ich in Unmengen in mich hineinschütte, scheint auch mein Gedächtnis wiederzubeleben. Mit jedem Schluck wird mir klarer, wie der Abend ausgegangen ist. Mir wird erneut ganz heiß und dann wieder eiskalt. Wie in einem Film sehe ich Ulrich und Claire an der Balkonbrüstung lehnen, ich höre Nelson Epsteins leise Stimme, spüre seine warme Hand, die mich zu einer kleinen Couch führt, auf die nur zwei Personen passen. Vier Gläser Champagner hatte ich bis dahin schon getrunken, Nelson holte uns eine ganze Flasche. Danach verweigert die Erinnerung jede weitere Auskunft. Mir wird nichts anderes übrig bleiben, als Lore zu fragen.

Ich verbringe den Rest des Abends vorm Fernseher, wo gerade *Geliebte Clara* läuft, die Dreiecksgeschichte zwischen Clara Schumann, ihrem Mann Robert und Brahms. Wie passend! Martina Gedeck im dezent geblümten Biedermeierkleidchen ist die herbe Schmerzensmadonna mit dem entsagungsvollen Wehmutsblick. Die Parallelen zu meiner eigenen Geschichte sind unübersehbar: Clara entscheidet sich für ihren Mann, der im Wahnsinn versinkt. Auch ich habe mich für meinen Mann entschieden. Für ein Leben an der Seite eines seelischen Krüppels, der nach dem Tod unseres Sohnes in der Vergangenheit lebt. Ulrich steckt, noch mehr als ich, knietief in einer Depression und ist unfähig, ein normales Leben zu führen.

Es gibt keine Dreiecksgeschichte mehr, sie hat sich aufgelöst wie Wolken im Wind. Es gibt kein zweites Leben mit Andreas, keine andere Zukunft. Sobald ich mich solchen Gedanken hingebe, steigt alles wieder in mir hoch. Mein Herz schlägt wie wild, mein Blut kocht, und ich knöpfe hastig mein Cocktailkleid auf. An Schlaf ist nicht mehr zu denken. Statt es mit Schlafmitteln zu versuchen, durchforste ich das CD-Regal nach einer Schumann-CD. »Träumerei« …

Im Kontrast zu all den düsteren Gedanken erwartet mich am nächsten Morgen ein strahlender Tag. Nach dem Frühstück mache ich mich auf zu meinem täglichen Spaziergang mit Lore. Wir brauchen die gemeinsame Zeit an der frischen Luft genauso sehr wie unsere Hunde. Ulrich geht nur sehr selten mit. Ich glaube, er hält Spazierengehen für die reinste Zeitverschwendung.

Heute bin ich ein bisschen eher da und warte auf Lore.

Ich stehe auf der Holzbrücke, die über die Ardèche führt, blicke aufs tosende Wasser, werfe ein paar Steine hinein und sehe zu, wie sie gurgelnd untergehen. Es ist wunderschön hier. So weit das Auge reicht, ist alles bedeckt mit Lavendel und dunkelgrünen Büschen, die wie mit Silber bestäubt sind. Die Blüten beginnen sich zu öffnen und locken mit ihrem samtigen Duft die Bienen an. Es klingt, als würde ein großes Orchester seine Instrumente stimmen. Eine Fasanenmutter stiebt vor mir in die Höhe und flattert mit schrillen Schreien um mich herum, weil ich ihrem Gelege zu nahe gekommen bin.

Dann sehe ich Lore den Hang hinabsteigen. Ihr Dalmatiner immer vorneweg. Die Hunde sind nicht mehr zu halten, hakenschlagend preschen sie aufeinander zu. Mitten im Lavendelfeld begrüßen sich die drei und lecken sich die Schnauzen, als würden sie sich küssen. Dann ist Lore da, schlingt wortlos beide Arme um mich und schaut mich nur an. Das ist das Schöne an ihr, sie erkennt fast augenblicklich, wie mir zumute ist.

»Machen wir die kleine oder die große Runde?«, fragt sie, und als sie merkt, wie unentschlossen ich bin, fügt sie entschieden hinzu: »Machen wir die große. Wir müssen mal wieder ins Schwitzen kommen. Wenn ich so weitermache, passt mir im Sommer kein Kleid mehr.«

»Bei dem, was du gewöhnlich trägst, kannst du doch glatt zwanzig Kilo zunehmen«, lache ich.

Lore liebt afrikanische Kleider. Auch heute trägt sie einen farbenfrohen Kaftan, den sie auf einer Schulter zusammengeknotet hat. Ihr Haar kräuselt sich in wilden Locken und glänzt im satten Nachmittagslicht wie Kupfer. Sie hat eine große Nase und volle, fleischige Lippen, deren dunkles Rot an eine erblühte Rose denken lässt. Sie ist nicht unbedingt schön, eher interessant.

»Willst du mit *den* Schuhen die große Runde machen?«, frage ich mit Blick auf ihre schlabbrigen Sandalen.

»Mit denen bin ich schon stundenlang durch die Wüste gelaufen«, antwortet Lore grinsend. »Die sind wie eine dicke Hornhaut.«

Zwei Stunden marschieren wir in praller Sonne, erst dann gönnen wir uns eine kleine Rast am Waldrand. Die Hunde bekommen Wasser, Lore holt zwei kleine Flaschen Sekt aus dem Rucksack und reicht mir eine davon.

Entsetzt wehre ich ab. »Mir wird schon schlecht, wenn ich nur daran denke.«

»Kann ich verstehen«, sagt Lore, »du hast dich gestern ganz schön blamiert.«

»Und ich habe wohl das Happy End verpasst, fürchte ich.«

»Oh ja, das hast du allerdings. Du bist ganz plötzlich von der Couch gefallen, sternhagelvoll. Eine wirklich eindrucksvolle Rückkehr in das gesellschaftliche Leben!« Lore lacht. »Aber Ulrich hat alles ganz ›diskret‹ geregelt. Eigentlich wollte dich ja euer neuer Nachbar nach Hause bringen. War wohl für ihn nicht erkennbar, dass Ulrich dein Ehemann ist.«

Ich verkneife mir weitere Fragen. Es ist ohnehin schon peinlich genug. Ich hake mich bei ihr unter und erzähle ihr von Michael und Angela. »Sie haben eine Woche vor Michaels Tod geheiratet, und Angela kann bis zu ihrem Tod in dem gemeinsamen Haus wohnen.«

»Was macht Angela eigentlich mit dem Haus?«, will Lore wissen. »Kann sie sich das als Witwe überhaupt leisten?«

»Ich glaube schon, sie verdient ja nicht schlecht, und übrigens – das habe ich dir noch gar nicht erzählt – hat sie seit ein paar Monaten einen Freund.«

»Wow! Wie hat sie das denn so schnell geschafft?« Lores Neugier ist geweckt.

»Ganz einfach. Eine Freundin hat ihr zum Geburtstag einen Gutschein für Parship geschenkt, und nach vier Vorschlägen hat sie gleich den Richtigen gefunden.

»Und tut dir das nicht weh?«, fragt Lore vorsichtig.

»Ja, einen Moment lang schon. Aber ich weiß, dass Michael nicht ersetzbar ist.« Ich rupfe gedankenverloren ein paar Grashalme aus. »Außerdem bin ich die Letzte, die in Liebesdingen ein Urteil fällen sollte.«

»Hast du von Andreas etwas gehört?«

Eine dunkle Wolke schiebt sich vor meine Fröhlichkeit. Ich schüttele den Kopf. »Ich muss los.«

Explosion

Frankreich, 2011

Ulrich trägt nie eine Uhr, er lässt sie Tag und Nacht auf seinem Nachttisch liegen. Doch es muss eine innere Uhr in ihm geben, die ihm anzeigt: Es ist halb zwei, das Essen ist fertig. Der Tisch ist schon gedeckt, wenn er kommt, der Sonnenschirm aufgespannt, nur die Tageszeitung fehlt, die ich ihm heute früh, als ich einkaufen war, mitgebracht habe. Aus dem Zeitungsständer herausfischen muss er sie selbst. Erwartungsvoll schnuppert er Richtung Küche.

»Was gibt's heute?«

»Wart's ab«, antworte ich kurz, »gleich wirst du es wissen.«

Als ich mit dem vollen Suppentopf aus der Küche komme, ist er in seine Lektüre vertieft. Mit einem »Guten Appetit« stelle ich einen Teller Suppe vor ihn. Er legt die Zeitung beiseite, wirft mir einen kurzen Blick zu und beginnt zu löffeln. Geräuschvoll schlürft er Löffel für Löffel, mir wird beinahe übel beim Zuschauen. Am liebsten würde ich aufstehen und ihn hier sitzen lassen.

Sobald er fertig ist, greift er erneut nach der Zeitung.

Zwei nahezu sprachlose Jahre leben wir nun zusammen, meine Entscheidung, weiterhin mit ihm zusammenzuleben, kam aus tiefster Seele. Einer Mischung aus Mitleid, einem Rest Liebe, meiner Hoffnung, uns gegenseitig in die Arme zu nehmen, um gemeinsam den Tod unseres Sohnes zu beweinen. Ich bemitleidete den gebrochenen Mann, doch von meinem Leben nahm Ulrich wenig Notiz.

In den vergangenen Monaten hat er sich wieder erholt, weiß genau, was er will und was er tut. Ich weiß es auch. Und jeden Tag wächst mein Zorn über seine Gleichgültigkeit und seinen Mangel an Einfühlungsvermögen. Oft genug komme ich mir vor wie eine Verbrecherin, die bestraft werden muss. Bestraft wofür? Für meinen Ausbruch? Für die zwei Monate, die ich ihn alleingelassen habe? Aber ich bin doch wieder hier, zählt das nichts?

»Was machen deine Bienen, Ulrich?«, frage ich und bemühe mich, meiner Stimme einen warmen Klang zu geben. »Fliegen sie eifrig?«

Ulrichs Augen kommen kurz hinter der Zeitung hervor, sein unsichtbarer Mund sagt: »Natürlich, wie verrückt, die Waben sind schon randvoll. Ich muss heute noch schleudern.«

Ich nicke, was er schon nicht mehr sehen kann, und trinke gierig einen Schluck Weißwein nach dem anderen, um mir das Hirn zu vernebeln und zu verhindern, dass ich in Tränen ausbreche.

Bienen, zwei Hunde, eine kleine Katze, die uns zugelaufen ist, ein schönes Haus am rauschenden Strom, ein gut aussehender, gesunder Mann, der nicht bemerkt, wie ich neben ihm verwelke. Ein Sohn, der eine furchtbare Lücke hinterlassen hat. Ist da noch Raum für Glück?

Ich gehe zurück in die Küche. Während ich die Bratkartoffeln in der Pfanne wende und die Schweinekoteletts scharf anbrate, denke ich ununterbrochen an das Wort »froh«. »Froh zu sein bedarf es wenig, und wer froh ist, ist ein König.« Verdammt viel Zeit ist vergangen, seit ich das letzte Mal froh war. Ich bilde absurde Sätze in meinem Kopf wie: Frohgemut verrichtet sie ihr Tagewerk. Frohen Muts bügelt sie die Wäsche. Mit einem fröhlichen Lied auf den Lippen steht sie im Garten und begießt die Blümchen. Frohes neues Jahr und fröhliche Weihnachten! Eine Sprache für Romantiker. Im Laufe der Geschichte hat der Mensch Fortschritte gemacht, er kann auf dem Mond landen und Atombomben bauen, er wird dreimal so alt, aber nicht dreimal so froh.

Ulrich legt die Zeitung beiseite, als ich die Schüsseln vor ihm abstelle: Bratkartoffeln, Koteletts und Salat. Schließlich braucht man zum Essen beide Hände. Kaum ist sein Teller leer, geht das Versteckspiel von vorne los.

»Ich gehe nach dem Essen mit den Hunden rauf zu Lore. Kannst du dir deinen Kaffee allein machen?«

»Natürlich, ich mache zwei, René kommt mir helfen.«

Die Tageszeitung vor seinem Gesicht ist wie eine Wand, hart und abweisend. Dieses andauernde Sich-aus-dem-Weg-Gehen macht mich mürbe. Mich dürstet es geradezu nach einem Streit, nach einem Wortgefecht.

»Warum hast du nicht Claire gefragt, ob sie dir helfen kann? Sie wartet doch nur darauf, dass du ihr ein Zeichen gibst. Greif doch zu! Früher hast du doch auch keine Hemmungen gehabt.«

Ulrich reagiert nicht. In meinem Mund braut sich etwas zusammen, ein Gebräu aus Bitternis, Verzweiflung und wildem Hass. Ich muss diesen Druck loswerden, bevor er mich von innen verbrennt. Ich schnelle vom Stuhl hoch, beuge mich über den runden Esstisch und speie die heiße Brühe gegen die weit ausgebreitete Tageszeitung. Gut getroffen!

Ulrichs Hände zucken, legen die bespuckte Zeitung vorsichtig auf den Tisch. Das Gesicht, das nun auftaucht, sieht aus wie eine Maske, keine Regung ist zu sehen, kein Flackern in den Augen. Es ist wie tot. Bevor Ulrich aufsteht und geht, renne ich davon, die Hunde hinter mir her.

An der kleinen Brücke mache ich halt und lehne mich ans Geländer. Schaudernd blicke ich hinab auf das schäumende Wasser, doch der Moment ist vorbei. Ich bin nicht lebensmüde, im Gegenteil. Ich habe etwas für mich getan, die schreckliche Starre durchbrochen. Plötzlich spüre ich meinen Körper wieder, geschmeidig und neu, wie eine Schlange sich fühlen muss, wenn sie ihre alte, welke Haut abgestreift hat.

Ob Hunde sich wundern können, weiß ich nicht. Aber freuen können sie sich. Ich renne selten, und sie halten es für ein Spiel zu ihren Gunsten. Sie rasen vor mir den Berg hinauf, suchen Stöckchen, die ich werfen muss, bellen hell und laut mit ihrer Spielstimme. Meine Füße bewegen sich leicht durch die Lavendelfelder, der Boden ist dunkelrot, jetzt schon ein bisschen rissig, weil der Regen fehlt. Ich habe mich nicht umgezogen, mein Kleid ist kurz, hat keine Ärmel, und die Sonne brennt auf meiner Haut. Meine Füße stecken in leichten Sandalen, und eine Sonnenbrille habe ich nicht. Aber das ist mir egal, ich stürme voran, durch Weinberge, erreiche schwitzend den Waldrand, suche mir eine Kastanie aus und lege mich darunter. Ich fühle mich wie im Gelobten Land. Meine Finger ertasten weiches Moos, dann wird aus dem Moos ein Fell, es ist Luba, die sich immer dichter an mich drängt. Jamila hat sich einen Busch gesucht, mit den Pfoten die Erde aufgescharrt, um die feuchte Kühle zu spüren. Beide hecheln. Was für eine heile Welt, was für dunkle Gedanken.

Mein Durst treibt mich hoch. Zu Lores Haus ist es nicht mehr weit. Der runde Turm mit der Zackenkrone überragt die schwarzen Pinien, die wie stramme Soldaten Habacht stehen. Die schwere Holztür am Gartenzaun ist geöffnet. Ich rufe nach Lore, bekomme aber keine Antwort. Lores Dalmatiner schießt bellend aus dem Haus, ich folge ihm nach drinnen.

»Könntest du noch in einer Stadt leben?«, fragt Lore mich, als sie mich bemerkt. »In dieser Enge, diesem Menschengewimmel? Ich würde mich fühlen wie ein Raubtier im Käfig. Die Luft voll Gestank, man weiß nicht mehr, wie Landluft riecht, wie Bäche plätschern; die Jahreszeiten sind alle gleich, einzig am Temperaturunterschied zu erkennen. Ist das ein Leben? Nein, nichts für mich.«

Wir sitzen eine Weile schweigend nebeneinander.

»Stadt oder Land, Frieden oder Hölle«, sage ich schließlich in Grübeleien versunken. »Wenn du die Wahl hättest, blind oder taub zu werden, wie würdest du dich entscheiden?«

Lore steht auf und küsst mich von hinten auf die Stirn. »Was stellst du für merkwürdige Fragen! Wie könnte ich als blinde Malerin durch diese schöne Welt laufen.« Sie geht in Richtung Küche. »Komm mit, wir gehen raus in den Garten«, ruft sie mir zu. »Was willst du trinken? Kaffee oder Tee?«

»Lieber was Kaltes, mir ist immer noch zu heiß.«

Als ich neben ihr am Küchentresen stehe, fasst sie mich an den Schultern und fängt an zu lachen. »Wie siehst du überhaupt aus? Bist du in eine Häckselmaschine geraten? Du bist voller Gras und Blätter. Und deine Arme! Was hast du angestellt, dass sie so zerkratzt sind?«

Ich gehe auf ihren spaßigen Ton ein und fabuliere lachend etwas von einem Wildschwein, vor dem ich mich auf einen Baum retten musste. Was gar nicht mal so abwegig ist. Es gibt Jahre, da ziehen sie in großen Horden durch unsere Wälder, und es kann gut sein, dass dich ein wütender Eber auf die Hauer nimmt.

Wir lassen uns im Garten auf den Liegen unter dem Maulbeerbaum nieder. Der Baum hat schon Früchte angesetzt, Bienen schwirren herum, ihr Summen erfüllt die Luft. Ich bin auf einmal völlig schlapp, hänge mit leicht gespreizten Beinen im Liegestuhl, die Arme unter den Nacken geschoben.

»Was ist los mit dir?« Lore hat sich neben mich gekniet und fängt an, an meinem Kleid herumzuzupfen.

»Ach, es ist immer dasselbe Lied. Alles, was ich mache und tue, ist Ulrich egal. Er unternimmt nichts mit mir, er redet nicht mit mir. Im Durchschnitt wechseln wir zehn Worte am Tag. Wie soll ich das aushalten?«

Mit einem Seufzer greife ich unter den Liegestuhl, wo meine Hunde liegen, spüre, wie ihre Zungen meine Hand ablecken. »Beim Mittagessen habe ich ihn völlig unvermittelt angeschrien und auf seine verdammte Zeitung gespuckt, die er immer vor sein Gesicht hält.«

»So lange, wie du das schon aushältst ... Ich könnte das nicht, ich würde eingehen wie eine Primel. Du musst ihn unbedingt dazu bringen, mit dir zu reden. Er kann doch nicht so dumm sein und davon ausgehen, dass man auf Dauer so leben kann. Für ihn muss der Zustand genauso schrecklich sein wie für dich, da bin ich mir sicher.« Lores Stimme klingt entschieden, sie weiß, was sie sagt. »Versuch doch mal was ganz anderes, ich meine, was Nettes, etwas Überraschendes. Du stehst einfach vom Stuhl auf, gehst um den Tisch herum, stellst dich hinter ihn und legst ihm die Arme um den Hals. Vielleicht gibst du ihm noch einen Kuss auf den Kopf. Das hat bei meinem Mann immer Wunder gewirkt.«

»So eine Geste kann ich mir überhaupt nicht vorstellen, und Ulrich würde sich wahrscheinlich erschrecken.« Ich schüttle heftig den Kopf, ich bin mir fast sicher, dass er aufstehen und gehen würde.

»Du musst aber etwas riskieren, sonst wirst du nie wissen, was er inzwischen denkt und fühlt. Sonst kriegt ihr nie wieder eine Annäherung hin. Und ohne die geht es nicht, weder für dich noch für ihn.«

»Dieses ewige Beschwichtigen und Gut-Wetter-Machen. Ich habe wirklich genug davon. Was bezweckt Ulrich nur damit, mich so auflaufen zu lassen? In seinem Kopf müssen doch die gleichen Stürme wüten wie in meinem. Es wäre so viel leichter, wenn wir den Schmerz teilen würden.«

Wir hängen eine ganze Weile unseren Gedanken nach, trinken Zitronenwasser und genießen die Ruhe von Lores Garten. Irgendwann zieht sie mich erneut hinter sich her.

»Komm, steh auf, wir kriegen heute einen herrlichen Sonnenuntergang. Am besten schauen wir uns das vom Turm aus an.«

Tatsächlich sieht der Himmel aus wie ein Kunstwerk. Mit einem dicken Pinsel hat der Maler dunkelrote, violette und gelbe Flammen entfacht. Die Kühle des Abends hält Einzug, und in meinem dünnen Kleidchen ist mir jetzt doch kalt.

»Ich muss los, Lore, sonst wird es zu dunkel.«

Lore holt mir eine Strickjacke für unterwegs. Ein einziger Pfiff, und die Hunde kommen angejagt, übermütig, eifrig bemüht, mir zu zeigen, wie glücklich sie sind.

Follow me

Frankreich, 2011

Ich marschiere im Laufschritt auf den schmalen Trampelpfaden den Berg hinunter. Die Hunde sind mir trotzdem weit voraus. Sie kennen den Weg. Doch es wird so schnell dunkel, dass ich gezwungen bin, langsamer zu gehen. Vorsichtig setze ich einen Fuß vor den anderen, um nicht zu straucheln. Lavendelbüsche berühren mich auf beiden Seiten und schlagen gegen meine Beine. Wie auf Kommando beginnen die Zikaden zu singen, helle Töne, schrill, so als würden Instrumente gestimmt werden.

Eine laute Stimme lässt mich zusammenfahren. »Wotan, hierher!«

Ich sehe fast nichts mehr, die Glut am Horizont ist erloschen.

Wieder meldet sich die Männerstimme: »Frau Mertz, bleiben Sie stehen! Ich hole Sie.«

Ein fahler Lichtstrahl zittert durchs Dunkel, Schritte nahen. Nelson Epstein steht vor mir und lacht mich an.

»Ich glaube, Sie haben sich verlaufen, Sie hätten sich mehr rechts halten müssen.« Er wartet meine Antwort nicht ab, sondern nimmt mich sanft beim Arm. »*Follow me*, gleich sind wir bei mir. Von dort bring ich Sie dann nach Hause.«

Und ich folge ihm.

Mein Retter geht mit der Taschenlampe voraus, unsere Hunde trotten hinter uns her. Immer wieder dreht Epstein sich um, lässt den hellen Schein der Taschenlampe auf den Pfad und vor meine Füße fallen, und schließlich, als es holprig wird, streckt er mir seine Hand entgegen und sagt beruhigend: »Da vorne, wo die zwei Laternen brennen, das ist mein Haus.«

Ich kenne das Haus natürlich, und erst jetzt wird mir klar, wie weit ich vom Weg abgekommen bin, schätzungsweise einen Kilometer. In den Monaten, in denen es zum Verkauf stand, bin ich hin und wieder an diesem Haus vorbeispaziert. An die ehemaligen Bewohner kann ich mich kaum erinnern, sie haben ziemlich zurückgezogen gelebt.

Das große schmiedeeiserne Tor wird an beiden Seiten von Laternen beleuchtet. Nelson Epstein öffnet es mit einem riesigen alten Schlüssel, der noch aus dem Mittelalter stammen muss. Automatisch erwarte ich ein altertümlich kreischendes Geräusch, aber das Tor öffnet sich lautlos. Wotan, Nelsons Labrador, stürmt in die Dunkelheit und bringt eine Reihe von Laternen zum Funkeln. Eine kurze Allee liegt vor uns, flankiert von riesigen Zypressen. Eine breite steinerne Treppe führt hinauf zur Haustür, die ebenso robust und alt ist wie das Tor.

Nelson nimmt mir meine Verlegenheit, lächelt mich an und lädt mich mit einer eleganten Geste ein, sein Haus zu betreten. Er führt mich gleich zum Telefon.

»Sie wollen doch sicher Ihren Mann anrufen, er wird sich bestimmt schon Sorgen machen, wo Sie geblieben sind.«

Das glaube ich zwar nicht, und ich habe auch nicht die geringste Lust, ihn zu beruhigen, aber ich komme wohl nicht umhin, die brave Ehefrau zu geben. Mein Gespräch dauert nur ein paar Sekunden, gerade lang genug, um Ulrich zu sagen, dass ich bei Lore war und jetzt auf dem Heimweg bin. In einem riesigen Spiegel an der gegenüberliegenden Wand sehe ich mein Konterfei und erschrecke über mein Aussehen. Mit meinem zerknautschten kurzen Kleid, den wirren Haaren und den nackten Beinen sehe ich aus wie eine Vogelscheuche. Gerade als ich mich bücke und über meine verkratzten Schienbeine streiche, streckt Nelson Epstein seinen Kopf durch die Tür, sieht mich etwas besorgt an und fragt, ob er mich gleich nach Hause fahren soll oder ob ich noch eine Tasse Tee mit ihm trinken möchte. Im selben Moment schießt mir durch den Kopf, unter welchen Umständen wir uns zum letzten Mal gesehen haben. Wie peinlich! Welche anständige Frau fällt einfach besoffen vom Stuhl?!

Aber Nelson Epstein grinst mich mit derselben Nonchalance und befreienden Unbekümmertheit an wie am ersten Abend, so als wollte er sagen: »Mädchen, mach dir keine Sorgen, es ist mir egal, was für Ärger du gerade hast. Setz dich einfach hin und trink eine Tasse Tee mit mir.«

»Gerne«, sage ich und mache eine verlegene und entschuldigende Geste, die ihn erneut zum Lachen bringt. Und plötzlich löst sich meine Zunge. Ich erzähle ihm ganz locker, dass ich Streit mit meinem Mann gehabt habe und einfach drauflosgelaufen bin.

»Oh, das verstehe ich gut. Mir geht das auch oft so … Wenn ich wütend bin oder mit meiner Arbeit nicht weiterkomme, dann schnappe ich mir meinen Wanderstock und den Hund und mache eine Runde. Je nachdem wie groß mein Ärger ist, kann das ein kurzer oder langer Ausflug werden. Aber jetzt kommen Sie, lassen Sie sich am Kamin nieder. Ich bin gleich bei Ihnen, das Teewasser kocht schon.«

Ich liebe Kamine, besonders so große wie den von Nelson, die mit ihrer Gluthitze solche alten, dicken Mauern erwärmen können. Der Raum ist nicht sehr groß, massive Holzbalken ziehen sich durch das Zimmer, und nahezu alle Wände sind von Bücherregalen bedeckt. Dunkelrote Vorhänge verhüllen die Fenster, und auf dem wunderschön gemusterten Perserteppich steht ein quadratischer Holztisch, der beladen ist mit vielen Büchern, einer Whiskyflasche, einem Pfeifenhalter und einem Aschenbecher. Auf dem Schreibtisch in der anderen Ecke des Zimmers stapelt sich das Papier, und auch der Stutzflügel ist übersät mit Notenblättern. Ich werfe einen kurzen Blick darauf: hauptsächlich Schumann und Chopin.

»Hello darling!«, sagt plötzlich eine tiefe Frauenstimme hinter mir. Ich fahre herum, auf alles Mögliche gefasst, doch nicht auf einen Papagei. Der Vogel sitzt in einer großen Voliere und klettert aufgeregt an den Gitterstäben auf und ab. Es ist kein besonders schönes Exemplar, sein hellgraues Gefieder ist ziemlich zerfleddert, von seinem roten Schwanz ist nur noch ein Überrest vorhanden. Aber am Kopf ist der Federwuchs intakt – buschig und pludrig. Als ich näher trete und ein paar zärtliche Worte brumme, streckt er seinen Kopf durch die Gitterstäbe, beugt ihn tief herunter und bauscht sein Gefieder auf. Er will ganz offensichtlich gekrault werden. Mutig strecke ich meinen Zeigefinger durchs Gitter und beginne, den Vogel zu streicheln.

Nelson taucht in der Tür auf und lacht belustigt. »Na, hat Sie der alte Schwerenöter schon rumgekriegt? Wenn Sie so weitermachen und ein paarmal Coco zu ihm sagen, fängt er an zu reden und hört nicht mehr auf.«

Er reicht mir eine flauschige Wolldecke, und ich lasse mich damit in einem der Büffelledersessel vor dem Kamin nieder. Wohlig strecke ich die Beine aus und lasse die Wärme des Feuers darüberstreichen.

Nelson stellt ein Riesentablett vor uns ab, auf dem eine alte Blechkanne, zwei tönerne Becher, eine Schale mit Zucker und eine Keksdose stehen. Das Geschirr wirkt genauso schlicht wie Nelsons Kleidung. Alles an ihm ist unprätentiös und praktisch, und das steht ihm ausnehmend gut. Mit seinen Jeans und dem karierten Hemd war er auf Lores Vernissage der absolute Außenseiter, und alle Frauen fanden ihn hinreißend. Seine Jeans haben sogar Löcher am Knie, wie ich jetzt feststelle. Nelson bemerkt meinen Blick und lächelt erneut.

Ich stelle fest, dass ich vorläufig nicht allzu viel reden muss. Ich benehme mich, als wäre ich zu Hause, gieße uns Tee in die Becher, gebe Zucker hinein und fühle mich einfach wohl.

Nelson sitzt mir gegenüber, die Flammen des Feuers huschen über sein Gesicht. Sein Teint hat einen leicht olivfarbenen Touch. Sein Haar muss einmal pechschwarz gewesen sein, zu einem großen Teil ist es das noch, aber durchsetzt von vielen weißen Strähnen. Auch die dunkelbraunen Augen und die leicht gebogene Nase passen eher zu einem Griechen als zu einem Briten. Ich schätze ihn auf fünfundsechzig.

Mit dem Teebecher in der Hand lehne ich mich zurück und schließe für einen Moment die Augen. Es ist angenehm, in einer solchen Situation mit einem Mann zusammen zu sein. Männer sind sicher auch neugierig, aber anders als Frauen. Meine Freundinnen hätten mich längst mit Fragen bestürmt, um herauszufinden, was passiert ist. Sie würden mich so lange drängen, bis ich alles erzählt hätte, ob ich will oder nicht. Und das würde meine Wut zu neuem Leben erwecken, dann würden die Tränen kommen und danach das Trösten.

Ich schlürfe genüsslich meinen Tee und sehe hin und wieder hinüber zu Nelson, seltsamerweise ohne im Mindesten verlegen zu sein. Schließlich bin ich es, die die erste Frage stellt.

»Warum wohnen Sie hier allein?«

»Weil ich frisch geschieden bin und frisch pensioniert. Und weil ich vorhabe, ein Buch zu schreiben, und das möglichst ungestört.«

Großartige Parallelen! »Hat es Ihre Frau gestört, dass Sie schreiben?«, frage ich.

»Sie hat nicht nur das Schreiben gestört. Der Grund für unsere Trennung setzt sich aus einer ganzen Reihe von ›Störfaktoren‹ zusammen. Was wohl auf die meisten Ehepaare zutrifft, die mehr als vierzig Jahre verheiratet sind. Wir sind keine Feinde gewesen, sondern fanden einfach, dass es Zeit war, uns zu trennen, weil wir uns nichts mehr zu sagen hatten.«

Wir führen unsere Unterhaltung auf Englisch, weil mein Englisch besser ist als sein Französisch. Zwischendurch müssen wir uns wiederholen, es mit anderen Worten versuchen, um klarzumachen, was genau wir sagen wollen. Es macht Spaß, sich so zu unterhalten, auch wenn es langsam geht. Nelsons erste Frage an mich, auf die ich inzwischen schon gespannt war, fällt anders aus als erwartet.

»Gestatten Sie mir die Frage, liebe Johanna: Haben Sie ein bisschen Zeit für eine Unterhaltung, oder soll ich Sie gleich nach Hause fahren?«

Mein Kopfschütteln kommt fast zu schnell, und das macht mich dann doch verlegen.

»Na, wenn das so ist, wie wäre es mit einem Glas Whisky?«

Ich habe mir noch nie viel aus Whisky gemacht und außerdem seit dem Mittagessen nichts mehr gegessen, aber ich mag das Angebot dennoch nicht ausschlagen.

»Gerne«, sage ich also auch diesmal. »Dann wird mir wenigstens wieder warm.«

»Ist Ihnen immer noch kalt? Soll ich noch eine Jacke holen?«

»Nein, nein, das ist nicht nötig, vom Whisky wird mir heiß genug werden.«

Nelson verlässt das Zimmer und kommt mit zwei bauchigen Gläsern und einer Schale mit Eiswürfeln zurück. Er gießt nicht nur einen Fingerbreit ins Glas, er macht es fast halb voll. Vorsichtshalber nehme ich noch zwei Kekse aus der Dose. Andererseits habe ich Lust, ein bisschen daneben zu sein, gelöst und zufrieden. Nelson scheint meine Stimmung zu spüren. Er schweigt und wartet. Nach dem zweiten Schluck breitet sich Ruhe in mir aus. Die Anspannung der vergangenen Tage fällt von mir ab. Das Kampfgetümmel in meinem Innern beruhigt sich. Wir sitzen einträchtig nebeneinander und schauen ins Feuer.

Seltsame Gedanken über das Zusammenleben von Mann und Frau und die gegenseitige Anziehung gehen mir durch den Kopf. Ein Mann gewöhnt sich im Laufe seines Lebens daran, dass Frauen bis auf wenige Ausnahmen nicht mit ihm schlafen wollen. Eine Frau hingegen kann davon ausgehen, dass theoretisch jeder Mann mit ihr schlafen will. Ist das wirklich so? Gott, wenn Nelson jetzt meine Gedanken lesen könnte … Ich muss plötzlich laut lachen und stecke ihn damit an. Unsere Hunde, die schlafend vor dem Kamin liegen, heben erschrocken die Köpfe.

»Was war es, an das Sie gerade gedacht haben?«, fragt Nelson.

»Oh«, kichere ich. »Das kann ich Ihnen leider nicht sagen, das wäre zu pikant.«

»Keine Angst, ich verkrafte das. Das bringt mein Beruf so mit sich.«

Nach dem dritten Schluck Whisky komme ich in Versuchung, ihm alles Mögliche zu erzählen, aber vorher rebelliert mein Magen. Nelson führt mich zur Toilette und hält mir sogar den Kopf, während ich das bisschen Mageninhalt hervorwürge.

»Wie dumm von mir, Ihnen auf leeren Magen einen Whisky einzuschenken«, sagt er entschuldigend, nachdem er mich wieder im Sessel abgeladen hat. Er verschwindet und kommt nach wenigen Minuten mit einem dampfenden Teller Suppe zurück. »Essen Sie ganz langsam, das tut Ihnen gut.«

Die Suppe tut wirklich gut, aber ich fühle mich kaum besser. Was muss der Mann von mir denken? Doch Nelson scheint sich nicht vor mir zu ekeln, er setzt sich neben mich auf den Boden, nimmt meine Hand und reibt sie fest zwischen seinen warmen Händen.

»Sie scheinen mir völlig ausgekühlt und erschöpft zu sein. Was ist denn heute alles mit Ihnen passiert?«

In diesem Moment ist es aus mit mir, mir kommen die Tränen, und ich lasse sie einfach laufen. Nelson zieht ein Stofftaschentuch aus seinen Jeans, wischt mir vorsichtig über die Wangen und streicht mir übers Haar. Dann steht er auf und setzt sich ans Klavier.

»Ich spiele Ihnen jetzt ein Stück von Chopin vor, es heißt ›Regentropfen-Prélude‹. Chopin hat es in einem Kloster auf Mallorca geschrieben, in dem er einige Monate mit George Sand verbracht hat.« Er blättert einen Stapel Noten durch. »Er war sehr verliebt in sie und hat das Stück für sie komponiert, als er selbst in einem äußerst deprimierten Zustand war. George Sand war mit ihren Kindern nach Palma gefahren und um Mitternacht noch nicht zurück. Frédéric malte sich das Schlimmste aus, dachte, sie seien verunglückt und tot. Währenddessen stürmte es, der Regen fiel und trommelte aufs Dach. Chopin lauschte diesem Rhythmus und fing an zu spielen …«

Gebannt höre ich zu, von Nelsons warmer Stimme ebenso hingerissen wie von seinem Klavierspiel und den fallenden Regentropfen. Doch die traurigen Klänge wecken in mir keine Schwermut, jeder einzelne Ton wirkt Wunder, er belebt mich, verdünnt mein verdicktes Blut, bringt es zum Fließen. Hitze wallt in mir auf, lässt mich die warme Decke abwerfen und aufstehen. Am liebsten hätte ich getanzt. Aber dann hätte mich Nelson wohl endgültig für verrückt gehalten. Also stelle ich mich brav neben den Flügel, sehe seinen fliegenden Fingern zu und staune darüber, was für ein herrlicher Katalysator die Musik sein kann.

Es ist vollkommen unsinnig, aber ich kann nicht widerstehen! Ich beuge meinen Kopf über Nelsons Nacken und lege kurz meine Lippen darauf. Im nächsten Moment bin ich erschrocken über meine Verwegenheit und trete schnell einen Schritt zurück. Als das Prélude zu Ende ist, rührt sich keiner von uns.

Schließlich höre ich ein lautes befreiendes Lachen von Nelson, er wirbelt auf dem Klaviersessel herum, sieht mich strahlend an und sagt: »Ich habe geahnt, dass dieses Klavierstück Sie bewegen wird.«

»Es war genau das Richtige«, sage ich leise. »Es geht mir gleich besser. Können Sie mich jetzt bitte nach Hause fahren?«

Nelson nickt und geht voran. Draußen greift er nach meiner Hand, führt mich die Stufen hinunter. Im Auto sitzen wir schweigend nebeneinander. Ich bin zu bewegt, um sprechen zu können, er vielleicht auch …

An der kleinen Brücke hält Nelson an. Wir lehnen uns gemeinsam ans Geländer und lauschen dem wilden Rauschen des Flusses.

»George Sand ist mit ihren Kindern übrigens lebend zurückgekehrt«, sagt Nelson leise. »Und Chopin war nur schwer davon zu überzeugen, dass sie nicht tot waren.«

»Eine schöne Geschichte«, sage ich und sehe hinab in den Fluss, stelle mir vor, eine Spur meines Sohnes dort zu finden.

Nelson sieht mich an, als wüsste er alles von mir. Und ich sehe ihn an. Wie zwei Magneten zieht es uns zueinander, wir schlingen die Arme um unsere Leiber und beginnen uns zu küssen, erst ganz sanft, dann immer heftiger, bis sich das Rauschen des Wassers mit dem Rauschen unseres Blutes vermischt.

Gespräche

Frankreich, 2011

In unserem Haus brennt kein Licht mehr. Ich tappe im Dunkeln in mein Zimmer und lasse mich, so wie ich bin, in mein Bett fallen. Angezogen und ungewaschen. Wie schon in der Nacht zuvor. *Du wirst langsam schlampig, Johanna!*

Ich denke darüber nach, mit welch hässlichen Gefühlen ich am Mittag aus meinem Haus geflohen bin und in welch samtener Stimmung ich jetzt hier liege.

»Wann machen wir eine lange Wanderung zusammen?«, hat Nelson mir zum Abschied zugeflüstert.

Meine Hände streichen fiebrig über meinen glühenden Körper, und in meinem Kopf schlagen lüsterne Gedanken Kapriolen. In den letzten beiden Jahren ist Sex für mich zu einem Fremdwort geworden, das ich zuweilen in Zeitungen oder Büchern lese und mich dabei wundere, was für ein Wirbel darum gemacht wird. Ich war überzeugt, dass Gefühle dieser Art für mich endgültig passé wären. Jetzt überfallen sie mich mit unerwarteter Heftigkeit.

Ich schlafe tief und traumlos bis elf Uhr und brauche dann eine Weile, bis ich mich zurechtgemacht habe. Als ich runterkomme, sitzt Ulrich bereits am Mittagstisch und legt sogar die Zeitung beiseite.

»Guten Morgen«, sage ich und bekomme keine Antwort. »Kriege ich auch ein Spiegelei?«

Ulrich hält das anscheinend für eine Provokation. Sein Gesicht spricht Bände. »Darf man erfahren, wo du gestern Nacht gewesen bist?«

Allein diese Ausdrucksweise, als wäre ich ein kleines Kind und er der Erziehungsberechtigte.

»Du hast mich von Lore aus angerufen, um mir zu sagen, dass du in Kürze nach Hause kommen würdest«, fährt Ulrich fort. »Das war um acht. Also, was hast du bis elf Uhr nachts getrieben?«

»Getrieben?«

»Nun, bei Lore warst du jedenfalls nicht. Ich habe sie gegen halb elf angerufen, um zu fragen, wann die gnädige Frau endlich nach Hause kommt, und so erfahren, dass du dort schon vor Stunden aufgebrochen bist. Deine liebe Freundin klang ebenfalls besorgt und meinte, du müsstest längst zu Hause sein. Jetzt macht sie sich sicher Gedanken, dass sie dir dein Alibi versaut hat.«

»Du bist ein Idiot, Ulrich. Ich habe mich verlaufen, und Nelson Epstein hat mich gerettet.«

»Gerettet? Vor was? Und wer zum Teufel ist Nelson Epstein? ... Ah, der Mann von der Party? Der dich mit Champagner abgefüllt hat? Dann kann ich mir sehr gut vorstellen, wie dein Abend ausgesehen hat.«

»Glaub, was du willst, ich muss dir doch keine minuziöse Auskunft über meinen Tagesablauf geben. Ich bin kein Kleinkind mehr! Ich habe drei Stunden mit einem Mann verbracht, der reden kann, der nicht ständig schweigt, der mir eine Suppe gekocht und mir ein Prélude von Chopin vorgespielt hat. Du glaubst gar nicht, wie ausgehungert ich nach einem Gespräch war.«

»Nach einem Gespräch?«, fragt Ulrich in süffisantem

Tonfall. »Ist das vielleicht ein Wink mit dem Zaunpfahl? Willst du mir suggerieren, dass wir beide miteinander reden sollten, Johanna? Und worüber? Über deine Liebhaber, deine, deine … Eskapaden?«

»Meine Eskapaden? Dann lass uns doch lieber über deine Eskapaden reden. Da haben wir mehr Gesprächsstoff. Wie viele Seiten waren es noch mal?«

»Ah, du willst also alte Wunden aufreißen?«

»Nein, Ulrich, das möchte ich eigentlich nicht«, sage ich leise. »Ich würde gern über uns reden. Über uns und über Michael …«

»Lass Michael aus dem Spiel!«, brüllt Ulrich und springt von seinem Stuhl auf. Er geht ein paar Schritte und wendet mir den Rücken zu.

Ich bin den Tränen nahe. »Schau, Ulrich«, sage ich zu seinem Rücken. »Seit zwei Jahren versuche ich, dir wieder näherzukommen, doch du lässt es nicht zu. Du bestrafst mich seit vierundzwanzig Monaten dafür, dass ich dich verlassen wollte. Aber ich bin zurückgekommen! Ich bin nach Michaels Tod zu dir zurückgekommen! Damit wir die Trauer nicht allein ertragen müssen, damit wir uns gegenseitig beistehen können.« All das Ungesagte, Aufgestaute, Unterdrückte bricht mit einem Mal aus mir heraus. »Ich wollte dir helfen und hatte gehofft, dass du mir hilfst. Aber alles ist nur noch schlimmer geworden. Du bist unversöhnlich. Unser Verhältnis, unser Zusammenleben … das alles ist die reinste Farce.«

Ulrich bleibt unbeweglich stehen und antwortet nicht.

»Rede mit mir, Ulrich«, schreie ich. »Was willst du eigentlich noch von mir?« Ich atme tief durch und sage dann wieder ruhiger: »Was sollen deine Vorhaltungen? Keiner von uns beiden befindet sich in einem Erklärungsnotstand. Wir wissen eh schon zu viel voneinander. Wir wohnen noch zusammen, wir reden ab und zu sogar ein paar Worte, wir treffen uns nach wie vor mit unseren Freunden. Und ich schaue mir interessiert an, wie Claire und du miteinander anbandelt, wie ihr euch verstohlene Blicke zuwerft und bei jeder passenden Gelegenheit heimlich die Köpfe zusammensteckt. Also sollte die Frage des Tages doch wohl kaum lauten, was ich getan habe, sondern warum wir noch zusammenleben. Warum und wie lange noch? Warum quälen wir uns und fügen uns zusätzliche Schmerzen zu, als ob wir an dem Tod unseres Sohnes nicht schon genug zu leiden hätten? Warum verstecken wir uns in diesem großen Haus? Warum forderst du mit solcher Vehemenz Aufklärung über meinen gestrigen Abend, statt dich erst einmal zu deiner neuen Flamme zu bekennen?«

»So ein Unsinn!«

»Nein, Ulrich, das ist ganz und gar kein Unsinn. Wir leben in einer Scheinwelt, Ulrich. In einer Kulisse, und wir werden von diesen Kulissenwänden zermalmt und zerdrückt. Ich habe keine Lust mehr auf dieses Theaterstück und die hundertfünfzigste Vorstellung. Ich habe genug.«

Ich kann mich nicht daran erinnern, in den letzten fünfzig Jahren jemals eine so lange Rede gehalten zu haben, ohne dabei von Ulrich unterbrochen worden zu sein. Er fängt an, wie ein gefangenes Raubtier auf und ab zu wandern. Die Hände wie in Gebetshaltung vor der Brust gefaltet, seine hellblauen Augen starren scheinbar ins Leere oder in eine entfernte, unsichtbare Zukunft. Plötzlich bleibt er stehen, lässt die Arme sinken und krächzt mit heiserer Stimme hervor: »Und was erwartest du jetzt? Dass ich ausziehe?«

Von dieser Wendung bin ich einigermaßen überrascht.

Ulrich wartet sichtbar auf meinen Einspruch. Was soll ich sagen? Ich hatte eine Versöhnung im Sinn, eine Annäherung, aber plötzlich fühlt sich dieser Vorschlag an wie ein Befreiungsschlag. Ich muss an den gestrigen Abend denken und sehe mich in dieser entspannten Version meiner selbst, die ich schon fast vergessen hatte. Vielleicht wäre meine Antwort ohne Nelson Epstein anders ausgefallen, aber jetzt sage ich: »Es wird wohl das Beste sein, wenn wir uns endgültig trennen.«

Neuanfänge

Frankreich, 2011

Am Nachmittag rufe ich Lore an, um ihr zu sagen, dass es mit Ulrich und mir endgültig aus ist. Sie hält das zunächst für einen Aprilscherz, und erst als ich ihr Lachen nicht erwidere, wird ihre Stimme ernst.

»Soll ich zu dir runterkommen, oder kommst du zu mir?«

»Ich muss mich bewegen, ich muss raus aus dem Haus. Mir fällt sonst die Decke auf den Kopf. Kann ich vielleicht eine Nacht bei dir schlafen?«

»Mach dich auf den Weg, ich warte auf dich.«

Luba und Jamila sind begeistert, als sie mich mit dem kleinen Rucksack aus der Tür kommen sehen, denn das ist normalerweise das Signal für einen längeren Ausflug. Aber diesmal ist die Lage anders. Während ich ihnen die Halsbänder umlege und sie ins Haus befördere, rede ich beruhigend auf sie ein: »Ich bin ja bald wieder da. Ulrich geht nachher mit euch Gassi.« Dann mache ich schnell die Tür hinter mir zu und renne über die Brücke und den Berg hinauf. Adrenalin rast durch meine Adern; ein Cocktail aus Angst, Wut, Schmerz, Verzweiflung und einem Quäntchen Freude treibt mich voran.

Lore ist ziemlich platt, als ich zwanzig Minuten später völlig verschwitzt bei ihr ankomme. Sie nimmt mich in die Arme, wiegt mich ein bisschen hin und her und brummelt mir beruhigende Worte ins Ohr.

Wir setzen uns an den riesigen Eichentisch in der Küche, auf dem eine Vase mit frisch gepflückten Margeriten steht. Die Sonne fällt schräg durch die kleinen Fenster und taucht alles in einen blassen Goldton. Lores kupferrote Lockenmähne sieht in diesem Licht aus wie ein brennender Busch.

»Willst du einen Kaffee oder Tee, oder brauchst du was Härteres?«

»Ich brauche nur ein Glas Wasser und ein Handtuch. Ich bin völlig durchgeschwitzt.«

»Am besten nimmst du gleich ein Bad, du siehst ja aus, als hättest du einen Marathonlauf hinter dir.«

»Hab ich auch. Zumindest haben sich die letzten vierundzwanzig Stunden so angefühlt.«

»Das hat hoffentlich nichts mit Ulrichs Anruf von gestern Abend zu tun.« Lore sieht mich besorgt an. »Ich war so erschrocken, als er so spät hier anrief, um zu erfahren, wo du bleibst. Wahrscheinlich habe ich falsch reagiert, als ich ehrlicherweise gesagt habe, dass du schon um halb acht losgegangen bist. Wo hast du denn um diese Zeit gesteckt?«

»Ich habe mich im Dunkeln verlaufen und bin von Nelson Epstein gerettet worden.«

»Gerettet worden?«

»Er hat mich aufgegabelt, als ich schon ziemlich weit vom Weg abgekommen war. Sein Haus war näher dran, also hat er mich erst mal mitgenommen. *Hello Mrs Mertz, you are wrong … follow me.*« Ich kichere wie ein Schulmädchen.

»Und dann sind drei Stunden ins Land gegangen?« Lore zieht fragend die Augenbrauen hoch.

Ich sehe mich selbst wie in einem Film, und die Vorstellung, wie ich hinter Nelson Epstein herstapfe, eifrig bemüht, mit ihm Schritt zu halten, bringt mich zum Lachen. Ich gebe Lore eine kurze Zusammenfassung des Geschehens.

»Mannomann, und ich vermassele dir dein Alibi«, sagt sie daraufhin. »Sorry!«

»Du brauchst dich nicht zu entschuldigen, Lore. Als Ulrich mich heute früh so erbost zur Rede gestellt hat, war ich ziemlich verzweifelt, aber inzwischen bin ich fast froh, dass unser Gespräch so gelaufen ist.«

»Ein sehr erbauliches Gespräch war es ja aber offensichtlich nicht, oder?«

»Nein, das nicht, aber wirkungsvoll. Ohne diese Geschichte von gestern Abend hätten Ulrich und ich vermutlich noch Monate des gemeinsamen Schweigens verbracht. Er hätte mich weiterhin ignoriert und mir die kalte Schulter gezeigt, ich hätte weiterhin gelitten und dir die Ohren vollgejammert. Heute habe ich ihm endlich klargemacht, dass ich auf dieses Schweigen keine Lust mehr habe, dass ich leben will, dass ich glücklich sein will. Und stell dir vor, nach dem Abend mit Nelson bin ich heute Morgen glücklich aufgewacht. Das ist mir seit zwei Jahren nicht mehr passiert.«

Ich muss an den Spruch von Gandhi denken, der eine Weile über meinem Schreibtisch hing: »Das Glück entflieht uns, wenn wir ihm hinterherrennen. In Wahrheit kommt das Glück von innen.« Ich lehne mich auf meinem Stuhl zurück, strecke die Arme aus und dehne mich. Herrlicher Bratenduft steigt mir in die Nase, und mein Magen fängt laut an zu knurren. Plötzlich verspüre ich Heißhunger.

»Mmh, was hast du denn da in der Röhre?«

»Ein Kaninchen. Als ob ich geahnt hätte, dass du halb verhungert hier ankommen würdest. Dauert nicht mehr lange.«

Sie steckt sich eine Montecristo an und stößt genüsslich den Rauch aus. »Und wie viel hat das Ganze jetzt mit Nelson Epstein zu tun? Du hast dich doch nicht etwa in ihn verguckt?«

Ich stehe auf, laufe in der Küche auf und ab, gehe vor dem Ofen in die Knie, wo der Hase brutzelt, und lege dann meiner Freundin die Arme um den Hals. »Ich weiß nicht. Irgendwie hat es mich schon erwischt.«

»Wow! Das ging aber schnell.« Sie sieht mich mit ihren schwarzen Augen durchdringend an. »Bist du dir sicher, dass du das Richtige tust?«

»Oh, ich weiß, dass du mich für verrückt hältst, Lore. Vor allem nach meinem ›Briefroman‹. Und weißt du was, diese frivolen, liebestollen Briefe waren das eigentliche Liebesabenteuer. Die Wirklichkeit war eher ernüchternd, wie das Aufwachen aus einem Wahnzustand. Aber dieser Abend, dieser Kuss gestern … Das war anders … Ich bin erschüttert darüber, wie viel pralles Leben noch in mir ist.« Ich greife nach Lores Hand und drücke sie fest. »Ich bin so froh, dass ich dich habe, Lore. Dass ich jemanden habe, dem ich das alles erzählen kann. Der mich versteht. Ich verstehe mich ja manchmal selbst nicht.«

Wir lachen beide.

»Mir wird immer klarer, dass ich seit Jahrzehnten auf der Suche nach der Liebe immer den falschen Weg eingeschlagen habe«, sage ich wieder ernster. »Vielleicht ist es diesmal der richtige, obwohl es vollkommen überstürzt ist, obwohl es absurd erscheint, unvernünftig … Ich möchte so gern, dass es der richtige Weg ist.«

»Das kann ich verstehen«, sagt Lore liebevoll. Sie geht

zum Plattenspieler und legt eine Platte auf. »Kennst du übrigens José Luis Montecristo alias Albert Hammond?«

Ich schüttle verwirrt den Kopf. »Nein, keine Ahnung.« Als dann die weiche Stimme des Sängers ertönt, bin ich im Bilde: *»Everything I want to do I only want to do with you.«*

Lores Körper biegt sich begeistert im Takt.

Als der duftende Braten auf dem Tisch steht und unsere Gläser mit dunkelrotem Wein gefüllt sind, hebt sie bedeutungsvoll ihr Glas.

»Diese Flasche liegt schon eine Weile in unserem Keller. Wir wollten sie zu unserer goldenen Hochzeit trinken, Georg und ich, aber jetzt gibt es einen anderen guten Grund zu feiern. Du würdest nie im Leben darauf kommen. Prost Johanna, auf die Liebe!«

»Auf die Liebe, Lore! Du machst mich neugierig. Ist was passiert?«

»Ich bin verliebt, Johanna! Mindestens so verliebt wie du, und das verdanke ich dir.«

»Mir?«, frage ich ungläubig. »Ich kann mich an keinen Verkupplungsversuch erinnern?«

»Nein, das nicht, aber du hast mir geraten, mir Georgs Testament noch einmal genau anzusehen. Und das habe ich getan, und ich war damit bei einem Anwalt. Maître Lionel Delagarde.« Ein verschmitztes Lächeln huscht über ihr Gesicht. »Wir haben gleich beim ersten Mal ein langes Gespräch geführt und dabei festgestellt, dass wir nahezu gleich alt sind, dass wir uns gegenseitig sympathisch finden, dass wir beide unsere Partner verloren haben – und dass wir eigentlich noch nicht zu alt sind, um uns noch einmal zu verlieben.«

Ich setze mit einem Ruck mein Glas ab und schaue sie an. Eine Trennung nach fünfzig Jahren, zwei verliebte Frauen, beide über siebzig – und das alles an einem Tag.

Auf Rosen gebettet

Frankreich, 2011

Als ich Lore am nächsten Morgen wieder verlasse, bin ich ausgeruht und guter Dinge. Ich werfe ihr eine Kusshand zu und hüpfe wie ein kleines Mädchen den Berg hinunter. Diesmal laufe ich absichtlich in die falsche Richtung. Auf Gräsern und Blättern liegt noch Tau, ein Hase stiebt hakenschlagend vor mir her.

Froh, froh, froh – geht es mir erneut durch den Kopf, und diesmal fühlt es sich gut an. Ein einziger Kuss!

Das Tor von Nelsons Haus ist verschlossen, aber er ist zu Hause, denn Wotan kommt kläffend angeprescht. Als er mich sieht, streckt er die Schnauze durch die Gitterstäbe und wedelt mit dem Schwanz. Die schwere Holztür öffnet sich.

Nelson springt die fünf Stufen herunter und rennt den Weg entlang. Wenn ich Zweifel gehabt haben sollte, ob ich erwünscht bin oder nicht, so wäre die Frage jetzt beantwortet. Er lacht übermütig und stellt erst vor dem Tor fest, dass er den Schlüssel vergessen hat. Wir laufen um das Haus herum und steigen über die Mauer. Und dort beginnt die Fortsetzung, wir liegen uns wortlos in den Armen. Nelsons Kuss erschüttert mich genauso wie am Abend zuvor. Ich habe Mühe, nicht mit weichen Knien ins Gras zu sinken.

Dann nimmt er meine Hand und zieht mich ins Haus. »Ich weiß nicht, warum, aber ich wusste, dass du kommst. Ich habe den Frühstückstisch für zwei gedeckt.«

Ich bringe erst mal kein Wort heraus und lächle nur still.

Nelsons Küche sieht aus wie eine Studentenbude, ziemlich chaotisch, aber charmant. Der Raum wird von einem schweren Eisenherd dominiert, neben dem ein Stapel Holzscheite aufgeschichtet ist. Ansonsten liegt überall etwas herum: auf dem schweren runden Tisch, den dickbeinigen Stühlen, den Schränken und selbst den Holzdielen. Jede freie Fläche ist mit Pfeifen, Zeitungen, Aschenbechern, vollen oder leeren Flaschen, Schallplatten oder Büchern bedeckt. An den Wänden hängen viele Fotos, Berglandschaften vor allem, mit himmelhohen Bergen und Menschen, die aussehen wie Tibeter. Auf dem Tisch stehen ein riesiger Blumenstrauß, frische Brötchen, Croissants, Käse, Wurst, Honig und eine Kanne Tee. Nelson rückt mir den Stuhl zurecht und legt kurz sein Gesicht auf meine Haare. Im Hintergrund läuft Musik.

Er gießt mir Tee ein, schmiert mir ein Butterbrötchen und muss über meinen Riesenappetit lachen. Er isst selbst kaum etwas und hält zwischendurch meine Hand fest.

»Hast du Schwierigkeiten bekommen?«, fragt er schließlich.

Die Antwort fällt mir leicht, ich muss nicht einmal lange überlegen, wo ich anfangen soll. »Ich habe in den letzten Jahren gelebt wie dein Coco in seinem Käfig«, sage ich. »Ich konnte nur noch eins: nachplappern und gefügig sein. Aber gestern habe ich einfach die Tür meines Käfigs geöffnet und bin ausgeflogen. Andernfalls wäre ich vermutlich eingegangen an einem Mangel an Liebe.« Lachend füge ich hinzu. »Du siehst doch, wie verhungert ich bin.«

Nelsons dunkle Augen glühen. Über den Tisch hinweg verhaken sich unsere Blicke, ich bin wie hypnotisiert. Dann steht er auf, streckt seine Hand nach mir aus und sagt: »Komm, tanz mit mir.«

Er zieht mich an sich und sieht mich unverwandt an. Zu Paolo Contes Musik lässt sich schlecht tanzen, aber der Text passt: *»Via via … Vieni via con me. Entra in questo amore buio. Non perderti per niente al mondo. Via via …«*

Nelson drückt seine Wange an mich und fängt leise an mitzusingen: *»It's wonderful. It's wonderful. Good luck, my baby.«*

Ich atme schwer.

»Soll ich dir einen Whisky holen?«, scherzt er, und darüber lachen wir uns halb tot. Er zieht mich noch einmal an sich und küsst mich, nicht wild, eher ganz zart. Ich bekomme weiche Knie, mein Körper vibriert vor Verlangen. So heftig habe ich mir das nicht vorgestellt.

Seine Zunge erforscht ganz langsam und spielerisch meinen Mund. Ich spüre, wie seine Erregung wächst. »Ich möchte mit dir ins Bett«, flüstert er. »Jetzt gleich.«

Das Schlafzimmer liegt hinter einer großen Flügeltür. Durch die Fenster fällt warmes Licht herein. Entgeistert starre ich auf das Bett. Dieser Schelm hat gewusst, dass ich heute mit ihm hier liegen werde. Überall liegen rote Rosenblätter.

»Nicht schlecht«, murmle ich und knöpfe sein Hemd auf. Meine Hände gleiten über seine Hose, öffnen den Reißverschluss. Er zieht mir mein Kleid von den Schultern und hakt meinen Büstenhalter auf. Im Glanz der Vormittagssonne wird jede Falte und Delle sichtbar. Wir sind keine jungen Menschen mehr, aber wir sind erstaunt und begeistert von dem, was wir sehen. Nelsons Beine sind muskulös, seine Brust und sein flacher Bauch sind mit dichten dunklen Haaren bedeckt. Eine feine dunkle Linie führt von seinem Nabel aus hinunter zum Schamhaar, gierig wölbt sich sein Schwanz mir entgegen. Lustschauer rieseln über meinen Körper hinweg.

Wir legen uns aufs Bett, ohne uns loszulassen, und wiegen uns sanft. Ich schlinge meine Beine um seine Hüften und lasse zu, dass er in mich eindringt. Er sieht mich mit einer Leidenschaft an, dass ich dahinschmelze wie weiches Kerzenwachs. Unsere Bewegungen sind langsam und vorsichtig, aber dann zunehmend wilder, heftiger. Mein Körper bäumt sich auf vor Lust. Mein eigenes Keuchen pulsiert in meinem Ohr, im selben Rhythmus wie das Blut in Nelsons Schwanz. Sein Schrei erschüttert mich in seiner Heftigkeit.

Dann schmiegen wir uns eng aneinander, mein Kopf liegt auf Nelsons Schulter, als wäre das schon immer so gewesen. Wir sprechen nicht, wir atmen zusammen. Ich glaube zu fliegen. Ich bin frei.